Durbridge-Edition Band Nr. 41

Francis Durbridge

Michael Starr ermittelt

(Michael Starr Investigates)

Hörspielmanuskripte für
fünfundzwanzig Rätselkrimis

aus dem Englischen übersetzt von
Dr. Georg Pagitz

mit einem Vor- und Nachwort des Übersetzers

– Williams & Whiting –

Coverdesign: Timo Schröder

ISBN 9781917798044

Williams & Whiting (Publishers)
15 Chestnut Grove, Hurstpierpoint, West Sussex, BN6 9SS, England

Michael Starr Investigates
© 1944 by Francis Durbridge

Vorwort, Nachwort und deutsche Übersetzungen
© 2025 by Dr. Georg Pagitz

Inhalt

Vorwort
von Dr. Georg Pagitz

Der britische Autor Francis Durbridge (25. November 1912 – 10. April 1998) ist im deutschen Sprachraum überwiegend für seine atemberaubenden Fernsehmehrteiler wie *Das Halstuch, Melissa* und *Das Messer* sowie für seine Hörspielkrimis mit dem smarten Schriftsteller und Detektiv Paul Temple bekannt.

In einer Karriere, die über sechzig Jahre dauerte, verfasste Durbridge neben seinen Drehbüchern für Radio und Fernsehen außerdem Kurzgeschichten, Theaterstücke, Manuskripte für Kinofilme und Comics, außerdem zeichnete er für über vierzig Romane verantwortlich.

Innerhalb dieser Buchreihe von Williams & Whiting sind neben vielen bekannten Werken auch schon zahlreiche unbekanntere erstmals auf Deutsch erschienen.

Eine solche »Neuheit« ist auch vorliegender Band, der fünfundzwanzig Folgen der Serie *Michael Starr Investigates* beinhaltet, die Durbridge 1944 für die BBC verfasste. Diese kurzen Krimirätsel wurden innerhalb der beliebten Radiosendung *Monday Night at Eight* ausgestrahlt, die einen Mix aus Musik und Unterhaltung bot.

Durbridge, dessen erstes Hörspiel 1933 bei der BBC auf Sendung ging, war Mitte der 1940er-Jahre schon ein renommierter und bekannter Radioautor, vor allem durch seinen immensen Erfolg mit den Paul-Temple-Hörspielen (ab 1938), die beim Publikum ein bis dato nie dagewesenes Interesse hervorriefen.

Obwohl Paul Temple ein riesiger Erfolg war und dem Autor Ruhm und Geld brachten – die Abenteuer wurden schließlich auch als Roman und später auch in Form eines Theaterstücks und von Filmen (und noch später als Comic- und TV-Serie) ausgewertet – verließ sich Durbridge nie ganz auf diese Figur und schuf ständig Neues. Vor allem in den 1940ern erdachte sich der Autor viele verschiedene Titelhelden für Krimiserien: darunter den Gentleman-Gauner Anthony Sherwood (1940/1941: *And Anthony Sherwood Laughed*), der in Robin-Hood-Manier agierte, den amerikanischen Ganoven Johnny Cordell (1941: *The Man from Washington*), der Scotland Yard bei der Verbrechersuche half, die Tanzdame Amanda Smith (1941: *Death Comes to the Hibiscus*), die den Mord in einem Nachtclub untersucht oder die junge Journalistin Gail Carlton (1943/1944: *Introducing Gail Carlton*), die bei Ihren Recherchen immer wieder auf Verbrechen stößt.

In diese Reihe von originellen Ermittlern gehören auch zwei – vom Charakter gänzlich unterschiedliche – Detektive, die Durbridge 1944 für die Sendereihe *Monday Night at Eight* erfand: den scharf kombinierenden Londoner Michael Starr und den eingebildeten Franzosen André d'Arnell, der nach 26 Folgen Starr am Montagabend für neun weitere Episoden in *The Memoirs of André d'Arnell* ablöste. Die amüsanten Abenteuer dieses extravaganten Detektivs können Sie im kommenden Band (Nr. 42) der Durbridge-Serie von Williams & Whiting unter dem Titel *Die Memoiren von André d'Arnell* verfolgen.

Beide Serien – *Michael Starr* und *André d'Arnell* – sind nach demselben Konzept geschrieben: Es handelt sich um kurze Rätselkrimis, in denen einer der Verdächtigen sich eindeutig verrät. Wer genau mitkombiniert, kann nachvollziehen, wer einen Fehler gemacht hat und gemeinsam mit dem Detektiv – nach einer Unterbrechung durch Musik und andere Programmpunkte – rekonstruieren, wie es war.

Durbridges Kurzkrimis punkten durch originelle Protagonisten und durch ihren Humor. Obwohl Michael Starr fast immer Morde zu klären hat, sind die Fälle nie brutal und auch kriminalistisch nicht besonders tiefgründig. Das Detail, mit denen sich die jeweiligen Täterinnen oder Täter verraten, würde auch nie vor einem Gericht als Beweis standhalten. In Wirklichkeit würde sich auch kein Ganove so leicht aus der Fassung bringen lassen, wie jene in *Michael Starr ermittelt*.

Wir dürfen aber nicht vergessen, dass Francis Durbridge gar nicht beabsichtigte, authentische Krimis zu verfassen. Vielmehr dienten seine kurzen Rätsel dazu, in einer sehr schweren Zeit das Publikum zu unterhalten und vor allem von dem schwierigen Alltag in Kriegszeiten abzulenken. Man muss sich also in die Zuhörerinnen und Zuhörer jener Jahre hineinversetzen, die sich in sehr herausfordernden Tagen abends vor dem Radiogerät versammelten, um gemeinsam im Familien- oder Freundeskreis ein wenig mitzuraten, wie Michael Starr den Bösewicht überführt.

Wer ist nun der Protagonist dieser Krimiserie? Im Vergleich zu dem sehr exzentrischen André d'Arnell erfahren wir über den Privatdetektiv Michael Starr relativ wenig. Er scheint sehr attraktiv und relativ jung zu sein, um die dreißig Jahre alt. Er bevorzugt Blondinen und geht mehrfach mit einer gewissen Georgina zum Tanzen. Starr ist ein scharfsinniger Kombinierer, der genau zuhört, was die Leute sagen und der schneller als andere die richtigen Schlüsse daraus ziehen kann. Zu Hilfe geholt wird Michael Starr stets von dem aus Schottland stammenden Scotland-Yard-Inspektor Robert »Bob« McCraw, der anscheinend seinen Beruf verfehlt hat, denn er kann keinen der Fälle allein lösen und ist stets auf Starrs Unterstützung und kombinatorische Fähigkeiten angewiesen. In Wahrheit dient er Starr nur als Stichwortgeber. Man fragt sich unwillkürlich, wie so ein unfähiger Mann es zum Inspektor bei der Kriminalpolizei bringen konnte. Die beiden sind jedoch gut miteinander befreundet und Starr macht sich immer wieder ein wenig lustig darüber, dass McCraw seine starke Konstitution als Grund dafür hervorhebt, nicht schon längst zusammengebrochen zu sein. McCraw ist verheiratet und trägt eine Melone.

Um in *Michael Starr ermittelt* mitkombinieren zu können, muss man manchmal mit den Gegebenheiten der 1940er-Jahre vertraut sein. So muss man zum Beispiel wissen, dass die BBC ein *Forces Programm* für die Streitkräfte ausstrahlte, das keine Nachrichten sendete, dass gewisse Zonen oder Gebietsabschnitte immer wieder gesperrt wurden, weil dort Vorbereitungen für Gegenschläge im Krieg stattfanden, dass man Bücher damals noch Seite für Seite mit einem Papiermesser aufschneiden musste, um darin blättern zu können, oder dass man von gewissen Londoner Bahnhöfen und U-Bahn-Stationen aus nur in gewisse Richtungen fahren konnte. Zudem ist in zwei Folgen das Datum der Ausstrahlung relevant: Alle Episoden wurden live gesendet, wodurch dem Publikum der Eindruck vermittelt wurde, dass die Ermittlungen Starrs auch live geschehen. In den genannten beiden Episoden ist relevant, dass wenige Tage zuvor ein Samstag oder Pfingsten war. Der Großteil der Krimirätsel ist jedoch auch ohne dieses Hintergrundwissen lösbar.

Der Autor setzt in *Michael Starr Investigates* Querverweise zu seiner bekannten Paul-Temple-Serie. Mehrfach ist von Superintendent Bradley die Rede, einer Figur, die auch in den frühen Temple-Hörspielen vorkam. Mit dem stellvertretenden Polizeipräsidenten bzw. Chefkommissar ist mit Sicherheit Sir Graham Forbes gemeint, der diese Funktion auch bei Paul Temple innehatte.

Francis Durbridge war – und das dürfte mittlerweile gut bekannt sein – ein Meister des Recycelns. Häufig verwendete er Storylines in späteren Werken erneut. So finden sich die Strukturen mehrerer Folgen von *Michael Starr ermittelt* erneut in den 1947 erschienenen Paul-Temple-Kurzgeschichten, so entspricht Folge 5 zum Beispiel *Paul Temple und der Fall Crawford*, die Lösung von Folge 3 und Folge 9 taucht in *Paul Temple und die Granville-Schwestern* wieder auf, Episode 19 wird in *Paul Temple und das Geheimnis der Garage* wiederverwertet und Rätsel 23 fand in *Paul Temple und die exzentrische Millionärin* ein Remake. Am Ende dieser Folgen gibt es genauere bibliographische Hinweise dazu. Um einen direkten Vergleich anstellen zu können, wie Durbridge beim Recyceln vorging, finden Sie im Anhang die Kurzgeschichte *Paul Temple und der Fall Crawford* zum Vergleich.

Abgesehen davon, dass Durbridge einige Geschichten komplett wiederverwendet hat, finden sich in dieser Radioserie ganz viele Bestandteile typischer Geschichten des Autors wie eine Mädchenleiche, die in der Themse treibt, eine Brücke, über die jemand abgedrängt wird, oder damals sehr »beliebte« Schaufenstereinbrüche.

Michael Starr Investigates ging in sechsundzwanzig in sich abgeschlossenen Episoden zwischen Montag, dem 14. Februar 1944 und Montag, dem 7. August 1944 auf Sendung. Für Regie und Produktion war Harry S. Pepper verantwortlich, in den Hauptrollen sprachen Henry Oscar als Michael Starr und Ian Sadler als Inspektor McCraw.

Die Originalmanuskripte von Francis Durbridge wurden für diese Ausgabe erstmals auf Deutsch übersetzt, da es bisher keine Vertonung dieser Reihe gab. Leider ist das Skript zu Folge 24 vom 24. Juli 1944 verschollen und konnte daher hier auch nicht abgedruckt werden. Im Original hatten die Folgen keine Titel, zur besseren Übersicht erhielten sie in der deutschen Übersetzung welche.

Die Kurzkrimis zahlten sich für den Autor aus, denn umgerechnet in heutiges Geld (Stand: März 2025) erhielt Durbridge pro Episode 15 Pfund 15 Shilling, die er – laut seinem penibel geführten Einnahmenbuch – etwa im Wochentakt erhielt.

Francis Durbridge notiert in seinem Einnahmenbuch
handschriftlich die Gage, die er für *Michael Starr Investigates* erhielt

Im Nachwort finden Sie eine kurze Übersicht über die verschiedenen Radioermittler, die Francis Durbridge geschaffen hat. Nun aber spannende Unterhaltung und gutes Gelingen beim Miträtseln und Kombinieren!

HENRY OSCAR,
well-known stage, screen, and radio
actor, will play the criminal investi-
gator in the new series, *Michael Starr
Investigates*, beginning tonight in
'Monday Night at Eight'.

8.0 ' MONDAY NIGHT AT EIGHT '
with Donald Peers ; 'Michael Starr
Investigates' :   weekly   detective
problem featuring Henry Oscar,
written   by   Francis   Durbridge ;
'Many Happy Returns', a musical
birthday greeting ; Barbara Mullen ;
'Puzzle Corner' ; 'The Lodger',
featuring Cyril Fletcher and Betty
Astell, written by Dick Pepper. ' Take
the   Stand ' :   Frederick   Burtwell
cross-examines famous artists, pre-
sented by Leonard Urry. The Singing Commères, Revue Chorus, and
BBC Variety Orchestra, conducted by
Charles Shadwell. Produced by
Harry S. Pepper

Ausschnitt aus der *Radio Times*
(Ausgabe 1063, 13.–19. Februar 1944, Seite 8):
Der Schauspieler Henry Oscar wird als Hauptdarsteller der neuen Serie
Michael Starr Investigates innerhalb der Sendung
Monday Night at Eight vorgestellt

Francis Durbridge
Michael Starr ermittelt

Episodenübersicht mit Originalausstrahlungsdaten

Michael Starr ermittelt (Originaltitel: *Michael Starr Investigates*) wurde auf BBC Home Service immer montags innerhalb der Sendereihe *Monday Night at Eight* ausgestrahlt.

Folge 1:	*Die Brücke*	14.02.1944
Folge 2:	*Mrs. Masons Aktien*	21.02.1944
Folge 3:	*Mord auf dem Golfplatz*	28.02.1944
Folge 4:	*Der dunkle Korridor*	06.03.1944
Folge 5:	*Tod im Graben*	13.03.1944
Folge 6:	*Tod in der Themse*	20.03.1944
Folge 7:	*Drei Morde in zwei Wochen*	27.03.1944
Folge 8:	*Die Erpresserbriefe*	03.04.1944
Folge 9:	*Das brennende Lagerhaus*	10.04.1944
Folge 10:	*Der entflohene Sträfling*	17.04.1944
Folge 11:	*Es war eine Frau*	24.04.1944
Folge 12:	*Arsen*	01.05.1944
Folge 13:	*Tod auf Kenvick Manor*	08.05.1944
Folge 14:	*Briefe für sechshundert Pfund*	15.05.1944
Folge 15:	*Der Schaufenstereinbruch*	22.05.1944
Folge 16:	*Ein Toter im Medusa-Club*	29.05.1944
Folge 17:	*Blüten in Moorfield*	05.06.1944
Folge 18:	*Der Fall Whitehouse*	12.06.1944
Folge 19:	*Tod in der Garage*	19.06.1944
Folge 20:	*Eine Bombe am Bahnhof*	26.06.1944
Folge 21:	*Geschmuggelte Informationen*	03.07.1944
Folge 22:	*Kaninchenjagd*	10.07.1944
Folge 23:	*Der Tod der alten Dame*	17.07.1944
Folge 24:	– Episode leider verschollen –	24.07.1944
Folge 25:	*Gift im Club*	31.07.1944
Folge 26:	*Wer ist Mr. Sutton?*	07.08.1944

Folge 1
Die Brücke

Ausstrahlung: Montag, 14.02.1944 (BBC Home Service)
Buch: FRANCIS DURBRIDGE | Regie: HARRY S. PEPPER

Rollen und DarstellerInnen:

Michael Starr . . . . HENRY OSCAR
Inspektor Robert McCraw . . . . IAN SADLER
Diana Donovan . . . . RITA VALE
Grace Carson . . . . . . FREDA FALCONER
James Donovan . . . . PRESTON LOCKWOOD

RÄTSEL 1 – DER FALL

Titelmusik. Als die Musik zu Ende ist, Überblendung auf das Geräusch eines schnell fahrenden Autos.

GRACE: Diana, ich wünschte, du würdest langsamer fahren – wir fahren viel zu schnell!

DIANA: Unsinn! Wir müssen in London sein, bevor man wieder den Strom abdreht. Ich weiß nicht, wie es dir geht, meine Liebe, aber ich hasse es, durch die Dunkelheit zu fahren.

GRACE: Bitte … Fahr doch vorsichtig, Diana! (*Plötzlich: schwach*) Oh!

DIANA: (*Amüsiert*) Warum so nervös, meine Liebe!

Eine kleine Pause.

Das Geräusch eines zweiten Autos ist zu hören.

DIANA: Da ist … Da ist ein Auto hinter uns, Diana … Es will dich überholen.

GRACE: Tja … Hier kann er mich nicht überholen … Wir sind ja fast schon auf der Brücke.

GRACE: Fahr doch rechts ran, Diana.

DIANA: Was hat dieser Idiot bloß vor?

15

GRACE: (*Leise*) Er ... Er überholt dich!

DIANA: (*Plötzlich: erschrocken*) Grace ... Grace, sieh mal, wer das ist! Sieh mal, wer da am Steuer sitzt!

GRACE: Aber ... aber, ich wusste gar nicht, dass er ... (*Plötzlich, verzweifelt*) Diana! Diana, er drängt uns ab!

DIANA: Mein Gott! Mein Gott, er versucht uns abzudrängen ... über die Brücke! (*Angespannt*) Dieses ... Dieses Schwein!

GRACE: (*Erschrocken*) Diana!!! (*Sie stößt einen erschrockenen Schrei aus*)

Plötzlich quietschen die Bremsen und ein gewaltiges Krachen und Lärmen ist zu hören, als das Auto gegen die Brücke prallt. Wir hören das Zerspringen von Glas, dann erreicht die Lärmwelle ihren Höhepunkt, als das Auto in das Wasser eintaucht.

Ausblenden.

Langsames Aufblenden auf ein klingelndes Telefon. Der Hörer wird abgehoben.

STARR: Hallo? Hier spricht Michael Starr.

MCCRAW: (*Ein breiter schottischer Akzent: im Moment ziemlich aufgeregt*) Sind Sie das, Mr. Starr? Hören Sie ... Es ist dringend ... Ich muss Sie sehen!

STARR: (*Nimmt MCCRAW auf den Arm*) Nein, sagen Sie nichts! Sagen Sie nichts! Lassen Sie mich dreimal raten ... Harry Lauder? Will Fyffe?

MCCRAW: Mike ... Es ist ernst! Keine Zeit für Scherze!

STARR: Ah! Wenn das mal nicht mein alter Freund Inspektor McCraw ist! Wie geht's Ihnen? Wie geht es all den brillanten kleinen Jungs bei Scotland Yard?

MCCRAW: Wir sind gar nicht so brillant wie Sie glauben, Mike – und wir wollen Sie sehen!

STARR: Was denn? Jetzt?

MCCRAW: Ja! Jetzt!

STARR: Das soll wohl ein Scherz sein! Ich habe gerade eine Blondine hier bei mir – ein wunderbares Geschöpf!

MCCRAW: Und wenn Sie Dorothy Lamour bei sich haben – das ist mir egal! Sperren Sie sie ins Bad und fahren Sie sofort zu Scotland Yard!

STARR: (*Dramatisch*) Bob! Dann bin ich in fünfzehn Minuten bei Ihnen!

Ausblenden.

Aufblenden der Stimme von MCCRAW.

MCCRAW: (*Spricht schnell*) Sie siehen also, Mike, es hat keinen Sinn, so zu tun, als ob ich einen Durchblick hätte. Ich habe ihn nicht. Dieser Fall macht mich fix und fertig. Wenn ich nicht so eine starke Konstitution hätte, dann wäre ich schon längst …

STARR: (*Unterbricht MCCRAW*) Gut, dann überspringen wir den Teil, der Ihre körperliche und geistige Konstitution betrifft, und kommen wir mal zu den Fakten. Was ist genau passiert? Wer sind die betroffenen Personen? Und warum? Und wann?

MCCRAW: Nun, vor zwei Tagen fuhr eine wohlhabende junge Frau namens Diana Donovan mit dem Auto nach Ailsforth. Sie hatte eine Freundin dabei, ein Mädchen namens Grace Carson. Auf dem Rückweg drängte jemand das Auto in der Nähe von Crossford über die Brücke und sowohl Miss Donovan als auch die junge Miss Carson wurden dabei getötet. Keiner hat den Unfall gesehen, aber es besteht kein Zweifel, Mike, dass es Mord war. Schlicht und einfach Mord!

STARR: Hatte Miss Donovan irgendwelche Verwandten in London?

MCCRAW: Ja – einen Bruder. Äh – James Donovan. Er scheint ein recht liebenswerter Bursche zu sein, aber leider hat er sich nicht gut mit seiner Schwester verstanden.

STARR: Hat er irgendeinen Nutzen vom Tod seiner Schwester? Profitiert er irgendwie davon?

MCCRAW: Ob er davon profitiert? Mensch, das könnte man wohl sagen, ja! Er erbt etwa zweihunderttausend Pfund von ihr …

STARR: Wann hat er sie zuletzt gesehen?

MCCRAW: Vor ungefähr drei Jahren.

STARR: Vor drei Jahren!

MCCRAW: Ja, er hat in den letzten drei Jahren auch kein einziges Wort mit ihr gesprochen. Er wusste nicht mal, wo das Mädchen wohnt, bis wir es ihm sagten.

STARR: Wo wohnte sie denn, Bob?

MCCRAW: In … Na, wo habe ich nur die Adresse hingelegt? Ach! Da haben wir sie ja! (*Liest*) Miss Diana Donovan, Wohnung G, Henson Mansions, Kensington.

STARR: Hm. Haben Sie ihre Sachen durchgesehen?

MCCRAW: Ja, aber wir gehen sie morgen früh noch einmal durch. Donovan wird auch dabei sein. Ich denke, er wird eine ziemliche Überraschung erleben, wenn er die Wohnung sieht – sie ist ziemlich protzig!

STARR: Um wie viel Uhr treffen Sie ihn dort?

MCCRAW: So um elf rum.

STARR: Gut, dann hole ich Sie am Yard ab und wir fahren gemeinsam hin.

MCCRAW: In Ordnung! (*Mit einem Seufzer*) Ich hoffe nur für mich, dass Sie dabei den wunden Punkt finden, Mike! Erst gestern Abend sagte meine Frau: »Bob«, sagte sie, »wenn du nicht so eine starke

Konstitution hättest, dann wärst du schon längst
…«

MCCRAWs Stimme wird ausgeblendet.

Aufblenden.

MCCRAW: Ah, da kommt Mr. Donovan ja endlich. (*Strahlend*) Guten Tag, Sir.

DONOVAN: Guten Tag, Inspektor. Tut mir leid, dass ich zu spät komme.

MCCRAW: Mr. Donovan, ich möchte Ihnen einen Freund von mir vorstellen – Michael Starr.

DONOVAN: Sehr erfreut!

STARR: Sehr erfreut, Mr. Donovan!

MCCRAW: Da kommt ja auch der Aufzug!

Wir hören, wie das Gittertor des Aufzugs geöffnet und dann wieder geschlossen wird.

MCCRAW: Ich glaube, dieser Aufzug muss für Pygmäen gemacht worden sein: Jedenfalls hat bei der Konstruktion niemand an meinen – äh – Körperbau gedacht.

STARR: (*Lacht*) Nicht ganz der richtige Ausdruck, Bob. Aber wir wissen, was Sie meinen. (*Verrenkt sich*) Kommen Sie an den Knopf?

DONOVAN: Lassen Sie nur, ich mache das.

Aufblenden des hochfahrenden Aufzugs.

Der Aufzug stoppt.
Die Tür wird geöffnet und wieder geschlossen.

MCCRAW: Hier entlang, Mr. Donovan! Sie gehen in die falsche Richtung. Die Wohnung ist da drüben.

DONOVAN: Ach. Tut mir leid.

Wir hören, wie der Schlüssel ins Schloss gesteckt wird und wie die Tür geöffnet wird.

MCCRAW: So, da wären wir.

STARR: Was die Wohnung betrifft, so hatten Sie auf alle

Fälle recht, Bob!

DONOVAN: (*Beeindruckt*) Ja! Diana hat es sich sichtlich gut gehen lassen.

MCCRAW: Also, Mr. Donovan, als erstes würde ich gerne Folgendes durchgehen ...

STARR: (*Scharf*) Das Erste, was Sie tun sollten, Bob, ist, einen Haftbefehl zu besorgen.

MCCRAW: (*Erstaunt*) Einen Haftbefehl? Wofür?

STARR: (*Dramatisch*) Für die Festnahme von James Donovan!

DONOVAN: Was!

STARR: Sie haben einen Fehler gemacht, Mr. Donovan. Einen ziemlich ... dummen ... Fehler.

Einen Moment Pause.

DONOVAN: (*Angespannt*) Ach! Dann haben Sie es also bemerkt, was? (*Plötzlich*) Treten Sie zurück! Jetzt mache ich keinen Fehler mehr, Mr. Clever! Sehen Sie diesen Revolver hier?

Eine angespannte Pause.

STARR: (*Langsam, mit einer seltsamen Höflichkeit*) Da er direkt auf mein Herz gerichtet ist, kann ich ihn kaum übersehen, Mr. Donovan.

Musik aufblenden.

SPRECHER: Nun, was hat Michael Starr dazu gebracht, James Donovan zu verdächtigen? Wissen Sie es? Später in der Sendung werden wir die Folge fortsetzen und von Michael Starr persönlich die Lösung des heutigen Krimirätsels erfahren.

RÄTSEL 1 – DIE LÖSUNG

SPRECHER: Wir kehren nun in die Wohnung zurück, um die Lösung des heutigen Krimirätsels zu erfahren.

STARR: (*Langsam, mit einer seltsamen Höflichkeit*) Da er

direkt auf mein Herz gerichtet ist, kann ich ihn kaum übersehen, Mr. Donovan. (*Nach einer kleinen Pause*) Aber leider ist der Revolver ungeladen!

DONOVAN: Was!

STARR: Wir standen im Aufzug ziemlich dicht beieinander, Mr. Donovan, und da habe ich mir erlaubt … (*Plötzlich*) Schnell, Bob!

Nachdem STARR ausgeholt hat, hört man einen gewaltigen Schlag auf den Kopf.

DONOVAN: Au!!

Wir hören, wie DONOVAN auf dem Boden aufprallt.

MCCRAW: Mensch, dem haben Sie vielleicht eine verpasst! Aber … Warum in aller Welt haben Sie ihn verdächtigt?

STARR: Donovan sagte, er sei noch nie in der Wohnung gewesen, und doch hat er den richtigen Knopf im Aufzug gedrückt. Woher zum Teufel wusste er, dass die Wohnung auf dieser Etage liegt?

MCCRAW: Aber als er aus dem Aufzug stieg, da …

STARR: Ihm wurde klar, was er getan hatte, und er versuchte, sich herauszuwinden, indem er so tat, als wüsste er nicht, wo die Wohnung ist. Kümmern Sie sich lieber um den Revolver, ehe er wieder zu sich kommt.

MCCRAW: Ist schon gut, er ist ja nicht geladen.

STARR: Oh doch, das ist er.

MCCRAW: Was? Und was, wenn er Sie erschossen hätte? Oder mich? (*Entsetzt*) Mann, er hätte uns beide niederknallen können!

STARR: Seien Sie nicht albern! Denken Sie lieber an Ihre Konstitution! (*Er lacht*)

Musik aufblenden.

ENDE

Ausstrahlung: Montag, 21.02.1944 (BBC Home Service)
Buch: FRANCIS DURBRIDGE | Regie: HARRY S. PEPPER

Rollen und DarstellerInnen:

Michael Starr . . . . HENRY OSCAR
Inspektor Robert McCraw . . . . IAN SADLER
Wanda Mason . . . . RITA VALE
Georgina . . . . . . FREDA FALCONER
Kellner / Sir Gilbert Drawson . FRED YULE
Denis Wainford . . . . . JOHN DODSWORTH

RÄTSEL 2 – DER FALL

Als die Titelmusik zu Ende ist, Überblendung auf WANDA MASON, die einen Ausschnitt aus »Alice im Wunderland« liest.

WANDA: »... und das weiße Kaninchen blies dreimal mit der Trompete und rief: »Erster Zeuge!« Der erste Zeuge war der Hutmacher. Er kam herein mit einer Teetasse in der einen und einem Stück Brot und Butter in der anderen Hand.«

Im Hintergrund ertönt die Türglocke.

WANDA: »Ich bitte um Verzeihung, Eure Majestät«, begann er, »dass ich das hier hereinbringe, aber ich hatte nicht ...« (*WANDA zögert*) Moment mal ... Ist da jemand an der Tür?

Eine Pause.
Die Tür wird geöffnet.
Noch eine Pause, dann sagt WANDA leise ...

WANDA: Was ... Was machst du denn hier? Was willst du eigentlich? (*Plötzlich*) Nein! Nein, du kannst nicht reinkommen! (*Leise und ängstlich*) Lass den Unsinn! ... Leg den Revolver weg ... Weg mit dem Revolver! ... Lass das! Leg ihn weg oder ich werde ... ich werde ... (*Plötzlich schluckt WANDA: Es ist blankes Erstaunen*)

Ein Revolverschuss ist zu hören, dann ein zweiter Revolverschuss.

Ein Mann lacht. Es ist das wilde, hysterische Lachen eines Mannes, der fast den Verstand verloren hat.

Szene ausblenden.

Aufblenden eines Tanzorchesters und der Hintergrundgeräusche einer ziemlich vollen Tanzfläche.

STARR: Georgina, Sie tanzen wie ein Engel!

GEORGINA: Vielen Dank, Mr. Starr. Ich wünschte, ich könnte dieses Kompliment zurückgeben!

STARR: Ich fürchte, Tanzen ist nicht gerade meine Stärke.

GEORGINA: Was genau ist denn Ihre Stärke, Michael?

STARR: Ich bin der beste Nichttänzer im ganzen Land.

GEORGINA lacht.

KELLNER: (*Eine Cockney-Stimme, leicht unverschämt*) Ich bitte um Verzeihung, Sir.

STARR: Ja, was gibt's, Fred?

KELLNER: Sie werden am Telefon verlangt, Sir.

STARR: Oh!

KELLNER: Es steht in der Vorhalle, Mr. Starr.

STARR: Danke. (*Zur Seite zu GEORGINA*) Es wird nicht lange dauern, meine Liebe.

Das Orchester tritt in den Hintergrund.

STARR: Hallo? ... Michael Starr am Apparat.

MCCRAW: (*Am anderen Ende der Leitung, besorgt*) Hallo, sind Sie das, Mike?

STARR: Mensch, wenn das nicht Inspektor McCraw ist!

MCCRAW: (*Dringlich*) Mike, hören Sie zu ... Springen Sie in ein Taxi und fahren Sie zu Scotland Yard.

STARR: Das soll wohl ein Scherz sein, alter Junge! Heute

ist mein Ausgeh-Abend. Ich habe meine Schwester dabei.

MCCRAW: (*Erstaunt*) Ihre Schwester!

STARR: Na ja, sie benimmt sich wie eine Schwester.

MCCRAW: Mike, hören Sie zu … Es ist dringend … furchtbar dringend … Es geht um den Mason-Mord!

STARR: Um den Mason-Mord? (*Nach einem Moment, leise*) Okay, Inspektor. Ich bin in zwanzig Minuten bei Ihnen!

Der Hörer wird aufgelegt.

Eine Pause.

STARR: (*Ruft*) He, Fred!

KELLNER: Ja, Sir?

STARR: Sehen Sie die Dame dort in der Ecke?

KELLNER: Aber ja, Sir. Ein echter Augenschmaus, Sir, wenn ich das sagen darf.

STARR: Ja, gut – grüßen Sie die Augenweide von mir und sagen Sie ihr, dass ich in einer dringenden Angelegenheit weggerufen wurde.

KELLNER: (*Nach einem frechen Pfiff*) Das muss ja eine sehr dringende Angelegenheit sein!

Das Tanzorchester wird aufgeblendet.

Szene ausblenden.

Aufblenden von MCCRAWs Stimme.

MCCRAW: … Nun, ich nehme an, Sie haben alles über den Mason-Mord gelesen, also brauche ich Ihnen nicht die – äh – vollständigen Details des Falles zu erzählen, aber was ich gerne tun würde, Mike, ist …

STARR: Fangen Sie ganz am Anfang an, Bob! Jede Zeitung scheint eine andere Version der Geschichte gebracht zu haben.

MCCRAW: Ganz am Anfang, sagen Sie? Ah! Wenn ich nur wüsste, wo die Sache anfängt, alter Junge, dann könnte ich mir vielleicht einen Reim darauf machen. Wie dem auch sei. Also: Gestern Abend, zwischen 18 Uhr 30 und 20 Uhr, wurde eine Frau namens Wanda Mason ermordet. Wanda Mason war Witwe und wohnte in einer Wohnung in der Park Lane. Allem Anschein nach war sie …

STARR: (*Unterbricht MCCRAW*) Hat gestern Abend irgendjemand Mr. Mason besucht?

MCCRAW: Nein, obwohl der Hausmeister glaubt, dass ein Mann das Gebäude gegen halb acht betreten hat. Wir haben eine kurze Beschreibung des Mannes in den Neun-Uhr-Nachrichten gesendet, aber – äh – außer dass Sir Gilbert Drawson sich mit vollem Elan bei uns beschwert hat, scheint es keine besondere Wirkung gehabt zu haben.

STARR: Sir Gilbert Drawson? Meinen Sie den Financier?

MCCRAW: Ja.

STARR: Aber was hat er mit der Sache zu tun?

MCCRAW: Er war ein Freund von Mrs. Mason. Er hat gestern Abend die Sendung gehört. Als ich heute Morgen zum Yard kam, wartete er schon vor meinem Büro auf mich! Sie kennen den Typ! Furchtbar aufgeblasen, impertinent und von sich eingenommen! Nimmt sich sehr wichtig!

STARR: (*Leise*) Hat Drawson ein Alibi?

MCCRAW: Ein Alibi? Sir Gilbert Drawson? Gütiger Himmel, ja! Ein idiotensicheres Alibi! Geraten Sie bloß nicht auf die falsche Fährte, Mike! Der Mann, den wir verdächtigen, ist ein Kerl namens Wainford. Denis Wainford.

STARR: Warum verdächtigen Sie Wainford?

MCCRAW: Weil er nach dem Tod von Mrs. Mason ein großes Aktienpaket des Trans-Arford-Ölkombinats erbt.

STARR: (*Leise*) Das Trans-Arford-Ölkombinat? Aber ist

	nicht Sir Gilbert selbst der Vorsitzende davon?
MCCRAW:	Ja. Er hat versucht, die Kontrolle über die Mason-Anteile zu erlangen, aber Mrs. Mason wollte nicht verkaufen. Tja, Drawson ist da ziemlich offen.
STARR:	Ich nehme an, Sie wissen nicht zufällig, ob Wainford vorhat zu verkaufen oder nicht?
MCCRAW:	Ich halte es für sehr wahrscheinlich. Er scheint mit Drawson gut befreundet zu sein.
STARR:	Hm … Wenn man also theoretisch annehmen würde, dass Sir Gilbert wusste, dass Wainford bereit war zu verkaufen, dann – äh – gibt das Drawson mehr oder weniger ein Motiv, oder nicht?
STARR:	Ja … Ich denke, das ist so, wenn man es von dieser Warte aus betrachtet.

Die Tür geht auf.

MCCRAW:	Ah, da sind ja Sir Gilbert und Mr. Wainford.
DRAWSON:	(*Wichtigtuerisch, aber eher ein schneller Redner*) Nun, Inspektor, ich habe mich gerade mit dem stellvertretenden Polizeichef unterhalten. Ich habe ihm ganz offen gesagt, dass ich in dieser Angelegenheit keine Inkompetenz dulden werde. Mrs. Mason war eine Freundin von mir, eine sehr enge Freundin, und wenn die Beschreibung, die ich gestern Abend im Radio gehört habe, die einzige konkrete Spur ist, die Scotland Yard bisher finden konnte, dann … Oh! Oh, ich glaube, wir kennen uns noch nicht, Sir?
STARR:	Mein Name ist Michael Starr.
DRAWSON:	Ach ja. Ich habe schon von Ihnen gehört, Mr. Starr. Glauben Sie, Sie können uns in dieser Angelegenheit helfen?
STARR:	Ich werde mein Bestes tun, Sir Gilbert. Aber zuerst würde ich gerne die Vorstellungsrunde be-

enden. Ich nehme an, das ist Mr. Wainford?

DRAWSON: Oh – ja. Ach ja. Tut mir leid. Denis Wainford – Mr. Michael Starr.

STARR: Haben Sie Mrs. Mason gestern Abend gesehen, Mr. Wainford?

WAINFORD: (*Nervös, fast ein Stottern*) Um Hi… Um Himmels willen, ne… nein. Ich habe Mrs. Mason seit … seit Wochen nicht mehr gesehen.

DRAWSON: Ich auch nicht.

MCCRAW: Sir Gilbert war in Leamington, Mike. Er kam mit dem Acht-Uhr-fünfundfünfzig-Zug zurück.

STARR: Verstehe. Und Sie, Mr. Wainford?

WAINFORD: Ich … Ich war im Theater. Im – äh – *The Lyric*. Es war eine Wohltätigkeitsveranstaltung.

STARR: Und nach dem Theater?

WAINFORD: Ich … Ich bin direkt nach Hause gefahren. Ich hatte Glück, ich habe ein Taxi bekommen.

STARR: Wohnen Sie in London?

WAINFORD: In Richmond. Ich habe einen kleinen Bungalow nicht weit vom … äh … *Star and Garter*.

STARR: Verstehe. (*Plötzlich*) Sir Gilbert, Sie sagten doch, Sie haben Leamington mit dem Zug abends um 8 Uhr 55 verlassen?

DRAWSON: Das ist richtig.

STARR: Um wie viel Uhr kam er an?

DRAWSON: Nun, der Zug sollte eigentlich um 11 Uhr 40 hier ankommen, aber das verflixte Ding hatte fast eine Stunde Verspätung.

STARR: Ich verstehe.

Eine Pause.

MCCRAW: Nun – was sollen wir davon halten, Mike?

STARR: Wanda Mason wurde ermordet. Ermordet von einem gemeingefährlichen Irren.

MCCRAW: (*Ungeduldig*) Ja! Ja, das wissen wir. Das wurde bereits festgestellt.

STARR:	Ja – und noch etwas anderes wurde von mir festgestellt, Inspektor.
MCCRAW:	Was denn?
STARR:	Ich habe festgestellt, dass der Mann, der Wanda Mason ermordet hat, hier im Raum ist …
DRAWSON:	Hier!
MCCRAW:	Was soll das heißen?
WAINFORD:	Hier?
STARR:	Hier … in … diesem … Raum, meine Herren!

Musik aufblenden.
Musik ausblenden.

| SPRECHER: | Wer hat Wanda Mason ermordet? Wissen Sie es? Später in der Sendung werden wir die Sendung fortsetzen und von Michael Starr persönlich die Lösung des heutigen Krimirätsels erfahren. |

RÄTSEL 2 – DIE LÖSUNG

| SPRECHER: | Wir schalten nun zurück zu Scotland Yard, um Ihnen die Lösung des heutigen Krimirätsels zu präsentieren. |

STARR:	Hier … in … diesem … Raum, meine Herren!
WAINFORD:	Das ist doch Unsinn!
STARR:	Ich glaube nicht, dass es Unsinn ist, Mr. Wainford! (*Scharf*) Meinen Sie nicht auch, Sir Gilbert?
DRAWSON:	(*Plötzlich: angespannt*) Zurückbleiben!!! Bleibt zurück, oder ich blase euch euer verdammtes Hirn weg!!! (*Mit einem finsteren Lachen*) Sie dachten wohl, Sie wären clever, was? … Sie dachten, Sie wären sehr klug, nicht wahr? Nun, ich werde Ihnen beweisen, dass Sie ganz und gar nicht klug waren, Sie Schwein, ich werde … (*Plötzlich*) Au!!!!

Wir hören einen Aufprall, als DRAWSON zu Boden fällt.

STARR: Gute Arbeit, Robert, mein Junge!

MCCRAW: Von wegen gute Arbeit, ich habe mein Lieblingstintenfass kaputt gemacht.

WAINFORD: Aber … Aber, Mr. Starr, warum in aller Welt haben Sie Sir Gilbert verdächtigt?

MCCRAW: Ja, warum haben Sie Drawson verdächtigt?

STARR: Ach, Bob, stellen Sie sich doch nicht so an! Wie zum Teufel kann ein Mann an zwei Orten gleichzeitig sein?

MCCRAW: Wie meinen Sie das?

STARR: Inspektor, wie hätte Sir Gilbert Drawson Ihre Ankündigung in den Neun-Uhr-Nachrichten hören können, wenn er um neun Uhr mit dem Acht-Uhr-fünfundfünfzig Zug aus Leamington unterwegs war!

MCCRAW: (*Überrascht*) Bei Gott, das ist mir gar nicht aufgefallen!

WAINFORD: (*Derselbe Ton*) Bei Gott, mir auch nicht!

STARR: (*Derselbe Ton*) Bei Gott … Ich glaube, es wird langsam Zeit, dass ich zu Georgina zurückkehre!

Musik aufblenden.

ENDE

Mord auf dem Golfplatz

Ausstrahlung: Montag, 28.02.1944 (BBC Home Service)
Buch: FRANCIS DURBRIDGE | Regie: HARRY S. PEPPER

<u>Rollen und DarstellerInnen:</u>

Michael Starr . . . . HENRY OSCAR
Inspektor Robert McCraw . . . . IAN SADLER
Trevor . . . . FRED YULE
Hanson . . . . ARTHUR RIDLEY
Frida Thompson . . . . . FREDA FALCONER

RÄTSEL 3 – DER FALL

Als die Eröffnungsmusik zu Ende ist, Überblendung auf das Geräusch eines Autos, das durch ein ziemlich starkes Gewitter fährt.

Im Hintergrund donnert und regnet es.

Das Auto wird langsamer und kommt schließlich zum Stillstand.

Die Autotür wird geöffnet und wieder geschlossen.

Hintergrundgeräusche ausblenden.

Eine Tür wird geöffnet.

STARR: (*Etwas in Eile*) Ist das der Northdell-Golfklub?

TREVOR: (*Ängstlich, mit einem starken walisischen Akzent*) Ja, das ist er, Sir. Ich nehme an, Sie sind Mr. Starr?

STARR: Ja. Ein Gewitter zieht gerade auf.

Die Tür wird geschlossen.

TREVOR: Ja und es donnert ganz schön. (*Offensichtlich ganz durcheinander*) Wir haben Sie schon erwartet, Sir. Inspektor McCraw ist in der Lounge, Sir. Hier entlang, Sir, wenn Sie mir bitte folgen wollen. Vorsicht auf die Schattenpalme dort, Sir.

STARR: War ganz schön schwierig, den Ort hier zu finden.

TREVOR: Das glaube ich Ihnen gern, Sir. Wir sind hier ja auch ziemlich abgelegen. (*Plötzlich*) Ach, übrigens – ich heiße Trevor, Sir. John Trevor. Ich bin der Golflehrer hier.

STARR: Ah, ich verstehe.

Eine Tür wird geöffnet.

TREVOR: Mr. Starr ist da, Inspektor.

MCCRAW: Ah! Da sind Sie ja, Mike. Warum zum Teufel haben Sie so lange gebraucht?

TREVOR: Ich lasse Sie jetzt allein, Sir.

Anmerkung des Übersetzers: Leider fehlen im Originalmanuskript die nächsten sechzehn Zeilen. Darin wird erklärt, dass ein Mann namens Campbell Foster in einem Bunker auf dem Golfplatz ermordet aufgefunden wurde. Ihm wurde mit einem Golfschläger der Kopf eingeschlagen. Offensichtlich war der Mann nirgends beliebt und hat den meisten Leuten, denen er begegnet ist, das Leben schwer gemacht.

Als der Text weitergeht, scheint Michael Starr gerade Inspektor McCraw gefragt zu haben, was mit dem Golfschläger – der Mordwaffe – geschehen ist.

MCCRAW: Nachdem ich ihn gefunden habe? Ich habe ihn direkt zum örtlichen Polizeirevier gebracht.

STARR: Hm – und was ist mit einem Motiv, Bob?

MCCRAW: Mit einem Motiv? Soweit ich das beurteilen kann, hatte jeder im Club ein Motiv! Ich glaube, Campbell Foster war so ziemlich der unbeliebteste Bursche, von dem ich je gehört habe.

STARR: Wer ist der Vorsitzende des Clubs?

MCCRAW: Ein Kerl namens Hanson. Er ist in der Bar, wenn Sie mit ihm sprechen wollen.

STARR: Ja, ich denke, das ist eine gute Idee.

MCCRAW: (*Amüsiert*) Das Barmädchen wird Ihnen gefallen, Mike. Sie ist genau Ihr Typ. Eine richtige blonde Granate!

Die Tür wird geöffnet.

HANSON wird aufgeblendet, der mit FRIDA THOMPSON spricht.

HANSON: (*Eher ein ruhiger Typ*) ... Ich wusste doch, dass an dir irgendetwas anders ist, Frida. Du hast eine neue Frisur!

FRIDA: Ja. Ich wollte sie gerne so hochgesteckt tragen. Du weißt schon, so wie Dorothy ...

HANSON: (*Plötzlich*) Oh, hallo, Inspektor!

MCCRAW: Mr. Hanson, ich möchte Ihnen einen Freund von mir vorstellen – Michael Starr.

HANSON: Oh, ich freue mich, Sie kennenzulernen, Mr. Starr! (*Ernst*) Nun, Inspektor – gibt es etwas Neues?

MCCRAW: (*Vorsichtig*) Nein. Nein, ich glaube nicht.

FRIDA: (*Plötzlich, mit Nachdruck*) Nun, wer auch immer es war – ich wünsche ihm viel Glück – das ist jedenfalls meine Meinung!

STARR: (*Freundlich*) Ich nehme an, Mr. Campbell Foster war nicht gerade ein Freund von Ihnen, Miss ...?

FRIDA: Thompson!

STARR: ... Miss Thompson?

FRIDA: Ob er ein Freund von mir war, wollen Sie wissen? Das war er mit Sicherheit nicht. Ich wünsche niemandem etwas Böses, aber ... nun, Foster war ein Schuft, anders kann man es gar nicht sagen.

HANSON: (*Leise, zögerlich*) Ja, ich fürchte, Foster hat einer ganzen Menge von Leuten das Leben ziemlich schwer gemacht. Ich bin kein Mann, der Groll hegt, aber ... Ehrlichgesagt kann ich mir nicht vorstellen, wegen Mr. Forster eine Träne zu ver-

	gießen. (*Plötzlich*) Ach, ich bitte Sie um Verzeihung, Sir. Möchten Sie gerne einen Drink?
STARR:	Tja, hm, ich hätte gerne einen Krug mildes Ale.
HANSON:	Wunderbar. Und Sie, Inspektor?
MCCRAW:	Für mich nichts, danke, Sir.
FRIDA:	Einen Krug Mildes?
HANSON:	Ganz recht, Frida. (*Nach einem Moment*) Äh – verzeihen Sie mir, wenn ich mir die Bemerkung erlaube, Inspektor, aber ich bin … (*Kleines Lachen*) … selbst ein kleiner Amateurdetektiv, wissen Sie, und es scheint mir, dass, wenn sich jemand an Foster herangeschlichen hat, während er *im* Bunker war, dann …
MCCRAW:	(*Scharf*) Wer hat Ihnen das gesagt?
HANSON:	(*Leise und überrascht*) Was? Dass Foster im Bunker war? Also … Es war Trevor! Großer Gott, ich hoffe, ich habe nichts Falsches gesagt?
STARR:	Nein, es gibt keinen Grund, warum Sie es nicht wissen sollten, Mr. Hanson. Es wird bald zum allgemeinen Klatsch und Tratsch gehören.
FRIDA:	Ja, und wenn Sie mich fragen, war es noch zu gut für dieses Schwein, dass man ihm den Kopf mit einem Niblick eingeschlagen hat! Wenn es nach mir gegangen wäre, dann hätte ich …
HANSON:	Es ist genug, Frida! Bring Mr. Starr sein Getränk. (*Nach einem Moment: leise*) Leider muss ich sagen, dass ihr Gefühlsausbruch gewissermaßen verständlich ist, Inspektor. Foster war – nun ja … gelinde gesagt … ein ziemlich unangenehmer Zeitgenosse.
MCCRAW:	Ja, das haben wir schon mitbekommen.
STARR:	Haben Sie Foster heute Nachmittag gesehen, Sir?
HANSON:	Ich? Gütiger Himmel, nein! Bei diesem Wetter spiele ich nicht, Sir. Ich bin nur kurz hierhergekommen, um mit Trevor zu sprechen.

STARR: Verstehe.

HANSON: Tja, dann werde ich mich mal auf den Weg machen. Sie haben ja meine Telefonnummer, Inspektor, falls Sie mich kontaktieren wollen?

MCCRAW: Ja. Ja, danke, Sir.

HANSON: Auf Wiedersehen, Mr. Starr. Hat mich gefreut, Sie kennenzulernen.

STARR: Auf Wiedersehen, Sir.

Die Tür wird geschlossen.

MCCRAW: Er scheint ein recht liebenswürdiger Bursche zu sein.

STARR: (*Ruhig*) Ja.

FRIDA: Hier ist Ihr Getränk, Sir.

STARR: Oh, danke.

FRIDA: Es tut mir leid, was ich gerade eben gesagt habe, aber ...

STARR: Das ist schon in Ordnung. (*Er legt eine Münze auf den Tresen*) Behalten Sie den Rest!

FRIDA: Oh, danke, Sir.

STARR: Nun, Bob, Sie sind ja ... (*Er zögert*)

MCCRAW: (*Schnell*) Was ist?

STARR: (*Nach einer winzigen Pause: leise*) Ich glaube, da lauscht jemand an der Tür. Warten Sie hier!

Die Tür wird geöffnet.
Eine lange Pause.
Die Tür wird wieder geschlossen.

MCCRAW: Und?

STARR: Nein. Nein, da war niemand. Verdammt komisch, ich hätte schwören können, ich hätte etwas gehört. Ach, na ja. Auf Ihre Gesundheit, Inspektor! Cheerio!

MCCRAW: (*Nach einem Moment: ernsthaft*) Ich weiß nicht, ob Sie die Stelle sehen wollen, an der Foster ermordet wurde, Mike, aber wenn Sie es wollen, dann ...

STARR:	Nein. Nein, ich glaube kaum, dass das nötig ist. Wir wissen ja jetzt, wer Foster ermordet hat, also warum …
MCCRAW:	(*Verwirrt*) Wir … wissen … jetzt … wer … ihn ermordet hat?
STARR:	(*Freundlich*) Aber ja. Ja, natürlich.
MCCRAW:	Aber … Wer hat Foster ermordet?
STARR:	(*Höflich*) Sollen wir es ihm sagen, Miss Thompson?
FRIDA:	(*Plötzlich*) Bewegen Sie sich nicht!
MCCRAW:	Mein Gott! Mein Gott, sie hat eine Waffe!
FRIDA:	Keine Bewegung! Keine Bewegung oder ich … schieße! (*Eine kurze Pause*) Sie haben meinen Fehler bemerkt, nicht wahr, Mr. Starr? Oh, ja. Oh ja … Ich habe es sofort bemerkt, als ich ihn gemacht habe. Aber ganz so schlau sind Sie auch nicht, Mr. Starr! Oh nein … Da ist nämlich noch etwas, das Sie übersehen haben …
STARR:	(*Ruhig*) Was meinen Sie?
FRIDA:	(*Höflich*) Hat Ihnen … Ihr Getränk … geschmeckt?
MCCRAW:	(*Angespannt*) Was … Was war denn damit nicht in Ordnung?

Eine kleine Pause.

FRIDA:	Es … war … vergiftet.
MCCRAW:	Mein Gott! Vergiftet!!!
FRIDA:	(*Ruhig*) Michael Starr … Sie haben noch zehn Minuten zu leben!

Musik aufblenden.
Musik ausblenden.

SPRECHER:	Nun, was hat Michael Starr dazu gebracht, Frida Thompson zu verdächtigen? Und was wird mit Michael Starr geschehen? Hören Sie sich die Auflösung später in der Sendung an.

SPRECHER: Hören Sie jetzt die Auflösung des heutigen Krimirätsels.

MCCRAW: Mein Gott! Vergiftet!!!

FRIDA: (*Ruhig*) Michael Starr ... Sie haben noch zehn Minuten zu leben!

STARR: Das glauben Sie doch selbst nicht! Was denken Sie, weshalb ich vorhin auf den Korridor gegangen bin?

MCCRAW: (*Verwundert*) Na, weil Sie dachten, Sie hätten jemanden an der Tür gehört?

STARR: Natürlich habe ich niemanden an der Tür gehört! Ich ging auf den Korridor, um mich des Getränks zu entledigen. Ich habe es in die Schusterpalme gegossen.

MCCRAW: Das gibt's doch nicht! (*Plötzlich*) Vorsicht!

Man hört einen Schuss, dann einen Kampf.

STARR: Alles in Ordnung, Bob?

MCCRAW: (*Zügig*) Ja ... Ja, mir geht's gut. Ich habe den Revolver. Mann! Sie ist ohnmächtig geworden. (*Plötzlich*) Mike, warum zum Teufel haben Sie diese Frau verdächtigt?

STARR: Wie konnte sie wissen, dass Foster mit einem Niblick getötet wurde? Selbst Trevor wusste nur, dass es ein Golfschläger war. Er wusste nicht, was für einer!

MCCRAW: Heiliger Strohsack, aber ja!

STARR: (*Angespannt, ein plötzlicher Gedanke*) Tja, ich würde sagen, Bob ...

MCCRAW: (*Aufgeregt*) Was?

STARR: ... dass es eine ganze Menge von Argumenten gibt, die für brünette Frauen sprechen ...

Musik aufblenden.

ENDE

Folge 4
Der dunkle Korridor

Ausstrahlung: Montag, 06.03.1944 (BBC Home Service)
Buch: FRANCIS DURBRIDGE | Regie: HARRY S. PEPPER

Rollen und DarstellerInnen:

Michael Starr . . . . HENRY OSCAR
Inspektor Robert McCraw . . . . IAN SADLER
Roy Nelson . . . . LEWIS STRINGER
Barbara Fielding . . . . FREDA FALCONER
Mr. Coogan / Kellner . . . . . . DICK FRANCIS

RÄTSEL 4 – DER FALL

Als die Titelmusik verklingt, Überblendung auf das Geräusch eines Wagens.
Der Wagen kommt zum Stillstand.
Eine Autotür wird geöffnet und dann wieder geschlossen.

BARBARA: (*Angespannt, offensichtlich unglücklich*) Dann also ... gute Nacht ..., Roy.

NELSON: Gute Nacht, Barbara, ... tut mir leid, dass es so gekommen ist ...

BARBARA: Wenn du so über die Dinge denkst ..., dann gibt es da auch nichts mehr zu sagen.

NELSON: Soll ich dich ... noch hineinbegleiten?

BARBARA: Nein ...

NELSON: Hast du denn keine Angst? Ich meine, im oberen Korridor ist es doch immer ziemlich dunkel ...

BARBARA: Und was bringt es, wenn ich mich fürchte, Roy? Ich muss ... Ich muss lernen, auf mich allein aufzupassen.

NELSON: (*Leise und sanft*) Es tut mir leid, Barbara.

BARBARA: (*Offensichtlich aufgelöst*) Gute Nacht!

Das Auto fährt weg, dann wird das Geräusch des Wagens ausgeblendet.

Überblendung auf das Geräusch eines Aufzugs.
Der Aufzug hält an. Die Tür öffnet sich.
Eine kurze Pause.
BARBARA: (*Plötzlich: angespannt*) Wer ist da? Wer ist da –
            drüben an der Tür? Was .... Was wollen Sie?
            (*Verzweifelt*) Nehmen Sie ... Ihre Hände von mir
            ... (*Plötzlich: erschrocken*) Hände ... weg ... von
            ... mir!
BARBARA stößt einen wilden, fast erschrockenen Schrei aus, dann wird er zu einem leisen, sanften Stöhnen. Sie hat offensichtlich Schmerzen.
Szene ausblenden.

Überblendung zum Geräusch eines Tanzorchesters und von Leuten, die tanzen.
Langsam den Hintergrund ausblenden.
MCCRAW: Herr Ober!
KELLNER: Ja, Sir?
MCCRAW: Sehen Sie den Gentleman dort drüben? Den, der
            mit der jungen blonden Dame tanzt?
KELLNER: (*Überrascht*) Sie meinen Mr. Michael Starr, Sir?
            Aber ja, Sir!
MCCRAW: Wären Sie so nett und würden Mr. Starr sagen,
            dass ich ihn sprechen will? Ich warte in der
            Lounge auf ihn.
KELLNER: Jawohl, Sir. Ihr Name, Sir?
MCCRAW: Inspektor McCraw.
KELLNER: Sofort, Sir.
Aufblenden des Orchesters und Szene dann ausblenden.

Aufblenden von MICHAEL STARR.
STARR: ... Was soll das schon wieder, Robert, alter

38

	Freund? Das ist schon das zweite Mal, dass Sie mich …
MCCRAW:	(*Unterbricht* MICHAEL STARR) Mike! Mike! Ich bin in einem ganz schönen Dilemma! Tut mir leid, wenn ich Ihr Tête-à-tête unterbrochen habe, aber …
STARR:	Na, setzen Sie sich erstmal. Immer mit der Ruhe! Sie sehen ganz schön mitgenommen aus!
MCCRAW:	Ich fühle mich erledigt! Ich bin seit heute Morgen um vier Uhr auf den Beinen. Vier Uhr, Mike! Wenn ich nicht so eine starke Konstitution hätte, dann wüsste ich nicht, was ich …
STARR:	Worum geht es? Ist es der Fielding-Mord?
MCCRAW:	Ja!
STARR:	Ich habe den Bericht darüber in der *Evening Post* gelesen. Scheint eine ziemlich komplizierte Angelegenheit zu sein.
MCCRAW:	Nun, es ist auf eine einfache Art und Weise kompliziert, wenn Sie verstehen, was ich meine.
STARR:	(*Amüsiert*) Eigentlich nicht.
MCCRAW:	Also … Ein Mädchen namens Barbara Fielding war mit einem jungen Architekten namens Roy Nelson verlobt. Gestern Abend löste Nelson die Verlobung. Er brachte Barbara zurück in ihre Wohnung und verließ sie nach seinen Angaben um etwa Viertel vor zwölf. Kurz nach drei Uhr heute Morgen machte der Hausmeister seinen üblichen Rundgang durch das Gebäude. (*Er zögert*) Dabei fand er Miss Fielding in der Nähe des Aufzugs im vierten Stock. Sie war tot. (*Nach einem Moment*) Erstochen.
STARR:	Erstochen?
MCCRAW:	Ja … Das arme Mädchen. Sie war kein schöner Anblick mehr, Mike.
STARR:	Haben Sie das Messer untersucht – auf Fingerab-

drücke, meine ich?

MCCRAW: Leider haben wir das Messer nicht gefunden, Mike.

STARR: Oh. Oh, ich verstehe. Was ist mit einem Motiv?

MCCRAW: Nun, zumindest scheint es keinen Zweifel am Motiv zu geben. Ihre Wohnung wurde durchwühlt. Soweit wir das beurteilen können, ist Schmuck im Wert von etwa 400 Pfund verschwunden.

STARR: Hm ... Es sieht also so aus, als ob sich Miss Fieldung bei ihrem Verlobten – oder besser gesagt: ihrem Ex-Verlobten – verabschiedet hat, mit dem Aufzug in den vierten Stock gefahren ist und dort dem ...

MCCRAW: ... dem Schwein, das sie ermordet hat, gegenüberstand. (*Mit einem Seufzer*) Ja.

STARR: Gibt es noch einen anderen Eingang in das Gebäude?

MCCRAW: Ja, es gibt eine Art Lieferanteneingang auf der Rückseite der Calthorpe Street.

STARR: (*Plötzlich*) Ich würde mich gerne mit Nelson unterhalten, Bob.

MCCRAW: Er ist noch immer in der Wohnung. Ich habe ihn sofort holen lassen. (*Beklommen*) Ich wünschte, Sie würden mit ihm sprechem, Mike.

STARR: Ich hole nur meine Sachen. (*Plötzlich*) Ach, ähm – Bob!

MCCRAW: Ja?

STARR: (*Langsam*) Wie viel weiß Roy Nelson eigentlich über all das?

MCCRAW: (*Verwirrt*) Wie meinen Sie das?

STARR: Hat er die Leiche gesehen?

MCCRAW: Nein. Niemand hat die Leiche gesehen außer dem Hausmeister, Superintendent Bradley, mir selbst ... und natürlich dem Polizeiarzt.

STARR:	Hm.
MCCRAW:	Wir haben uns ziemlich bedeckt gehalten, im Zeitungsbericht stand nicht einmal, dass sie erstochen wurde.
STARR:	Weiß Nelson, dass sie erstochen wurde?
MCCRAW:	Ja, der Polizeiarzt hat es ihm gesagt. Ich fürchte, Nelson hat das selbst alles sehr mitgenommen. Es würde mich nicht überraschen, wenn auch Sie Schwierigkeiten hätten, etwas aus ihm herauszubekommen ...

MCCRAWs Stimme ausblenden.

Aufblenden von ROY NELSON, der gerade spricht.

NELSON:	(*Schrecklich nervös und aufgewühlt*) Es ... es tut mir schrecklich leid, dass ... ich Ihnen nicht mehr sagen kann. Wir ... Wir hatten einen ziemlichen Streit und dann habe ich ... habe ich Barbara nach Hause gebracht ...
STARR:	War Miss Fielding mitgenommen?
NELSON:	Ja. ... Ja, natürlich war sie ... mitgenommen.
STARR:	Warum haben Sie Ihre Verlobung gelöst?
NELSON:	(*Ungehalten*) Das ist ... Das ist doch eine ziemlich persönliche Frage, nicht wahr?
STARR:	(*Ruhig, ziemlich freundlich*) Na gut, Mr. Nelson. Wir werden nicht persönlich werden.
NELSON:	Oh ... Ich wollte nicht unhöflich sein, aber ...
MCCRAW:	Ah, da kommt ja Mr. Coogan!
COOGAN:	(*Ein älterer Mann*) Hallo, Inspektor. Gibt es was Neues?
MCCRAW:	Leider nein, Sir. Darf ich Ihnen Mr. Starr vorstellen? (*Zu STARR*) Mr. Coogan hat hier das Sagen, Mike, ihm gehören die Wohnungen hier.
COOGAN:	Ich freue mich, Sie kennenzulernen, Mr. Starr. Aber ich wünschte, wir würden uns unter angenehmeren Umständen treffen. Ach, was für eine

schreckliche Angelegenheit, nicht wahr?

STARR: Wie lange ist Miss Fielding schon Ihre Mieterin, Mr. Coogan?

COOGAN: Lassen Sie mich nachdenken ... Ach, ich würde sagen, etwa sechs oder sieben Jahre.

NELSON: Barbara zog 1936 hier ein ... Ja, im März 1936 ... (*Emotional*) Arme ..., arme Barbara ... (*Plötzlich*) Wenn ich nur das Schwein in die Finger bekäme, das sie getötet hat! (*Angespannt*) Ich würde diesen Mistkerl abstechen! Ich würde ihn niedermetzeln!

COOGAN: (*Leise*) Mr. Nelson, bitte.

MCCRAW: (*Sanft*) Beruhigen Sie sich, mein Junge.

NELSON: Entschuldigung. Es geht schon wieder ...

COOGAN: (*Nachdenklich*) Inspektor, gerade denke ich mir, dass ...

MCCRAW: Was?

COOGAN: Wenn Sie das Messer finden und die Fingerabdrücke nehmen, dann sollte es doch eine ziemlich einfache Angelegenheit sein, den ...

STARR: Aber was ist, wenn es keine Fingerabdrücke gibt?

COOGAN: Was meinen Sie?

STARR: Nun, der Mörder könnte doch auch vorsichtig gewesen sein, Mr. Coogan. Er könnte beispielsweise ...

NELSON: (*Unterbricht STARR*) ... Handschuhe getragen?

STARR: (*Höflich*) Genau, Mr. Nelson. Er könnte Handschuhe getragen haben.

MCCRAW: Tja, also ich habe das ungute Gefühl, dass wir das Messer nicht finden werden. Und ich habe auch das unangenehme Gefühl, dass dies einer der ungelösten Fälle von Scotland Yard bleiben wird.

STARR: (*Imitiert MCCRAWs Akzent*) Dann kann ich Sie von Ihrem unangenehmen Gefühl befreien, Bob!

42

	(*Einen Moment Pause, dann ernst*) Denn es gibt keinen Zweifel daran, wer Barbara Fielding ermordet hat.
MCCRAW:	(*Erstaunt*) Sie meinen … Sie wissen … wer … sie … ermordet hat?
STARR:	(*Leise*) Ja. Ja, ich weiß es, Inspektor. (*Höflich*) Nehmen Sie doch eine Zigarette, Mr. Nelson, das wird Ihre Nerven beruhigen!

Musik aufblenden.
Musik ausblenden.

SPRECHER:	Wer hat Barbara Fielding ermordet? Wissen Sie es? Später in der Sendung werden Sie von Michael Starr persönlich die Lösung des heutigen Krimirätsels erfahren.

RÄTSEL 4 – DIE LÖSUNG

SPRECHER:	Wir geben Ihnen jetzt die Lösung des Krimirätsels von heute Abend.
STARR:	Ja. Ja, ich weiß es, Inspektor. (*Höflich*) Nehmen Sie doch eine Zigarette, Mr. Nelson, das wird Ihre Nerven beruhigen!
COOGAN:	Mr. Starr! Mr. Starr, soll das etwa heißen, dass Sie wissen, wer Miss Fielding ermordet hat?
STARR:	Ja. Sehen Sie, Mr. Coogan, der Mann, der Barbara Fielding ermordet hat, hat einen Fehler gemacht … einen ziemlich fatalen Fehler!
COOGAN:	(*Nervös*) Was … Was meinen Sie?
STARR:	Sie wussten, dass Miss Fielding erstochen wurde, aber … woher … wussten Sie …, dass das Messer fehlte?
COOGAN:	Sie verdammter Teufel, ich …

MCCRAW: Passen Sie auf!

NELSON: Nein, das werden Sie nicht tun!

Man hört einen gewaltigen Schlag, gefolgt von einem heftigen Aufprall.

STARR: (*Nach einem Moment*) Puh! Das war ein ziemlich harter Schlag, Mr. Nelson. Sie haben ihn k.o. geschlagen! Er ist bewusstlos!

MCCROW: (*Überrascht*) Bewusstlos?

STARR: Ja, er ist ohnmächtig.

MCCRAW: (*Beinahe besorgt*) Der Bursche kann keine besonders gute Konstitution haben!

Musik aufblenden.

ENDE

Anmerkung des Übersetzers: Der in dieser Folge genannte Superintendent Bradley ist ein Scotland-Yard-Beamter, den Durbridge auch in einigen Paul-Temple-Abenteuern vorkommen ließ.

Folge 5
Tod im Graben

Ausstrahlung: Montag, 13.03.1944 (BBC Home Service)
Buch: FRANCIS DURBRIDGE | Regie: HARRY S. PEPPER

Rollen und DarstellerInnen:

Michael Starr . . . . HENRY OSCAR
Inspektor Robert McCraw . . . . IAN SADLER
Rex Watford . . . . FRED YULE

RÄTSEL 5 – DER FALL

Als die Titelmusik verklingt, Überblendung auf einen Zug, der gerade in einen kleinen Bahnhof einfährt. Man hört, wie sich die Waggontüren öffnen und schließen.

STARR: Da sind Sie ja, Sie alter Gauner!

MCCRAW: (*Außer Atem*) Sie haben es also geschafft, Mike! Ach, großartig! Geben Sie her, lassen Sie mich Ihren Koffer tragen!

STARR: Schon gut! Ich kann ihn allein tragen! Aber was soll die ganze Aufregung?

MCCRAW: Aufregung? Keine Spur von Aufregung, Mann! Ich bin nur ein bisschen außer Puste. Ich dachte, ich würde es nicht zum Zug schaffen. (*Mit einem Seufzer der Erleichterung*) Ah ... Aber ich hab's ja geschafft – dank meiner hervorragenden Konstitution!

STARR: Bob ...

MCCRAW: Ja, Mike?

STARR: Ich habe vier Stunden in einem extrem stickigen, überhitzten, staubigen, dreckigen, übelriechenden Zug ver...

MCCRAW: (*Unterbricht STARR*) Ich weiß! Ich weiß, ich

weiß! Aber es ist schön, Sie zu sehen, Mike! (*Freundlich*) Haben Sie Ihre Golfschläger dabei?

STARR: Ich habe meine Golfschläger NICHT dabei! Ich bin gekommen, weil Sie mir ein Telegramm geschickt haben – und wenn Sie jetzt denken, dass ich …

MCCRAW: Da drüben ist eine Bank, alter Junge … Setzen wir uns und ich erzähle Ihnen alles …

Im Hintergrund ist gelegentlich eine Drossel zu hören. Es ist eine ruhige ländliche Szenerie.

MCCRAW: Ah … So ist es besser … Wollen Sie etwas Tabak oder …

STARR: Nein. Nein, ich habe meine Zigarette …

MCCRAW: Also, vor war etwa vier Tagen kam ich hierher nach King's Risborough. Es schien mir ein ganz netter Ort zu sein. Es gibt einen guten Golfclub, eine ganz ordentliche Kneipe und – ein ziemlich schönes Gebiet zum Fischen, wenn es einem nichts ausmacht, an den Füßen nass zu werden. Tja, ich habe mich hier gut amüsiert, Mike, bis … Dienstagnachmittag – das war vorgestern.

STARR: Was genau geschah am Dienstagnachmittag?

MCCRAW: Nun, ein Landarbeiter – ein Kerl namens Joseph Harper – hatte einen Unfall. Er pflügte ein Feld auf der anderen Seite des Dorfes. Der Traktor fuhr zu nahe an einen Graben heran … Harper verlor das Gleichgewicht, kippte vom Traktor und wurde überrollt … dabei wurde er getötet.

STARR: Hat jemand den Unfall gesehen?

MCCRAW: Ja! Sein Boss hat ihn beobachtet, ein Farmer namens Rex Watford. Watford war anscheinend gerade dabei, zwei- oder dreihundert Meter entfernt eine Hecke zu schneiden. Er hörte Harpers Schrei und rannte über das Feld, aber als er den Graben erreichte, war der arme Teufel bereits tot.

	(*Nach einem Moment, mit zweifelhaftem Ton*) Zumindest ist das seine Version der Geschichte.
STARR:	Wie meinen Sie das?
MCCRAW:	Ich mag Watford nicht, Mike. Er ist ein verschlagener, hinterlistiger Kerl und – ich bin ihm gegenüber deshalb ziemlich misstrauisch. Außerdem hatte er ein Motiv – ein Motiv, Harper aus dem Weg zu räumen.
STARR:	Hm … Wurde der Traktor weggebracht?
MCCRAW:	Alles wurde so gelassen, Mike – außer Harpers Leiche natürlich, die wurde weggebracht. Ich habe sogar die Stelle im Graben markiert, an der Harper abgestürzt ist, nur für den Fall, dass Sie sie sehen wollen.
STARR:	Ja. Ja, ich würde sie gerne sehen. Und ich würde auch gerne mit Watford sprechen.
MCCRAW:	Ich sagte ihm bereits, dass wir gegen drei Uhr zu ihm spazieren würden. Es ist nur etwa eine Viertelmeile vom Gasthaus entfernt. Ich habe Ihnen dort auch ein Zimmer reserviert, Mike, damit Sie nicht …

Stimme ausblenden.

MICHAEL STARR aufblenden, der gerade spricht.

STARR:	Ja, ich kann sehen, wo Harper versucht hat, den Traktor herumzureißen, und ich kann sehen, wo er … (*Plötzlich*) Mr. Watford, wo waren Sie genau, als der Unfall passierte?
WATFORD:	Ich habe dem Inspektor bereits gesagt, wo ich war. Ich war drüben auf der anderen Seite des vier Hektar großen …
STARR:	(*Nachdenklich*) Hm … Wie lange hatte Harper eigentlich schon hier gepflügt?
WATFORD:	Er hat um zehn Uhr morgens angefangen. Um ein Uhr ging er kurz weg, um 'was zu essen, und um

kurz nach zwei Uhr fuhr er wieder los. Der Unfall ereignete sich etwa um Viertel vor drei.

STARR: Hat er im Laufe des Nachmittags nochmals den Traktor angehalten?

WATFORD: Nein, er war die ganze Zeit am Pflügen.

STARR: Verstehe. Also – korrigieren Sie mich, wenn ich mich irre – der Traktor lief die ganze Zeit, ohne Unterbrechung, von kurz nach zwei Uhr nachmittags bis zum Zeitpunkt des Unfalls um etwa Viertel vor drei?

WATFORD: Das ist richtig.

STARR: Sind Sie sich da sicher?

WATFORD: Natürlich bin ich mir sicher. Ich konnte das gesegnete Ding sowohl sehen als auch hören.

STARR: Gut. Ich danke Ihnen, Mr. Watford.

WATFORD: Kann ich den Traktor jetzt wegfahren, Inspektor? Ich habe ein Feld, das gesät werden muss, und ein anderes, das gepflügt werden sollte ... und zwar noch vor Ende der Woche!

MCCRAW: Gut! Ja, das ist in Ordnung.

STARR: Wahrscheinlich wird es ein wenig dauern, bis er in Gang kommt – es ist eiskalt.

WATFORD: Nicht doch! Der springt blitzschnell an. Zack – und weg ist er!

Der Traktor springt an.

MCCRAW: Mann, den haben Sie aber gut im Griff, Mr. Watford.

WATFORD: Gewusst wie, Inspektor. Also ...

WATFORD gibt Gas.

WATFORD: (*Ruft*) Einen schönen Tag noch, meine Herren!

MCCRAW: (*Ruft*) Auf Wiedersehen, Sir!

Den wegfahrenden Traktor ausblenden.

Aufblenden von MICHAEL STARR, der gerade spricht.

MCCRAW: Sind Sie sicher, dass Sie nicht noch mehr Kaffee

	möchten, Mike?
STARR:	Nein, ich habe genug, danke.
MCCRAW:	Sie sind so seltsam schweigsam, alter Freund. Was ist los?
STARR:	Ach, ich dachte gerade an … Mr. Watford.
MCCRAW:	Gefällt er Ihnen?
STARR:	Nein. Das kann ich nicht gerade sagen. Er scheint ein Mann zu sein, der seine Gefühle gut unter Kontrolle hat.
MCCRAW:	In der Tat. (*Neugierig, leise*) Wissen Sie, was mir aufgefallen ist, Mike …
STARR:	Was?
MCCRAW:	Ist Ihnen nicht aufgefallen, dass er am Traktor nicht den Hebel auf »an« gestellt hat, bevor er ihn startete?
STARR:	Der Hebel war bereits auf »an«, Bob. Vergessen Sie nicht, dass er seit dem Unfall nicht mehr angerührt wurde – und zum Zeitpunkt des Unfalls ging er nicht von selbst auf »aus«, sondern …
MCCRAW:	Nicht von selbst?
STARR:	Ganz genau.
MCCRAW:	Hm … (*Eine Pause, leise*) Mike?
STARR:	Ja?
MCCRAW:	Was denken Sie? Wurde Harper ermordet oder war es … nur ein Unfall?

Eine Pause.

STARR:	(*Leise*) Er wurde ermordet.
MCCRAW:	(*Begeistert*) Ich wusste es! Ich wusste es! (*Leise, verblüfft*) Aber, Mike … Woher wissen Sie das?

Musik aufblenden.

Musik ausblenden.

SPRECHER:	Woher weiß Michael Starr, dass Rex Watford Joseph Harper ermordet hat? Im weiteren Verlauf der Sendung werden Sie von Michael Starr per-

sönlich die Lösung des heutigen Krimirätsels erfahren.

RÄTSEL 5 – DIE LÖSUNG

SPRECHER: Wir geben jetzt zurück an Michael Starr, der Ihnen die Lösung des heutigen Krimirätsels verraten wird.

STARR: (*Leise*) Er wurde ermordet.

MCCRAW: (*Begeistert*) Ich wusste es! Ich wusste es! (*Leise, verblüfft*) Aber, Mike … Woher wissen Sie das?

STARR: Bob, hören Sie zu … und zwar ganz genau. Wenn Sie einen Traktor zum ersten Mal in Betrieb nehmen, lassen Sie ihn mit Benzin laufen. Man lässt den Traktor vielleicht fünf oder sechs Minuten mit Benzin laufen, damit der Motor warmläuft, und schaltet dann auf Paraffin um. Ist das klar?

MCCRAW: Klar.

STARR: Nun, laut Watford pflügte Harper von kurz nach zwei Uhr bis zum Zeitpunkt des Unfalls um Viertel vor drei. Eine dreiviertel Stunde! Eine dreiviertel Stunde, Bob! Verstehen Sie denn nicht? Der Traktor kann nicht so lange mit Benzin gelaufen sein – er muss mit Paraffin gelaufen sein.

MCCRAW: Klar! Wenn es ein Unfall war, dann müsste der Traktor im Graben umgeschaltet gewesen sein auf …

STARR: Er müsste auf Paraffin umgestellt gewesen sein … ja! Aber er war nicht auf Paraffin umgestellt, Bob. Oh, nein! Er war auf Benzin gestellt! Sie haben doch gesehen, wie Watford den Traktor heute Nachmittag gestartet hat. Der Traktor war nicht angerührt worden und sprang trotzdem

50

problemlos an. Man kann einen eiskalten Traktor nicht mit Paraffin starten, Bob – egal, wie man ihn auch handhabt!

MCCRAW: (*Angespannt*) Was glauben Sie also, was passiert ist?

STARR: (*Eifrig, will seine Erklärung loswerden*) Ich werde Ihnen sagen, was passiert ist. Harper fing an zu pflügen, dann wurde er von Watford unterbrochen. Er hielt den Traktor an. Es gab einen Streit. Harper wurde ermordet und in den Graben geschleppt. Plötzlich kam Watford auf die Idee mit dem Unfall. Er ging zurück zum Traktor. Zu diesem Zeitpunkt war der Traktor schon fast kalt und er musste auf Benzin umschalten, um ihn wieder zu starten. Er fuhr den Traktor hinunter in den Graben. Es sah aus wie ein Unfall! Es sah genau wie ein Unfall aus!! Aber – Watford hat vergessen, wieder auf Paraffin mzustellen!!

MCCRAW: (*Völlig überwältigt*) Mike! Mike, Sie sind ein Genie! Sie sind ein Zauberer! Mit Ihrem Verstand und meiner Konstitution … sind wir unschlagbar.

Musik aufblenden.

ENDE

Anmerkung des Übersetzers: Francis Durbridge verwendete dieselbe Geschichte 1947 für die Kurzgeschichte *Paul Temple und der Fall Crawford* (*Paul Temple and the Crawford Case*), die Sie im Anhang ab Seite 193 zum Vergleich mit diesem Hörspiel lesen können.

Folge 6
Tod in der Themse

Ausstrahlung: Montag, 20.03.1944 (BBC Home Service)
Buch: FRANCIS DURBRIDGE | Regie: HARRY S. PEPPER

Rollen und DarstellerInnen:

Michael Starr . . . . HENRY OSCAR
Inspektor Robert McCraw . . . . IAN SADLER
Fred . . . . FRED YULE
Bert . . . . DICK FRANCIS

RÄTSEL 6 – DER FALL

Am Ende der Titelmusik Überblendung auf das Geräusch einer tuckernden Motorbarkasse auf dem Fluss. Im Hintergrund sind Flussgeräusche zu hören.

BERT: (*Ein typischer Cockney*) Das wird eine schreckliche Nacht auf dem Fluss, wenn Sie mich fragen, Sergeant. Furchtbar.

FRED: Sieht ganz danach aus. Wir sollten uns nicht wundern, wenn auch noch Nebel aufzieht.

BERT: Ganz sicher nicht. Ich habe genug von dem Nebel! Lenken Sie mehr nach rechts, Fred! Ziehen Sie die Barkasse rüber, Kumpel!

FRED: Wie lange sind Sie schon in diesem Job?

BERT: Was denn? Bei der Flusspatrouille? Seit fast sechs Jahren, ich stieß zur Truppe, kurz nachdem ich ... (*Er hält inne*)

FRED: Was ist los?

BERT: (*Angespannt*) Fred, da treibt etwas ... da drüben auf der anderen Seite ... Es ist eine junge Frau!!!

FRED: (*Schnell*) Holen Sie den Haken, und ich schwinge mich über das Heck, damit wir ...

BERT: (*Unterbricht* BERT*, angespannt*) Sergeant ...
FRED: Ja?
BERT: (*Ein Hauch von Besorgnis in seiner Stimme*) Das ist schon die dritte ... in ... drei ... Tagen ...
FRED: (*Verbissen*) Ja. Ja, ich weiß ...
Barkasse ausblenden.

Aufblenden von MCCRAWS *Ausführungen.*
MCCRAW: Ich sag es Ihnen ganz offen, Mike, die ganze Sache ist ziemlich beunruhigend. Das ist schon das dritte Mädchen, das wir in den letzten drei Tagen aus dem Fluss gezogen haben. (*Mit einem Seufzer*) Es muss etwas geschehen, oder der Innenminister steigt uns auf den Schlips!
STARR: Ja, Sie sehen in der Tat ziemlich müde aus, Bob!
MCCRAW: Ich bin auch müde. Ich bin seit fast achtundvierzig Stunden ohne Pause auf den Beinen. Wenn ich nicht eine so starke Konstitution hätte, würde ich das gar nicht durchhalten.
STARR: Ich nehme an, Sie haben keinen Zweifel daran, dass es sich in allen Fällen einfach um Selbstmord gehandelt hat?
MCCRAW: Nein, keinen Zweifel. Die Mädchen haben zwar Selbstmord begangen ..., aber ich bin mir ziemlich sicher, dass sie alle das gleiche Motiv hatten.
STARR: (*Leise*) Und welches?
MCCRAW: Erpressung!
STARR: Erpressung?
MCCRAW: Ja – und ich würde gerne diesen Teufel zwischen die Finger bekommen, der dafür verantwortlich ist!
STARR: Ich habe mich heute Morgen mit dem stellvertretenden Polizeichef unterhalten und er erwähnte dabei einen Mann namens Dr. Hartford. Ist er in diese Sache verwickelt?

MCCRAW: (*Nachdenklich*) Ja, aber in welchem Ausmaß, das wissen wir nicht genau … (*Vertraulich*) Sehen Sie, Mike, die Lage ist, soweit ich sie sehe, ganz einfach so: Die drei Mädchen, die wir aus dem Fluss geholt haben, ließen sich nicht erpressen. Sie zogen es vor, stattdessen …

STARR: … Selbstmord zu begehen?

MCCRAW: Ganz genau!

STARR: (*Leicht ungeduldig*) Aber was hat Hartford damit zu tun?

MCCRAW: Er kannte die Mädchen. Sie waren alle seine Patientinnen, und zwar ziemlich neue Patientinnen, wie ich hinzufügen möchte.

STARR: Hm …

MCCRAW: Aber Dr. Hartford ist nicht die einzige Person, die unter Verdacht steht. Es gibt da noch einen jungen Mann namens Robert Staines und eine Frau namens Dora Thomson. Sie haben vielleicht schon von Dora Thomson gehört?

STARR: Ja, sie war vor etwa vier Jahren in den Glasswell-Fall verwickelt.

MCCRAW: Ja, das ist richtig.

STARR: Wer war das Mädchen, das Sergeant Ellison letzte Nacht aus dem Fluss gezogen hat?

MCCRAW: Ein Mädchen namens Betty Sanderson. Nach Angaben des Polizeiarztes trieb sie nur anderthalb Stunden im Fluss, bevor sie entdeckt wurde. Wir haben rekonstruiert, was sie in den letzten zwei Tagen getan hat – und das ist ziemlich interessant, Mike. Letzten Donnerstag hatte sie eine mysteriöse Verabredung in einem Café im West End, aber wir konnten nicht herausfinden, mit wem. Wenn wir das könnten, dann hätte ich den leisen Verdacht, dass wir unseren Mann haben.

STARR: … oder unsere Frau.

MCCRAW: Ja, oder unsere Frau.

STARR: Um wie viel Uhr hatte sie diese Verabredung, wissen Sie das?

MCCRAW: Zwischen sechs und sechs Uhr fünfundvierzig.

STARR: Und wo war Dr. Hartford genau zwischen sechs und sechs Uhr fünfundvierzig am letzten Donnerstag?

MCCRAW: Mal sehen ... Ich habe den Bericht hier irgendwo liegen. Ah! Hartford ging zu einem Patienten ... einem Mr. White, er wohnt in 48 Northcliffe Terrace, Deptford ... Nach Hartfords Aussage kam er um Viertel vor sechs in Deptford an und verließ es kurz nach acht wieder.

STARR: Haben Sie das überprüft?

MCCRAW: Ja, wir haben es überprüft, aber es ist nicht sehr zufriedenstellend. Sehen Sie, nur zwei Personen haben den Arzt gesehen: die diensthabende Krankenschwester und der Patient. Die Krankenschwester ist zufällig eine gute persönliche Freundin von Dr. Hartford und ...

STARR: Und der Patient?

MCCRAW: Der Patient ist gestorben.

STARR: Was ist mit den anderen beiden Personen, die Sie verdächtigen – Robert Staines und Dora Thomson?

MCCRAW: Staines ging zu einer Party in Camberley. Er nahm ein Taxi in Paddington und kam kurz nach sechs in Camberley an.

STARR: Und Dora Thomson?

MCCRAW: Nun, sie hat ein ziemlich merkwürdiges Alibi. Wir können es einfach nicht überprüfen. Sie sagt, sie sei allein ins Kino gegangen und habe *Meuterei auf der Bounty* gesehen.

STARR: Um wie viel Uhr ist sie in das Kino gegangen – wissen Sie das?

MCCRAW: Gegen halb sechs und sie kam kurz nach neun heraus.

STARR: Wann haben Sie Dr. Hartford zuletzt gesehen, Bob?

MCCRAW: Gestern Abend, und bei Gott, ich habe noch nie jemanden in einem solchen Zustand gesehen. Nervös ist gar kein Ausdruck! Er war wie eine Katze auf dem heißen Blechdach! Der Mann konnte vor lauter Zittern kaum sprechen. Ehrlich gesagt, Mike, bin ich der Meinung, dass der Bursche …

Das Telefon klingelt und der Hörer wird abgehoben.

MCCRAW: Hallo? … Ja, am Apparat … (*Erstaunt*) Was?! (*Leise, nach einem Moment*) Danke, dass Sie angerufen haben … Auf Wiederhören …

Der Hörer wird aufgelegt.

STARR: Was ist los?

MCCRAW: Dr. Hartford ist tot … Er hat sich erschossen … Kurz nach acht Uhr heute Morgen.

STARR: (*Langsam*) Das überrascht mich nicht.

MCCRAW: (*Leicht verwirrt*) Wie können Sie das sagen?

STARR: Ich habe den Verdacht, dass Dr. Hartford – so, wie die Mädchen auch – erpresst wurde. Er wurde dazu erpresst, den Verdacht auf sich selbst zu lenken!

MCCRAW: (*Eindringlich*) Aber wenn Hartford nicht der Erpresser war, wer war es dann?

STARR: Wissen Sie es denn nicht, Bob?

MCCRAW: Nein … Natürlich weiß ich es nicht, Mann! Wissen Sie es?

STARR: Ja. Ja, ich weiß es, Bob …

Musik aufblenden.

Musik ausblenden.

SPRECHER: Wer ist der Erpresser? Wissen Sie es? Später in

der Sendung werden Sie von Michael Starr persönlich die Lösung des heutigen Krimirätsels erfahren.

RÄTSEL 6 – DIE LÖSUNG

SPRECHER: Wir geben jetzt zurück an Michael Starr für die Lösung des heutigen Krimirätsels.

MCCRAW: Aber wenn Hartford nicht der Erpresser war, wer war es dann?

STARR: Wissen Sie es denn nicht, Bob?

MCCRAW: Nein ... Natürlich weiß ich es nicht, Mann! Wissen Sie es?

STARR: Ja. Ja, ich weiß es, Bob ... (*Leicht amüsiert*) Bob, vor etwa zwei Wochen war ich mit Georgina auf einem Tanzabend. Nach dem Tanz habe ich versucht, ein Taxi zu bekommen, das sie nach Hause bringt. Sie wohnt in Camberley.

MCCRAW: In Camberley? Da ist Mr. Staines doch auch hingefahren – das war sein Alibi.

STARR: Ja, und ich fürchte, kein sehr gutes.

MCCRAW: Wie meinen Sie das?

STARR: Sie können kein Taxi nach Camberley nehmen, Bob! Schon gar nicht von Paddington aus! Das ist neunundzwanzigeinhalb Meilen außerhalb von London!

MCCRAW: Nun, ich bin verblüfft!! (*Fast besorgt*) Aber was hat Georgina gemacht?

STARR: (*Fast ein Seufzer der Enttäuschung*) Sie hat eine Tante in Kensington.

Musik aufblenden.

ENDE

Folge 7
Drei Morde in zwei Wochen

Ausstrahlung: Montag, 27.03.1944 (BBC Home Service)
Buch: FRANCIS DURBRIDGE | Regie: HARRY S. PEPPER

Rollen und DarstellerInnen:

Michael Starr . . . . HENRY OSCAR
Inspektor Robert McCraw . . . . IAN SADLER
Pete Kenedit . . . . SYDNEY KEITH
Schwester Rogers . . . . . . FREDA FALCONER
Ein Sergeant . . . . FRED YULE

RÄTSEL 7 – DER FALL

Am Ende der Titelmusik wird auf PETE KENEDIT übergeblendet.

KENEDIT: (*Ein amerikanischer Kommentator*) Hier ist Pete Kenedit, der aus London, England, in die Vereinigten Staaten von Amerika sendet. Diese Woche findet sich das verschlafene kleine Dorf Much Drawset in der Grafschaft Barshire – ob es will oder nicht – in den Schlagzeilen wieder! Drei Morde in zwei Wochen! Ihr müsst zugeben, Leute – das ist ziemlich viel. Michael Starr, ein hervorragender Privatdetektiv, traf gestern in den frühen Morgenstunden in Much Drawset ein – Gerüchten zufolge leidet Chefinspektor McCraw unter den Auswirkungen von …

KENEDITS Stimme ausblenden.

Aufblenden von MCCRAW, der spricht.

MCCRAW: (*Erleichtert, aber müde*) Mike! Mike, bin ich

58

froh, Sie zu sehen! Bin ich froh, Sie zu sehen!

STARR: Tatsächlich, Inspektor?

MCCRAW: Mann, Sie wissen nicht, was ich durchgemacht habe! Diese Reporter! Solange ich lebe, will ich keine mehr sehen!!

STARR: Robert, mein Junge, Sie scheinen mir etwas angeschlagen zu sein!

MCCRAW: (*Verärgert*) Angeschlagen? Mann, wenn ich nicht so eine starke Konstitution hätte, wäre ich schon längst ...

STARR: (*Unterbricht MCCRAW*) Kommen Sie schon, Bob! Atmen Sie tief durch! Erzählen Sie mir die Fakten ...

MCCRAW: Die Fakten! Sie werden mir kein Wort glauben, Mike, es ist ... es ist ... so verrückt.

STARR: Nun, Sie könnten es wenigstens versuchen ...

MCCRAW: Drei Menschen sind ermordet worden. Mike, hier ... genau in diesem Dorf ...

STARR: Ja ... Ja, ich weiß ... Es steht ja in den Zeitungen. Ein Mr. Thomas, ein Mr. Briggs und, wenn ich mich recht erinnere, ein Mr. Calthorne.

MCCRAW: Genau! (*Langsam*) Aber wissen Sie, wer diese Leute waren, Mike?

STARR: (*Leise*) Nein?

MCCRAW: Der Metzger, der Bäcker und der Kerzenständermacher!!!

STARR: (*Erstaunt*) Was! (*Lacht*) Also, Bob, Sie machen wohl Scherze!

MCCRAW: Mann, ich sage Ihnen doch, es ist wahr! Thomas war der Metzger, Briggs war der örtliche Bäcker, und Calthorne hatte einen kleinen Antiquitätenladen. Er war spezialisiert auf die Herstellung ausgefallener Kerzenständer!

STARR: Meine Güte, das ist außergewöhnlich!

MCCRAW: (*Leise, vertraulich*) Mike, hören Sie zu! Es gibt

jemanden in diesem Dorf, der verrückt ist ... gänzlich und komplett verrückt ..., aber er ist teuflisch vorsichtig!

STARR: Haben Sie einen Verdacht?

MCCRAW: Nein. Nein, habe ich nicht.

STARR: Wie lange sind Sie schon hier, Bob?

MCCRAW: Ich kam hierher, nachdem Calthorne ermordet wurde. Davor hatten die örtlichen Ermittler den Fall in der Hand.

STARR: Wie lange ist das her?

MCCRAW: Etwas mehr als vierzehn Tage.

STARR: Ich nehme an, dass nichts mehr passiert ist, seitdem Sie hier sind?

MCCRAW: Nein. Der Teufel hält sich bedeckt, Mike, aber ich habe das ungute Gefühl, dass er jede Minute plötzlich ...

Eine Tür wird geöffnet.

MCCRAW: ... Oh, hallo, Sergeant, was gibt's?

SERGEANT: (*Ziemlich aufgeregt*) Da ist eine Krankenschwester Rogers unten, Sir ... vom örtlichen Krankenhaus. Sie möchte Sie sehen, Sir – es ist dringend!

MCCRAW: (*Angespannt*) Was ist los?

SERGEANT: Jemand hat versucht sie zu ermorden, Sir ... vor etwa zwanzig Minuten.

MCCRAW: Gütiger Gott!

STARR: Kommen Sie mit, Inspektor!

Szene ausblenden.

Aufblenden von MICHAEL STARR, der gerade spricht.

STARR: Lassen Sie sich nur Zeit, Schwester. Es gibt keinen Grund zur Eile ... Erzählen Sie uns einfach, was genau passiert ist ...

ROGERS: (*Leichter irischer Akzent*) Nun, es ist schwierig, genau zu sagen, was passiert ist, Mr. Starr. Kurz nach fünf Uhr ging ich zu der Telefonzelle an der

	Ecke der Westwood Avenue. Ich hatte mich mit der Nummer verbinden lassen und war mit dem Gespräch beschäftigt, als plötzlich …
STARR:	Mit wem haben Sie telefoniert?
ROGERS:	Mit einem Dr. Melford. Er ist Allgemeinmediziner drüben in Northbury. Ich war gerade dabei, ein Rezept am Telefon aufzuschreiben, als ich plötzlich einen Schuss hörte. Das Glas zersplitterte, der Hörer wurde mir aus der Hand geschlagen, und … na ja, das war's dann auch schon.
STARR:	Wie ich sehe, haben Sie Ihre Hand bandagiert: Ist sie schwer verletzt?
ROGERS:	Nein. Sie wurde nur leicht gestreift. Getroffen wurde das Telefon.
MCCRAW:	(*Misstrauisch*) Es ist Ihre linke Hand, wie ich sehe.
ROGERS:	Ja, ich hielt das Telefon in meiner linken Hand.
MCCRAW:	Ist das nicht ein wenig ungewöhnlich?
ROGERS:	(*Amüsiert*) Nicht, wenn man zufälligerweise Linkshänder ist.

STARR lacht.

MCCRAW:	(*Er räuspert sich verlegen*) Hm …
STARR:	Ist Ihnen zufällig jemand aufgefallen? Als Sie aus der Telefonzelle kamen, meine ich?
ROGERS:	Nun … ähm … eigentlich dachte ich, ich hätte den Vikar gesehen. Ich bin mir nicht sicher, aber ich glaube, er war auf der anderen Seite der Straße und kam gerade aus einem der Häuser …
STARR:	Nun, in diesem Fall hätte er den Schuss doch hören müssen, oder nicht?
ROGERS:	Ja … Ja, das nehme ich an. (*Nachdenklich*) Das ist ja seltsam. Wenn er den Schuss gehört hat, warum ist er dann nicht zur Zelle herübergekommen?
STARR:	(*Leise*) Ja … Warum bloß nicht? Das frage ich

mich auch …

ROGERS: (*Nach einer Pause: langsam*) Warum sehen Sie mich so an?

STARR: (*Leise*) Miss Rogers, wissen Sie, was ich denke? (*Nach einem Moment*) Ich glaub, dass es gar keinen Schuss gab! Ich glaube nicht, dass jemand versucht hat, Sie zu ermorden! Diese Geschichte von Ihnen ist nur ein Ablenkungsmanöver … Ein Versuch, uns davon zu überzeugen, dass Sie nichts mit den Morden an Thomas, Briggs und Calthorne zu tun hatten.

MCCRAW: (*Plötzlich, aufgeregt*) Mike, passen Sie auf!!! Sie hat eine Pistole!

ROGERS: Zurückbleiben! Keine Bewegung!!! Nicht bewegen!!! (*Plötzlich fängt sie an zu lachen, wild und unheimlich*)

Musik aufblenden.
Musik ausblenden.

SPRECHER: Was hat Michael Starr dazu gebracht, Schwester Rogers zu verdächtigen? Später in der Sendung werden wir die Geschichte fortsetzen und Sie werden von Michael Starr persönlich die Lösung des heutigen Krimirätsels erfahren.

RÄTSEL 7 – DIE LÖSUNG

SPRECHER: Wir geben jetzt zurück an Michael Starr für die Lösung des heutigen Krimirätsels.

MCCRAW: (*Plötzlich, aufgeregt*) Mike, passen Sie auf!!! Sie hat eine Pistole!

ROGERS: Zurückbleiben! Keine Bewegung!!! Nicht bewegen!!! (*Plötzlich fängt sie an zu lachen, wild und unheimlich*)

STARR: Meine liebe Schwester Rogers, es hat keinen Zweck, melodramatisch zu werden ... (*Schnell*) Schnell, Bob!!!

Wir hören das Geräusch eines plötzlichen Handgemenges.

MCCRAW: Ich habe sie! Es ist alles in Ordnung, ich habe ... Heiliger Strohsack, sie ist ohnmächtig!

STARR: Holen Sie den Sergeant, ich passe auf sie auf.

MCCRAW: Okay. Ach – äh – Mike, wieso zum Teufel haben Sie sie verdächtigt? Ich habe die Geschichte mit der Telefonzelle ziemlich geschluckt.

STARR: Tatsächlich, Robert? Haben Sie nicht gehört, dass sie gesagt hat, sie sei Linkshänderin?

MCCRAW: Doch, natürlich, aber das ist doch in Ordnung. Sie hielt das Telefon in ihrer linken Hand.

STARR: Ganz genau. Aber sie sagte auch, dass sie ein Rezept aufgeschrieben hat. In diesem Fall, mein lieber Robert, hätte sie mit der linken Hand schreiben und mit der rechten Hand das Telefon halten müssen.

MCCRAW: Aber ja, natürlich! Also, wenn ihre Geschichte wahr gewesen wäre, dann ...

STARR: ... wäre es ihre rechte Hand gewesen, die von der Kugel gestreift wurde, und nicht ihre linke ... Genau!

MCCRAW: Nun, ich fasse es nicht! (*Plötzlich*) Güter Gott, sie kommt zu sich! Passen Sie auf sie auf, Mike! Sie ist ziemlich zäh!

STARR: Bleiben Sie nicht zu lange weg, alter Junge. Denken Sie dran ... (*Imitiert MCCRAW*) ... Ich habe nicht Ihre Konstitution!

Musik aufblenden.

ENDE

```
┌─────────────────────────────────────────────┐
│                  Folge 8                      │
│           Die Erpresserbriefe                 │
└─────────────────────────────────────────────┘
```

Ausstrahlung: Montag, 03.04.1944 (BBC Home Service)
Buch: FRANCIS DURBRIDGE | Regie: HARRY S. PEPPER

Rollen und DarstellerInnen:

Michael Starr . . . . HENRY OSCAR
Inspektor Robert McCraw . . . . IAN SADLER
Mr. Tripley . . . . DICK FRANCIS
Roland Haverford . . . PRESTON LOCKWOOD
Yvonne Blanchard . . . . RITA VALE

RÄTSEL 8 – DER FALL

Nachdem die Titelmusik zu Ende ist, Überblendung auf das Geräusch eines Autos, das mit etwa dreißig oder vierzig Meilen pro Stunde fährt.

MCCRAW: Vielen Dank für das schöne Abendessen, Mike.

STARR: Gern geschehen. Wo soll ich Sie absetzen, Bob?

MCCRAW: (*Mit einem Seufzer*) Am besten setzen Sie mich am Yard ab. Ich habe noch furchtbar viel zu tun.

STARR: Was denn? Um diese Zeit? So spät in der Nacht? (*Amüsiert*) Das Verbrechen schläft nie, was, Robert?

MCCRAW: Leider nein. Mann, wenn ich nicht so eine starke Konstitution hätte, dann wäre ich ... (*Plötzlich*) Heiliger Bimbam! Sehen Sie sich mal dieses Mädchen an ...

STARR: Was hat sie vor?

MCCRAW: Mann, sie will sich ...

STARR: (*Schnell, erschrocken*) Sie will sich vor den Wagen werfen!

MCCRAW: Passen Sie auf! Sie müssen ausweichen, Mike!

Weichen Sie aus oder …

STARR: Festhalten! Festhalten!

Plötzlich quietschen die Bremsen und das Auto kommt zum Stillstand.

MCCRAW: (*Ein Seufzer der Erleichterung*) Oh!

STARR: Sind Sie in Ordnung?

MCCRAW: Ja, aber was ist mit dem Mädchen?

STARR: Wir sind gerade nochmal an ihr vorbei …, aber nur knapp … Meine Güte, sie hat es aber auch herausgefordert!

MCCRAW: (*Grimmig*) Ja, ein Fall von versuchtem Selbstmord! (*Mit Nachdruck*) Ich würde gerne mal mit der jungen Dame sprechen!

Szene ausblenden.

Aufblenden von MICHAEL STARR.

STARR: (*Freundlich, aber leicht entrüstet*) Was soll das? Warum haben Sie mich um diese Zeit geholt? Sie wissen genau, Robert, dass ich darauf achte, niemals …

MCCRAW: (*Unterbricht STARR*) Mike, erinnern Sie sich an das Mädchen, das wir neulich fast überfahren hätten?

STARR: Aber ja!

MCCRAW: Es ist ein sehr interessanter Fall geworden.

STARR: (*Verwirrt*) Was meinen Sie?

MCCRAW: Ich habe herausgefunden, warum das Mädchen versucht hat, Selbstmord zu begehen. Jemand hat ihr Briefe geschrieben, Mike, und ich fürchte, es waren nicht gerade freundliche Briefe.

STARR: Ach?

MCCRAW: Ihr Name ist Thornton … Mary Thornton. Anscheinend bekam Sie vor zwei oder drei Wochen erstmals diese unflätigen Briefe und … nun … ehrlich gesagt, Mike, ich glaube, sie haben ihr so zugesetzt, dass sie das arme Mädchen fast in den Wahnsinn getrieben haben …

STARR: Hat Miss Thornton irgendwelche Verdachtsmomente bezüglich der – äh – Identität des Briefschreibers?

MCCRAW: Nun … Sie hat nicht viel gesagt, aber ich habe das Gefühl, dass sie eine Frau namens Yvonne Blanchard ziemlich verdächtigt. Madame Blanchard wohnt im selben Dorf wie sie. Es ist ein kleiner Ort namens Whitetrees: etwa vier Meilen diesseits von Bicester.

STARR: Verdächtigen Sie Madame Blanchard auch?

MCCRAW: (*Nachdenklich*) Ich weiß es nicht. Ich weiß es nicht, Mike. Es gibt nämlich noch zwei andere Verdächtige. Einen Schauspieler namens Roland Haverford und …

STARR: Roland Haverford? Das ist ein ziemlich großer Name in der Theaterwelt.

MCCRAW: Ja, ich glaube. Aber allem Anschein nach ist er ein komischer Vogel. Und dann ist da natürlich noch Mr. Tripley.

STARR: Und wer genau ist … Mr. Tripley?

MCCRAW: Er leitet das Postamt in Whitetrees. Mr. Tripley ist aus dem einfachen Grund verdächtig, weil die Briefe auf Briefpapier geschrieben wurden, das er offensichtlich verkauft hat, und ausnahmslos in seinem Postamt aufgegeben wurde.

STARR: Ich verstehe. Und was lässt Sie Haverford verdächtigen?

MCCRAW: Nun, Haverford war mit Miss Thornton verlobt, und dann löste sie plötzlich – und soweit wir wissen ohne nachvollziehbaren Grund – die Verlobung. Haverford war darüber sehr verbittert.

STARR: Hm …

MCCRAW: (*Vertraulich*) Aber das Interessante an diesem

66

Fall, Mike, ist Folgendes: Vor neun Jahren ... im Jahr 1935 ... hatten wir genau den gleichen Fall. Ein junges Mädchen ... ich glaube, ihr Name war Edith Bennett ... erhielt etwa zwanzig äußerst unflätige Postkarten. Die Postkarten wurden offenbar in Hampstead aufgegeben. Aber es gibt da einen entscheidenden Punkt, Mike. Und ich möchte, dass Sie sich diesen ganz besonders merken! Wir haben die Handschrift in diesem Fall mit der Handschrift im Fall Thornton verglichen ... und sie ist absolut identisch!

STARR: Hm ... Ich würde gerne mit Roland Haverford sprechen, Bob – ist das möglich?

MCCRAW: Aber sicher! Sie sind alle unten in Superintendent Bradleys Büro. Roland Haverford, Mr. Tripley, und Madam Blanchard. Ich habe Sie in den Yard bringen lassen, weil ich einen Handschriftentest machen will. Ich brauche Ihnen wohl nicht zu sagen, dass sie alle darüber ziemlich entrüstet sind – aber das ändert nichts an der Tatsache, dass ...

Ausblenden.

Aufblenden von mehreren Stimmen im Gespräch.
MADAME BLANCHARD ist die erste, die man deutlich hört.

BLANCHARD: (*Mit sympathischem französischen Akzent*) Aber warum haben sie uns alle gemeinsam zum Yard geholt? Sie glauben doch wohl nicht, dass einer von uns diese widerlichen Briefe an Miss Thornton geschrieben hat? Offensichtlich hat doch die Person, die ...

HAVERFORD: (*Mit knapper, aber äußerst charmanter Stimme*) Sie denken offensichtlich, dass einer von uns die Briefe geschrieben hat, Madame Blanchard, sonst wären wir nicht hier.

TRIPLEY: (*Ein sanftmütiger kleiner Mann*) Aber sie müssen

doch nur einen Test unserer Handschrift machen und dann wissen sie, wer die Briefe geschrieben hat.

HAVERFORD: (*Freundlich*) Das würde ich nicht sagen, Mr. Tripley. Man kann doch seine Handschrift auch verstellen!

Eine Tür wird geöffnet.

BLANCHARD: Ja. Ja, natürlich. (*Freundlich*) Wie auch immer, diese unerfreuliche Sache hat auch ihr Gutes. Ich wollte Sie zum Beispiel immer schon mal kennenlernen, Mr. Haverford. Ich werde nie Ihren Auftritt in der Krönungsrevue vergessen, in *Mr. Cochrans Home* und in *Home and Beauty*.

HAVERFORD: (*Amüsiert*) Ich fürchte, in *Home and Beauty* haben Sie mich nicht gesehen, Madam! Revuen sind nicht gerade meine – äh – Stärke!

TRIPLEY: Mr. Haverford ist ein Shakespeare-Schauspieler, Madam.

BLANCHARD: Ach je! Oje, oje! (*Sie kichert, dann lacht sie*)

HAVERFORD lacht.

TRIPLEY: (*Leise*) Oh, da ist ja der Inspektor.

MCCRAW: Es tut mir leid, dass ich Sie alle habe warten lassen, aber ... Oh, das ist Mr. Michael Starr. Wenn Sie erlauben, würde er Ihnen gerne ein paar Fragen stellen.

HAVERFORD: Gewiss.

STARR: Mr. Haverford, wie lange leben Sie schon in Whitetrees?

HAVERFORD: Oh, äh – mal sehen – äh – seit dem Herbst ... 1936 ... Ja, 1936. Davor war ich in Hampstead.

STARR: Madame Blanchard?

BLANCHARD: Ich kam im Juli 1938 zum ersten Mal nach England. Ich blieb zwei Monate in London, dann zog ich nach Whitetrees. Seitdem wohne ich dort.

STARR: Verstehe. Und Sie, Mr. Tripley?

TRIPLEY: Ich bin in Whitetrees geboren, Sir. Und mein Vater auch … Wir sind seit vier Generationen dort.

STARR: Hm. (*Plötzlich ein Hauch von Endgültigkeit in seiner Stimme*) Vielen Dank, Mr. Tripley.

MCCRAW: (*Überrascht*) War das alles, Mike?

STARR: (*Leise*) Ja. Ja, das war alles. (*Langsam*) Und ich glaube nicht, dass der Handschriftentest notwendig sein wird, nicht wahr … Madame Blanchard?

HAVERFORD: (*Erstaunt*) Madame Blanchard?

BLANCHARD: Was – was meinen Sie?

STARR: (*Mit Autorität*) Ich meine, dass Sie diese Briefe an Mary Thornton und die Postkarten an Edith Bennett geschrieben haben! Es hat keinen Sinn, es zu leugnen, Madame Blanchard, denn …

BLANCHARD: (*Trotzig*) Ich leugne es auch nicht! (*Leise*) Aber woher wussten Sie es?

Musik aufblenden.

Musik ausblenden.

SPRECHER: Woher wusste Michael Starr, dass Madame Blanchard die Schuldige im Krimirätsel von heute Abend war?

RÄTSEL 8 – DIE LÖSUNG

SPRECHER: Wir geben jetzt zurück an Michael Starr für die Lösung des heutigen Krimirätsels.

STARR: (*Mit Autorität*) Ich meine, dass Sie diese Briefe an Mary Thornton und die Postkarten an Edith Bennett geschrieben haben! Es hat keinen Sinn, es zu leugnen, Madame Blanchard, denn …

BLANCHARD: (*Trotzig*) Ich leugne es auch nicht! (*Leise*) Aber woher wussten Sie es?

STARR: Madame Blanchard, Sie sagten, Sie kamen 1938 zum ersten Mal nach England.

BLANCHARD: Ja.

STARR: Soll ich Ihnen sagen, warum Sie 1938 sagten? Weil Sie den Verdacht hatten, dass wir diesen Fall bereits mit der Bennett-Affäre in Verbindung gebracht hatten, die sich 1935 ereignete.

BLANCHARD: Und?

STARR: Meine liebe Madame Blanchard, wenn Sie erst 1938 zum ersten Mal nach England kamen, wie konnten Sie dann die Krönungsrevue sehen? Die Krönungsrevue wurde natürlich im Jahr der Krönung aufgeführt ... 1937!!!

MCCRAW: (*Erstaunt*) Nun, ich bin ... ich bin ... ich bin sprachlos! Ich bin ... ich bin verblüfft! Ich bin ... ich bin ... Wissen Sie, Mike, Schocks wie diese sind nicht gut für meine Konstitution!

MICHAEL STARR lacht.

Musik aufblenden.

ENDE

Folge 9
Das brennende Lagerhaus

Ausstrahlung: Montag, 10.04.1944 (BBC Home Service)
Buch: FRANCIS DURBRIDGE | Regie: HARRY S. PEPPER

Rollen und DarstellerInnen:

Michael Starr . . . . HENRY OSCAR
Inspektor Robert McCraw . . . . IAN SADLER
Feuerwehrmann Joe . . . . DICK FRANCIS
Feuerwehrmann Bill . . . . IAN SADLER
Danny Mullins . . . . FRED YULE
Ethel Williams . . . . GLADYS SPENCER
Smoky Williams . . . . DICK FRANCIS

RÄTSEL 8 – DER FALL

Nachdem die Titelmusik zu Ende ist, Überblendung auf das Geräusch mehrerer Feuerwehrautos und eine große allgemeine Aufregung.
Im Hintergrund ist das Wüten eines Feuers zu hören.
BILL: (*Ruft*) Zurücktreten!
JOE: (*Ruft*) Zurückbleiben! Zurückbleiben!!
Wir hören das Krachen von fallendem Mauerwerk.
BILL: Mensch, das ist schon ein schöner Ostermontag, muss ich sagen!
JOE: Es ist lange her, dass ich ein solches Feuer gesehen habe …
Die Hintergrundgeräusche (Feuer, Knistern …) werden lauter.
BILL: Das ist schlimmer als der Blitzkrieg!
JOE: Wie kam es zu dem Feuer?
BILL: Frag mich nicht! Den Kerl dort musst du fragen – den mit der Melone!

71

JOE: Inspektor McCraw? (*Neugierig*) Und wer ist dieser gut gekleidete Typ?

BILL: Das ist Michael Starr. Verdammt, du hast doch schon von Michael Starr gehört!

JOE: Ist er das? Da muss etwas dahinterstecken, Bill, wenn er die Sache untersucht!

BILL: (*Schnell*) Pass auf! Das Dach stürzt ein!!!

Aufblenden des Lärms von einstürzendem Mauerwerk, aufgeregte Stimmen, allgemeine Aufregung und Verwirrung.

MCCRAW: Nun, ich habe alle Details, Mike, und soweit ich das beurteilen kann, brach das Feuer gegen sechs Uhr im Keller aus.

STARR: Diese ganze Sache sieht für mich wie ein abgekartetes Spiel aus. Es würde mich nicht wundern, wenn unser alter Freund Smoky Williams darin verwickelt ist.

MCCRAW: Das ist ja komisch, Mike! Genau das dachte ich auch!

STARR: Was macht er zurzeit?

MCCRAW: Smoky? Er hat einen Tabakwarenladen in der Nähe von Croydon. Soll angeblich anständig geworden sein. Ungefähr so anständig wie …

STARR: (*Plötzlich*) Hallo! Hallo … Sehen Sie mal, wer da ist!

MCCRAW: (*Überrascht*) Danny Mullins! Ich fasse es nicht! (*Ruft*) Hallo, Danny!

DANNY: (*Fröhlich mit einem Akzent aus dem Norden*) Aber hallo, Inspektor! Das ist ja ein tolles Feuer, das Sie hier haben!

STARR: (*Leise*) Hallo, Danny.

DANNY: (*Fröhlich*) Guten Abend, Mr. Starr! Und wie steht es um Ihre Gesundheit und Ihre Laune?

STARR: Nun, ich werde mich viel besser fühlen, Danny, wenn ich herausgefunden habe, wer für dieses Inferno verantwortlich ist!

DANNY: Da wird einem ja richtig warm ums Herz, nicht wahr? Um wie viel Uhr ist es ausgebrochen, Inspektor?

MCCRAW: Um sechs. (*Misstrauisch*) Wo waren Sie um sechs Uhr, Danny?

DANNY: Sie glauben doch nicht etwa, dass ich es gelegt habe, oder? Ich kann mich warmhalten, ohne selbst ein Feuer zu machen. Ich brauche nur euch auszuweichen …

STARR: (*Amüsiert*) Trotzdem, wo waren Sie um sechs Uhr, Danny?

DANNY: Ich war beim Zahnarzt. (*Er öffnet seinen Mund*) Sehen Sie mal!

STARR: Meine Güte! Wie viele haben Sie schon gezogen, Danny – sechs?

DANNY: (*Hochgradig entrüstet*) Sieben!

STARR: Mit was hat er sie betäubt? Mit Lachgas?

DANNY: Nein, kein Gas. Meine Alte gibt mir schon genug Gas – und dafür muss ich nicht einmal etwas bezahlen! (*Fröhlich*) Tja, ich bin dann mal weg – Sie wissen ja, wo Sie mich finden, wenn Sie mich brauchen, Inspektor.

MCCRAW: Gut! Auf Wiedersehen, Danny! (*Nach einem Moment*) Haben Sie es eilig, Mike?

STARR: Nein.

MCCRAW: Na dann los! Mal sehen, ob wir Smoky Williams irgendwo finden können.

STARR: (*Lacht*) In Ordnung, Bob …

Szene ausblenden.

Aufblenden von jemandem, der an eine Tür klopft.
Die Tür wird geöffnet.

MCCRAW: Ist Mr. Williams da?

ETHEL: (*Sie ist um die fünfzig: Cockney*) Nein, ist er nicht. Was wollen Sie denn?

MCCRAW: (*Mit Autorität*) Mein Name ist McCraw. Chefinspektor McCraw von Scotland Yard.

ETHEL: (*Erstaunt*) Ach ... na, dann ... Kommen Sie rein und warten Sie, wenn Sie möchten.

MCCRAW: Danke Sehr. Kommen Sie, Mike.

Eine Tür wird geöffnet und wieder geschlossen.

ETHEL: ... Ich glaube nicht, dass er lange weg sein wird! Er ist nur rasch nach nebenan, um an einem Radio zu basteln. (*Sarkastisch*) Hält sich für sehr begabt, was das Radiobasteln angeht, mein alter Herr! Ich bin anderer Meinung!

MCCRAW und STARR lachen.

ETHEL: Seht euch das Ding da drüben an. Er hat es selbst gebaut. Neun Radioröhren – und alles, was wir empfangen können, ist das Programm für die Streitkräfte.

STARR: (*Höflich, amüsiert*) Nun, es sieht aber sehr schön aus, Mrs. Williams.

ETHEL: Mensch, es muss auch schön aussehen! Es war mal eine Kommode.

Die Tür öffnet sich und SMOKY WILLIAMS stürmt herein.

SMOKY: (*Erstaunt*) Was denn ... Was denn ... (*Erfreut, beherrscht sich*) Was denn ... hallo, Chef! Wie geht es Ihnen, Chef? Schön, Sie zu sehen, Chef!

STARR: Hallo, Smoky. Wie läuft's?

SMOKY: Ich kann nicht meckern, Chef! Ich kann überhaupt nicht meckern! (*Plötzlich*) He, komm schon, Ethel! Na los, Ethel! Mach dem Inspektor eine Tasse Tee.

STARR: (*Leise*) Smoky ...

SMOKY: Ja?

STARR: Ich nehme an, Sie haben von dem Brand gehört?

SMOKY: Von dem Brand? Welchem Brand?

MCCRAW: In der Hudson Street, Bürschchen. Ein Lagerhaus ... *Perkins & Brown* ... Das Feuer brach um

	sechs Uhr aus. (*Langsam*) Wo waren Sie um sechs Uhr, Smoky?
SMOKY:	Ich?!! Ich war hier, habe Tee getrunken und die Nachrichten gehört, nicht wahr, Ethel?
ETHEL:	Stimmt! Und du hast gemeckert … über das Brot … wie immer …
STARR:	War sonst noch jemand hier?
SMOKY:	Klar – der Kerl von nebenan und zwei andere Typen!
ETHEL:	Haben Sie nicht gehört, dass ich gesagt habe, er hätte gemeckert? Er meckert doch nicht, wenn er allein ist … Oh, nein! Mein Mann ist sehr temperamentvoll! Er muss sein Publikum haben!
SMOKY:	Es reicht, Ethel! Genug damit!
MCCRAW:	(*Amüsiert*) Okay, Smoky! Okay! … Kommen Sie, Mike, lassen Sie uns zurück zur Brandstelle gehen. Wir wissen, wo wir Sie finden, Smoky.
SMOKY:	Sicher, Chef … Sicher … Na, komm, Ethel! Mach schon! Öffne die Tür für die Herren …

Szene ausblenden.

Aufblenden: Verkehrslärm auf einer Straße.

MCCRAW:	(*Ruft*) Taxi! Taxi!
STARR:	Taxi!
MCCRAW:	Taxi!
STARR:	Sieht ziemlich hoffnungslos aus!
MCCRAW:	Tja! Gut, dass ich eine starke Konstitution habe, sonst würde ich diese Aufregung nicht überstehen! (*Mit einem Seufzer*) Dieser verdammte Fall wird mir noch einiges an Kopfschmerzen bereiten, das sehe ich schon kommen.
STARR:	(*Amüsiert*) Glauben Sie das tatsächlich, Robert?
MCCRAW:	(*Überrascht von STARRs Tonfall*) Mike! Mike! Mike! Sie wollen doch nicht etwa sagen, dass Sie wissen, wer das Feuer gelegt hat?

STARR: Wissen Sie es denn nicht, Bob?

MCCRAW: Wenn ich es nur wüsste! War es Smoky Williams?

STARR lacht über McCRAW.

MCCRAW: War es Danny Mullins?

STARR lacht wieder.

MCCRAW: (*Verärgert*) Mike! Mike! Lachen Sie nicht, Mann! Wenn Sie wissen, wer das Feuer gelegt hat …, dann sagen Sie es!

STARR lacht weiter.

Musik aufblenden.

Musik ausblenden.

SPRECHER: Wer hat das Feuer gelegt? Wissen Sie's? War es Smoky Williams oder Danny Mullins? Später in der Sendung werden Sie von Michael Starr selbst die Lösung des heutigen Krimirätsels hören.

RÄSTEL 9 – DIE LÖSUNG

SPRECHER: Wir geben jetzt zurück an Michael Starr für die Lösung des heutigen Krimirätsels.

MCCRAW: Mike! Mike! Mike! Sie wollen doch nicht etwa sagen, dass Sie wissen, wer das Feuer gelegt hat?

STARR: Wissen Sie es denn nicht, Bob?

MCCRAW: Wenn ich es nur wüsste! War es Smoky Williams?

STARR lacht über McCRAW.

MCCRAW: War es Danny Mullins?

STARR lacht wieder.

MCCRAW: (*Verärgert*) Mike! Mike! Lachen Sie nicht, Mann! Wenn Sie wissen, wer das Feuer gelegt hat …, dann sagen Sie es!

STARR lacht weiter.

STARR: (*Nach einem Moment*) Mein lieber Inspektor, es ist nur eine Frage des Alibis. Smoky Williams sagte doch, dass er um sechs Uhr zu Hause war, um seinen Tee zu trinken und die Sechs-Uhr-Nachrichten zu hören.

MCCRAW: Ja!

STARR: Wie kann er die Sechs-Uhr-Nachrichten auf einem Radiogerät hören, das nur das Programm für die Streitkräfte empfängt? Die Sechs-Uhr-Nachrichten werden nur auf BBC Home Service ausgestrahlt!

MCCRAW: Aber ja doch, natürlich! Mike! Mike, Sie sind ein Genie! Mike! Sie sind ein Zauberer!

STARR: Wenn ich ein Zauberer wäre, alter Junge – dann würden wir gar nicht erst lange nach einem Taxi suchen müssen! (*Plötzlich: ganz aufgeregt*) Hallo, Taxi! Taxi!

MCCRAW: Taxi!!!

STARR: Taxi!!!

MCCRAW: Taxi!!!!

STARR: Taxi!!!!!

Musik aufblenden.

ENDE

Anmerkung des Übersetzers: Francis Durbridge verwendete die gleiche Lösung in seiner Paul-Temple-Kurzgeschichte *Paul Temple and the Granville Sisters / Paul Temple und die Granville-Schwestern* (1947), erschienen bei Pidax (2018) in dem Sammelband *Paul Temple – Die verschollenen Fälle*, Seiten 55–59.

Ausstrahlung: Montag, 17.04.1944 (BBC Home Service)
Buch: FRANCIS DURBRIDGE | Regie: HARRY S. PEPPER

Rollen und DarstellerInnen:

Michael Starr . . . . HENRY OSCAR
Inspektor Robert McCraw . . . . IAN SADLER
Sergeant Brough . . . . FRED YULE
Reverend John Hampstead . . . .
. . . . PRESTON LOCKWOOD

RÄTSEL 10 – DER FALL

Am Ende der Titelmusik wird auf SERGEANT BROUGH *überblendet.*

BROUGH: (*Mit westenglischem Akzent*) Guten Abend, Sir.

STARR: Guten Abend, Sergeant. Mein Name ist Michael Starr. Ich suche einen Inspektor McCraw.

BROUGH: Ach ja, Sir. Das ist der Herr, der aus London hierhergekommen ist, denke ich.

STARR: (*Amüsiert*) So ist es, Sergeant.

BROUGH: Nun, vor ein paar Minuten war er noch hier, aber er scheint jetzt nicht mehr da zu sein ... (*Plötzlich*) Ah! Da ist er ja, Sir!

MCCRAW: (*Aufgeregt*) Hallo, Mike. Hallo. Bin ich froh, Sie zu sehen, mein Junge! Hatten Sie eine angenehme Reise?

STARR: Eine angenehme Reise hatte ich NICHT. Der Zug hatte vier Stunden Verspätung!

MCCRAW: Ts ... Ts ... (*Beunruhigt*) Sagen Sie, Mike, haben sie den Zug vor Rainbridge angehalten?

STARR: Ja, wir wurden etwa zwanzig Minuten aufgehalten. (*Verwirrt, leicht verärgert*) Was ist denn los, Robert? Was soll die ganze Aufregung?

MCCRAW: (*Langsam*) Mike, erinnern Sie sich an einen Mann namens Peters ... Thomas Peters? Er wurde zu fünfzehn Jahren Zuchthaus verurteilt, weil er seine Frau ermordet und seine drei Kinder schlecht behandelt hatte ...

STARR: (*Beginnt beim Wort »Frau«*) Ja. Ja, ich erinnere mich an Peters. Meiner Meinung nach hatte er noch Glück, dass er mit fünfzehn Jahren davongekommen ist. (*Nach einem Moment*) Was ist mit ihm?

MCCRAW: (*Nach einer längeren Pause*) Er ist geflohen.

STARR: (*Leise, schockiert*) Was!?

MCCRAW: Mike, wir sind in einem Dilemma! Wir sind in einer teuflischen Lage! Ich habe den Bezirk von Norden bis Süden, von Osten bis Westen und von Westen bis Osten durchkämmt, aber ...

STARR: (*Schnell, kommt zur Sache*) Wann ist Peters entkommen?

MCCRAW: Freitagabend.

STARR: Das heißt, er ist seit drei Tagen auf der Flucht?

MCCRAW: Ja.

STARR: Haben Sie alle Straßen, Bahnhöfe und Flughäfen kontrolliert?

MCCRAW: Der ganze Bezirk ist von Männern umstellt und wird kontrolliert, Mike! Ich habe eine Absperrungskette von einem Ende zum anderen ziehen lassen. Ohne Genehmigung dürfen nicht einmal die Einheimischen hinaus!

STARR: (*Nachdenklich*) Soweit ich mich an Peters erinnere, ist er ein ziemlich gefährlicher Kerl, nicht wahr, Robert?

MCCRAW: Gefährlich? Ich würde sagen, er ist brandgefährlich, so gefährlich, dass ... (*Plötzlich, ungedul-*

BROUGH: *dig*) Ja, Sergeant, was gibt es?

BROUGH: Ein Herr ist hier, Sir, ein Mann namens Reverend John Hampstead. Er möchte eine Genehmigung, Sir, damit er seine Schwester besuchen kann in …

MCCRAW: Das ist in Ordnung, Sergeant. Geben Sie ihm eine.

BROUGH: Das habe ich schon, Sir. Aber er würde gerne mit Ihnen sprechen, Sir.

MCCRAW: Ja, in Ordnung. Bitten Sie ihn herein.

Eine Pause.

HAMPSTEAD: Guten Abend, Inspektor. Es tut mir sehr leid, Sie zu stören.

MCCRAW: Kein Problem, Sir. Darf ich Ihnen Mr. Michael Starr vorstellen?

HAMPSTEAD: Sehr erfreut, Sir! Nun, Inspektor, wie Sie wahrscheinlich wissen, bin ich der Vikar von St. Mary in Grinford. Das ist das Dorf auf der anderen Seite des Flusses, etwa zwölf Meilen entfernt.

MCCRAW: Ja, ich kenne das Dorf, Sir.

HAMPSTEAD: Nun, Inspektor, am letzten Samstagnachmittag – ich würde sagen, es war etwa Viertel nach vier – kam ein Fremder ins Pfarrhaus. Er fragte mich, ob ich so freundlich wäre, ihm eine Tasse Tee zu geben. Da ich selbst gerade Tee trank, lud ich ihn ins Pfarrhaus ein.

STARR: Wie sah er aus, dieser Fremde?

HAMPSTEAD: Oh … ungefähr einen Meter achtzig groß … dunkel … kleiner Schnurrbart … hat ziemlich viel geredet für meinen Geschmack.

MCCRAW: (*Ziemlich aufgeregt*) Bei Gott, das klingt nach Peters.

STARR: Ja.

HAMPSTEAD: Er sagte irgend so etwas wie dass er versuchen wollte, nach Southampton durchzukommen. Ich habe nicht genau zugehört, da mich dieser Kerl ehrlich gesagt nicht sonderlich interessierte.

STARR: Sie sagen, er hat sehr viel geredet?

HAMPSTEAD: Ja, eine Menge Unsinn darüber, nach Palästina zu gehen und mit den Arabern zu kämpfen. Offensichtlich waren das eine Menge Lügen von Anfang bis Ende. Ich fürchte, ich war ziemlich unhöflich. Ich revanchierte mich, indem ich ihm die Geschichte von Ananias erzählte.

MCCRAW: Ananias?

HAMPSTEAD: (*Amüsiert*) Ja, tatsächlich, Inspektor, sie steht in der Bibel. Ananias war der Mann, der für seine Lügen erschlagen wurde.

STARR: Das stimmt. Exodus, Kapitel – äh – äh – sechs.

HAMPSTEAD: (*Hocherfreut*) Oh, großartig, Mr. Starr! Prächtig!

MCCRAW: (*Gekränkt*) Schade, dass Sie uns das nicht früher gesagt haben, Sir!

HAMPSTEAD: Ja, ich weiß, es ist ziemlich dumm von mir, aber ehrlich gesagt habe ich nie über diese Sache nachgedacht, bis mir klar wurde, dass ich eine Genehmigung brauche, um meine Schwester zu besuchen.

STARR: Wie war dieser Mann gekleidet?

HAMPSTEAD: Er trug so einen schäbigen Regenmantel und, soweit ich mich erinnern kann, eine graue Flanelljacke.

STARR: Hm. Mr. Hampstead, sagen Sie mir: Besitzen Sie einen Revolver?

HAMPSTEAD: (*Erschrocken*) Ein Revolver? Meine Güte, nein, Sir!

STARR: (*Mit Autorität*) Geben Sie ihm einen, Bob!

MCCRAW: (*Überrascht*) Was?

STARR: Sie haben doch gehört, was ich gesagt habe: Geben Sie ihm einen Revolver und ein Paar Handschellen.

HAMPSTEAD: Was?!

STARR: Mr. Hampstead, hören Sie! Wenn Ihre Geschichte stimmt und dieser Kerl Peters war, dann ist es meine Vermutung, dass er ins Pfarrhaus zurückkehren wird.

HAMPSTEAD: Aber – weshalb denn?

STARR: Zum Essen! Sie haben ihn schon einmal versorgt, und wenn er nicht mehr weiterweiß, dann ist es sehr wahrscheinlich, dass er ...

MCCRAW: Ja! Ja, das ist eine ziemlich gute Überlegung, Mike!

HAMPSTEAD: (*Nervös*) Ich – ich hoffe aufrichtig, dass er ... dass er nicht ins Pfarrhaus zurückkehrt! Du liebe Zeit! Das hoffe ich aufrichtig!

BROUGH: Hier sind ein paar Handschellen, Sir!

STARR: Oh, vielen Dank, Sergeant. Wissen Sie, wie man sie benutzt, Mr. Hampstead?

HAMPSTEAD: Ich fürchte nein, Sir.

STARR: Ich zeige es Ihnen. Strecken Sie Ihre Hände aus.

Wir hören das Klicken der Handschellen.

STARR: So einfach geht das. So einfach. Sie schnappen einfach zu ...

HAMPSTEAD: Meine Güte, die sind aber ganz schön eng. (*Amüsiert*) Oje! Du liebe Zeit! Ich hätte nie gedacht, dass ich mal so etwas anlegen würde! (*Eine Pause, leicht verlegen*) Nun ... Nehmen Sie sie mir nicht mehr ab, Mr. Starr?

STARR: (*Langsam*) Nein ... Nein, noch nicht, Mister ... PETERS!

BROUGH: Mr. Peters!!!

MCCRAW: Was!!!!

Musik aufblenden.

Musik ausblenden.

SPRECHER: Was hat Michael Starr dazu gebracht, Reverend

John Hampstead zu verdächtigen? Später in der Sendung werden Sie von Michael Starr persönlich die Lösung des heutigen Krimirätsels erfahren.

RÄTSEL 10 – DIE LÖSUNG

SPRECHER: Wir geben jetzt zurück an Michael Starr für die Lösung des heutigen Krimirätsels.

HAMPSTEAD: Wollen Sie sie nicht ausziehen, Mr. Starr?

STARR: (Langsam) Nein. Nein, noch nicht, Mister … PETERS!!

BROUGH: Mr. Peters!!!

MCCRAW: Was!!!!

STARR: (*Unterbricht MCCRAW*) Soll ich Ihnen sagen, warum Sie hergekommen sind, Peters? Um zu versuchen, den Inspektor zu überreden, alle seine Männer in die Gegend von Southampton zu schicken, damit Sie dann selbst …

HAMPSTEAD: Das ist eine Lüge! Ich sage Ihnen doch, mein Name ist Hampstead. Reverend John Hampstead!

STARR: Ach ja? Nun, dann sind Sie aber nicht sehr bibelfest, Mr. Hampstead. Erinnern Sie sich an Ihren Hinweis auf Ananias? Es stimmt schon, Ananias war der Mann, der Lügen erzählte, aber man kann nichts im Buch Exodus über ihn lesen. Als ich Exodus – Kapitel sechs – sagte, war das das Erste, was mir in den Sinn kam … und doch … stimmten Sie mir zu!

BROUGH: Vorsicht, Sir!

MCCRAW: Aua!

STARR: (*Schnell*) Halten Sie ihn zurück, Sergeant!

BROUGH: (*Während eines leichten Kampfes*) Es ist gut, Sir!

Ich habe ihn!!

HAMPSTEAD schreit.

BROUGH: Mitkommen – und keine Tricks mehr!

SERGEANT BROUGH und HAMPSTEAD werden ausgeblendet.

STARR: Bob, ist alles in Ordnung mit Ihnen?

MCCRAW: Ja. Ja, er hat mich am Kopf erwischt, aber … mir geht es gut.

STARR: Sind Sie sicher?

MCCRAW: Natürlich bin ich mir sicher! Mann, bei meiner Konstitution kann ich alles aushalten!

STARR: (*Leise besorgt*) Sie sehen ziemlich blass aus, alter Junge!

MCCRAW: Unsinn! Mir geht es ausgezei... Ooooch! (*Er wird ohnmächtig*)

STARR: (*Ruft*) Sergeant! Der Inspektor ist ohnmächtig! Holen Sie etwas Wasser. Schnell!

MCCRAW: (*Angewidert*) Wasser!!! (*Schwach*) Habt ihr keinen Brandy!?

STARR lacht.

Musik aufblenden.

ENDE

Ausstrahlung: Montag, 24.04.1944 (BBC Home Service)
Buch: FRANCIS DURBRIDGE | Regie: HARRY S. PEPPER

<u>Rollen und DarstellerInnen:</u>

Michael Starr . . . . HENRY OSCAR
Inspektor Robert McCraw . . . . IAN SADLER
Geoffrey Henson . . . . . . PETER COUSINS
Barbara Loring . . . . MOLLY RANKIN
Yvette Courteon . . . . RITA VALE

RÄTSEL 11 – DER FALL

Am Ende der Titelmusik wird auf das Abheben eines Telefonhörers übergeblendet.
Eine Pause.

HENSON: Hallo ... Zimmerservice, bitte ... Hier ist 704 ... Ja ... Hallo ... Zimmerservice? Hier ist Geoffrey Henson. Zimmer 704. Ich möchte bitte ein Abendessen bestellen. ... Ja, für eine Person ... Mhm ... Mhm ... Das ist richtig ... Oh, ich würde sagen um Viertel nach acht ... Ja ... Zu trinken? Nun, ich hätte gerne eine halbe Flasche ... (*Angespannt, spricht in eine andere Richtung, vom Telefon weg*) Was wollen Sie? Mein Gott, nehmen Sie die Waffe runter! (*Ins Telefon, angstvoll und erschrocken*) Hallo! Hallo, hören Sie ... Eine Frau ist hier ... in diesem Zimmer ... und sie will mich ...

Ein Revolverschuss ist zu hören, gefolgt von einem leisen Angstschrei von GEOFFREY HENSON.
Dann ertönen ein zweiter Revolverschuss und ein Aufprall, als

85

GEOFFREY HENSON zu Boden fällt.
Ausblenden.

MCCRAW: Nun, Mike, es ist folgendermaßen: Der Mann bestellte das Abendessen, er stand am Telefon und sprach mit dem Kellner. Plötzlich, aus heiterem Himmel, hörte der Kellner ihn sagen: » Hallo! Hallo, hören Sie ... Eine Frau ist hier ... in diesem Zimmer ... und sie will mich ...« Das Nächste, was der Kellner hörte, war ein Revolverschuss.

STARR: Um wie viel Uhr war das, Inspektor?

MCCRAW: Soweit wir das beurteilen können, etwa zwanzig nach sieben.

STARR: Was für ein Mensch war Geoffrey Henson?

MCCRAW: Tja, er scheint ein recht liebenswürdiger Bursche gewesen zu sein. Vielleicht ein bisschen zu vernarrt in die Damenwelt.

STARR: Mich interessiert diese Frau, von der Sie mir erzählt haben – die, mit der er verlobt war. Wie hieß sie doch gleich? Barbara ...?

MCCRAW: Barbara Loring?

STARR: Ja.

MCCRAW: Sie ist eine seltsame Frau: ziemlich temperamentvoll, würde ich sagen.

STARR: Wann hat sie Henson das letzte Mal gesehen, wissen Sie das?

MCCRAW: Nun, laut ihrer Aussage, Mike, vor über drei Wochen.

STARR: Dann hat sie ihn gestern Abend gar nicht gesehen?

MCCRAW: Nein ... Nein, offensichtlich nicht.

STARR: (*Neugierig*) Bob, warum hat Henson beschlossen, in seinem Zimmer zu Abend zu essen ... und allein? War das eine übliche Vorgehensweise?

MCCRAW: Das war nicht ungewöhnlich für ihn, besonders nicht an einem Sonntag.

STARR: Ich verstehe.

MCCRAW: Wissen Sie, Mike, diese Frau, diese Barbara Loring, war nicht das einzige Mädchen, mit dem er verlobt war. Er war für kurze Zeit auch mit einer Französin verlobt, einer gewissen Mademoiselle Courteon.

STARR: Ist Mademoiselle Courteon noch hier?

MCCRAW: Oh, du meine Güte, ja. Sie lebt schon seit Jahren in diesem Land. Ich habe sie für zwei Uhr hierherbestellt.

STARR: Zwei Uhr? Okay, ich versuche, hier zu sein.

MCCRAW: Das wäre ideal, Mike.

STARR: Ich würde auch gerne mit der anderen Frau sprechen, Bob. Barbara … Loring …

MCCRAW: Ich habe heute Vormittag versucht, Miss Loring zu erreichen, aber sie war nicht da. Ich habe ihr eine Nachricht hinterlassen.

STARR: Haben Sie eine Ahnung, was sie gestern Abend gemacht hat?

MCCRAW: Ja. Sie war im Theater.

STARR: Was denn? An einem Sonntag?

MCCRAW: Es war eine Wohltätigkeitsveranstaltung, Mike – im *The Grand*.

STARR: Verstehe. (*Plötzlich*) Wie spät ist es jetzt?

MCCRAW: Zwölf Uhr fünfzehn.

STARR: Gütiger Himmel, ich hatte ja eine Verabredung um zwölf Uhr! (*Rasch*) Ich bin um zwei zurück, Robert.

MCCRAW: Okay, mein Freundl! Okay!

Szene ausblenden.

Aufblenden von MICHAEL STARR.

STARR: … und Sie sagen also, Miss Loring, dass Sie Mr.

Henson vor etwas mehr als drei Wochen das letzte Mal gesehen haben?

BARBARA: Letzten Donnerstag waren es drei Wochen, um genau zu sein, Mr. Starr.

STARR: Hm. Ich habe gehört, dass Sie gestern Abend im Theater waren. In einer Wohltätigkeitsveranstaltung im *The Grand*. Stimmt das?

BARBARA: Ja.

STARR: Wer ist dort aufgetreten, Miss Loring? Können Sie sich erinnern?

BARBARA: Natürlich kann ich mich erinnern! Die Show begann mit einem Tanzorchester, dann trat eine Sängerin auf – ich glaube, sie hieß Adele Forsythe. Nach ihr kam ein kleiner Komiker, Sie wissen schon, dieser furchtbar lustige kleine Mann, der sich immer als Busschaffner verkleidet … (*amüsiert*) … die lustigste Verkleidung, die ich je gesehen habe!

MCCRAW: Bobby Maker …

BARBARA: Das stimmt, Inspektor – Bobby Maker. Dann gab es einen längeren Sketch, dann spielte wieder das Tanzorchester. Als eine Art Finale gab es ein gemeinsames Singen. (*Mit leichtem Sarkasmus*) Stimmt doch, Mr. Starr? Wie ich sehe, haben Sie das Programm vor sich liegen.

STARR: (*Amüsiert*) Ja, das stimmt alles, Miss Loring. Ich danke Ihnen. (*Nach einem Moment*) Und nun, Mademoiselle, wenn Sie so freundlich wären …

YVETTE: (*Unterbricht STARR, verärgert*) Es hat keinen Sinn, mich zu fragen, wo ich den gestrigen Abend verbracht habe, denn ich habe nicht die geringste Absicht, es Ihnen zu sagen!

MCCRAW: (*Verärgert*) Ich fürchte, Sie müssen es uns sagen, Mademoiselle, denn wenn Sie es nicht tun, müssen wir annehmen, dass …

STARR:	(*Sanft, unterbricht MCCRAW*) Bitte verstehen Sie, Mademoiselle, wir wollen uns nicht unnötig in Ihre Privatangelegenheiten – äh – einmischen. Aber das hier ist, gelinde gesagt, ziemlich ernst. Mr. Henson wurde letzte Nacht um etwa zwanzig nach sieben ermordet. (*Langsam, mit Charme*) Wo waren Sie gestern Abend, Mademoiselle, um zwanzig Minuten nach sieben?
YVETTE:	Ich – ich war mit einem Freund … draußen in Richmond … ein Kavalier, Sie verstehen.
STARR:	Um wie viel Uhr sind Sie hinausgefahren?
YVETTE:	Im Laufe des Nachmittags – etwa um drei Uhr …
STARR:	Und wann sind Sie zurückgefahren?
YVETTE:	Es war schon sehr spät, als ich ging.
STARR:	Nach sieben Uhr zwanzig?
YVETTE:	Deutlich nach sieben Uhr zwanzig, Monsieur.
STARR:	Verstehe. Wann haben Sie das erste Mal vom Tod Mr. Hensons gehört?
YVETTE:	Na, natürlich als ich die Zeitungen sah. Es war ein schrecklicher Schock.
STARR:	Hm. (*Plötzlich*) Inspektor, können wir kurz in das Büro des Superintendents gehen?
MCCRAW:	(*Überrascht*) Aber ja, natürlich. Hier entlang, Mike!

Eine Tür wird geöffnet und wieder geschlossen.
Eine kleine Pause.

MCCRAW:	(*Angespannt*) Was ist, Mike?
STARR:	(*Ernst*) Ich möchte, dass Sie einen Haftbefehl besorgen, Bob.
MCCRAW:	Einen Haftbefehl!
STARR:	Ja. Für die Frau, die Geoffrey Henson ermordet hat.
MCCRAW:	(*Erstaunt*) Sie wollen also sagen, Sie wissen, wer ihn ermordet hat?
STARR:	Ja. Ja, ich weiß es, Inspektor.

Stimme von MICHAEL STARR ausblenden.
Musik aufblenden.
Musik ausblenden.

SPRECHER: Wer hat Geoffrey Henson ermordet? War es Barbara Loring oder Mademoiselle Courteon? Später in der Sendung werden Sie von Michael Starr persönlich die Lösung des heutigen Krimirätsels erfahren.

RÄSTEL 11 – DIE LÖSUNG

SPRECHER: Wir kehren nun zu Michael Starr zurück, um die Lösung des heutigen Krimirätsels zu erfahren.

MCCRAW: Einen Haftbefehl!

STARR: Ja. Für die Frau, die Geoffrey Henson ermordet hat.

MCCRAW: (*Erstaunt*) Sie wollen also sagen, Sie wissen, wer ihn ermordet hat?

STARR: Ja. Ja, ich weiß es, Inspektor. Mademoiselle Courteon können Sie nach Hause schicken ...

MCCRAW: Dann meinen Sie also ...

STARR: Ich meine, dass Barbara Loring Geoffrey Henson ermordet hat. Ihr Alibi war falsch. Sie war nie auf diesem Wohltätigkeitskonzert.

MCCRAW: Aber Mann, sie kannte doch jeden einzelnen Programmpunkt!

STARR: Natürlich kannte sie jeden Programmpunkt, aus dem einfachen Grund, weil sie sich die Mühe gemacht hat, das Programm auswendig zu lernen. Aber sie hat einen Fehler gemacht, Robert, mein Junge!

MCCRAW: Welchen Fehler?

STARR: Der Komiker, von dem sie sprach – Bobby Maker – hat sich nicht als Busschaffner verkleidet.

MCCRAW: Reden Sie doch nicht solchen Unfug, Mike, er verkleidet sich immer als Busschaffner. Das ist seine Nummer!

STARR: Aber doch nicht an einem Sonntag, alter Junge. Vergessen Sie nicht die strengen Sonntagsgesetze des *London City Council*, die es aus religiösen Gründen verbieten, sich an einem Sonntag zu kostümieren oder zu schminken!

MCCRAW: Ich fasse es nicht! Also, ich bin baff, Mike! Mike, also, Mann, mit …

STARR: (*Imitiert MCCRAW*) Mit Ihrer Konstitution und meinem Verstand sind wir großartig!

STARR und MCCRAW brüllen vor Lachen.

Musik aufblenden.

ENDE

Folge 12
Arsen

Ausstrahlung: Montag, 01.05.1944 (BBC Home Service)
Buch: FRANCIS DURBRIDGE | Regie: HARRY S. PEPPER

Rollen und DarstellerInnen:

Michael Starr . . . . HENRY OSCAR
Inspektor Robert McCraw . . . . IAN SADLER
Denis Sheriden . . . . PETER COUSINS

RÄTSEL 12 – DER FALL

Als die Titelmusik verklingt, Überblendung auf ein Telefon, das klingelt und dessen Hörer abgenommen wird.

STARR: Hallo? Hier spricht Michael Starr.

MCCRAW: (*Beunruhigt*) Sind Sie das, Mike?

STARR: Ach, hallo, Robert. Was ist denn los?

MCCRAW: Mike, ich stecke in einem Dilemma. Eine wirklich verstrickte Situation. Wenn ich nicht so eine starke Konstitution hätte, dann würde ich wahrscheinlich einen …

STARR: (*Beim Wort »Konstitution«*) Tja, mit mir können Sie diesmal nicht rechnen, alter Junge. (*Entschlossen*) Ich habe eine Verabredung mit Georgina und nichts auf der Welt wird mich dazu bringen, sie abzusagen.

MCCRAW: Gar nichts?

STARR: Überhaupt nichts!

MCCRAW: (*Leise, dringlich*) Es ist aber ernst, Mike!

STARR: Es ist mir egal, selbst wenn man den Polizeipräsidenten ermordet hat!

MCCRAW: Okay, okay, wenn das ihre endgültige Antwort ist …

STARR: Sie ist endgültig!

MCCRAW: (*Mit einem Seufzer*) Tja ... dann auf Wiederhören, alter Junge.

STARR: (*Zögernd*) Worum geht es eigentlich?

MCCRAW: Ach ... um eine junge Frau.

STARR: Was für eine junge Frau?

MCCRAW: (*Plötzlich*) Mike, sie hat das Gesicht von Hedy Lamarr, die Stimme von Marlene Dietrich, die Figur von Rosland Rusell und die Beine von Claudette Colbert!

STARR: (*Sofort bei der Sache*) Gütiger Himmel, alter Junge – das klingt ja furchtbar ernst!

MCCRAW: Das ist es auch, Mike, teuflisch ernst!

STARR: Warum zum Kuckuck haben Sie das nicht gleich gesagt? Ich bin in fünfzehn Minuten da ...

Szene ausblenden.

Aufblenden von MCCRAW, der spricht.

MCCRAW: Mike, ich muss mich bei Ihnen entschuldigen, aber wenn es Sie tröstet, dann ...

STARR: Vergessen Sie Ihre Entschuldigungen, alter Junge! Wo ist die Frau, von der Sie mir erzählt haben? Die mit der Hollywood-Persönlichkeit!

MCCRAW: Das ist genau der Punkt, Mike. Da – äh – gibt es gar keine Frau. Genauer gesagt, gibt es überhaupt keine Frau in diesem Fall.

STARR: (*Tut so, als wäre er wütend*) Sie hinterlistiger Kerl! Ich hätte gute Lust ...

MCCRAW: Mike! Mike, beherrschen Sie sich doch!

STARR: (*Scharf*) Na, dann los! Was ist? Worum geht es?

MCCRAW: Mike, ich möchte, dass Sie sehr aufmerksam zuhören. Gestern Vormittag wurde ein gewisser Mr. Castleford von seinem Arzt aufgesucht. Der Arzt teilte Castleford mit, dass er ihm ein Fläschchen mit Medizin und eine Dose mit einer speziellen Salbe für ihn bereitstellen würde. Castleford wurde angewiesen, in der Praxis des Arztes vorbeizuschauen und die Medizin und die Salbe irgendwann nach sechs Uhr abends abzuholen. Gestern Abend gegen halb acht ging Castleford in die Praxis. Er ging durch die Vordertür hinein und nahm die Medikamente und die Dose mit der Salbe aus dem üblichen Regal direkt im Wartezimmer. Als er nach Hause kam, aß Mr. Castleford etwas zu Abend und nahm dann ... (*langsam*) ... eine Dosis der Medizin.

STARR: Und?

MCCRAW: Er starb ... Er starb, Mike! Er starb an einer Arsenvergiftung!

STARR: (*Leise*) Gütiger Himmel!

MCCRAW: Jemand muss vor der Ankunft von Mr. Castleford im Warteraum gewesen sein. Dieser Jemand füllte in aller Ruhe Arsen in die Medizinflasche. Jetzt kommt der interessante Punkt, Mike. Ein junger Mann namens Denis Sheriden war um etwa Viertel vor sieben im Warteraum, um eine Flasche Medizin und etwas Salbe zu holen. Er gibt zu, dass der Raum leer war und dass er reichlich Gelegenheit gehabt hätte, das Arsen abzufüllen.

STARR: Aber hatte er ein Motiv?

MCCRAW: Und ob er ein Motiv hatte! Vor drei Jahren wurde der Junge für sechs Monate ins Gefängnis gesteckt, aufgrund von Beweisen, die wohlgemerkt von Mr. Castleford geliefert wurden! Ja, ehrlich gesagt, Mike, ohne voreingenommen zu sein, mag ich den jungen Sheriden nicht – aber ich bin mir nicht sicher, ob er schuldig ist.

STARR: Ich nehme an, er plädiert auf nicht schuldig?

MCCRAW: Plädieren ist wohl kaum das richtige Wort! Er

besteht nachdrücklich darauf, dass er nicht schuldig ist. Er geht sogar so weit zu sagen, dass er nichts von der Tatsache wusste, dass Mr. Castleford ein Patient von Dr. Smith war.

STARR: Ich würde gerne mit Sheriden sprechen. Wo ist er – unten?

MCCRAW: Ja, im Büro des Superintendents.

STARR: Dann lassen Sie uns runtergehen …

Szene ausblenden.

Aufblenden von MICHAEL STARR, der spricht.

STARR: Um wie viel Uhr haben Sie die Praxis aufgesucht, Mr. Sheriden?

SHERIDEN: (*Ziemlich ungestüm*) Ich habe es Ihnen doch schon gesagt: Es war etwa Viertel vor sieben.

STARR: Und wie viele Flaschen mit Medizin standen in dem Regal – können Sie sich daran erinnern?

SHERIDEN: Ich würde sagen, etwa ein halbes Dutzend … und zwei Dosen mit Salbe, die beide nicht für Mr. Castleford bestimmt waren.

STARR: Woher wissen Sie das?

SHERIDEN: Eine Dose war für mich und die andere für eine Miss Forsythe – ich erinnere mich genau an den Namen.

MCCRAW Aber hören Sie mal, Freundchen – die Krankenschwester sagt, dass Mr. Castlefords Medizin um fünf Minuten vor sechs ins Regal gestellt wurde. Sie muss also um Viertel vor sieben dort gewesen sein.

SHERIDEN: (*Mit Nachdruck, er verliert fast die Beherrschung*) Nun, es tut mir leid, Sie zu enttäuschen, Inspektor, aber ich kann Ihnen versichern, dass Mr. Castlefords Medizin um Viertel vor sieben nicht im Regal stand!

STARR: Wussten Sie, dass Mr. Castleford ein Patient von

Dr. Smith war?

SHERIDEN: Nein! Das wusste ich nicht! Der Inspektor hat es mir erst gesagt!

MCCRAW: (*Wütend*) Was soll das heißen?

SHERIDEN: (*Ziemlich verärgert*) Sie haben mir doch erzählt, dass Castleford ein Fläschchen mit Medizin nahm und eine Stunde später an einer Arsenvergiftung gestorben ist! Das ist alles, was Sie mir erzählt haben!

MCCRAW: (*Schreit SHERIDEN an*) Na und?

SHERIDEN: Woher soll ich denn wissen, dass das Arsen in der Medizin war! Ich glaube, Sie wollen mir nur etwas anhängen!

MCCRAW: Ich kann Ihnen versichern, dass wir das nicht wollen, Mr. Sheriden!

SHERIDEN: Was sollen dann all diese dummen Fragen?

STARR: (*Sehr höflich*) Der Punkt ist, Mr. Sheriden, dass Sie durch die vielen – äh – nur relativ gesehen dummen Fragen einen Fehler machen könnten.

SHERIDEN: (*Mit Sarkasmus*) Tja, da ich aber mit der Angelegenheit nichts zu tun habe, ist es nicht sehr wahrscheinlich, dass ich einen – wie Sie es nennen – Fehler machen werde, nicht wahr, Mr. Starr?

Eine Pause.

SHERIDEN: Warum lächeln Sie?

STARR: (*Höflich*) Ich lächle, Mr. Sheriden, ... weil Sie schon einen Fehler gemacht haben!

Musik aufblenden.

Musik ausblenden.

SPRECHER: Warum verdächtigt Michael Starr Denis Sheriden? Später in dieser Sendung werden Sie von Michael Starr persönlich die Lösung unseres heutigen Krimirätsels erfahren.

SPRECHER: Wir geben jetzt zurück zu Michael Starr für die Lösung des heutigen Krimirätsels.

SHERIDEN: (*Mit Sarkasmus*) Tja, da ich aber mit der Angelegenheit nichts zu tun habe, ist es nicht sehr wahrscheinlich, dass ich einen – wie Sie es nennen – Fehler machen werde, nicht wahr, Mr. Starr?

Eine Pause.

SHERIDEN: Warum lächeln Sie?

STARR: (*Höflich*) Ich lächle, Mr. Sheriden, ... weil Sie schon einen Fehler gemacht haben!

SHERIDEN: (*Wütend*) Was soll das heißen?

STARR: Der Inspektor hat Ihnen gesagt, dass Mr. Castleford eine Flasche mit Medizin in die Hand genommen hat und eine Stunde später an einer Arsenvergiftung gestorben ist – das ist alles, was er Ihnen gesagt hat!

SHERIDEN: Ja!

STARR: Woher wussten Sie dann, dass für Mr. Castleford auch eine Dose mit Salbe bereitgestellt war?

MCCRAW: (*Plötzlich*) Vorsicht, Mike!

STARR: Aua!

MCCRAW: Wow, was für ein Schlag! Nimm das, Freundchen!

SHERIDEN prallt laut auf den Boden.

MCCRAW: Mike! Mike! Ist alles in Ordnung mit Ihnen?

STARR: (*Benommen*) Also, ich muss schon sagen ... Was ... Was für ein Schlag! Sehen Sie sich nur mein Auge an! (*Amüsiert und entrüstet zugleich*) Bob, hier läuft etwas falsch! Ich ... Ich bin doch der Detektiv. Und Detektive wie ich kriegen normalerweise keine Veilchen.

McCRAW: (*Sehr amüsiert*) Dann warten Sie nur mal bis morgen, alter Freund!

STARR lacht.

Musik aufblenden.

ENDE

Tod auf Kenvick Manor

Ausstrahlung: Montag, 08.05.1944 (BBC Home Service)
Buch: FRANCIS DURBRIDGE | Regie: HARRY S. PEPPER

Rollen und DarstellerInnen:

Michael Starr . . . . HENRY OSCAR
Inspektor Robert McCraw . . . . IAN SADLER
Dr. Armstrong . . . . . . CYRIL GARDINER
Prof. Melford . . . . ARTHUR RIDLEY

RÄTSEL 13 – DER FALL

Am Ende der Titelmusik wird auf das Geräusch eines Autos übergeblendet. Das Auto wird langsamer und hält schließlich an. Die Autotür wird geöffnet und wieder geschlossen. Man hört MICHAEL STARR pfeifen. Der Pfiff ist offensichtlich ein Signal.

MCCRAW: (*Angespanntes Flüstern*) Sind Sie das, Mike?

STARR: (*Aus dem Hintergrund*) Ja ... Wo zum Teufel sind Sie?

MCCRAW: Ich bin hier drüben, mein Freund, beim Tor!

STARR: (*Ungeduldig, etwas näher*) Ich kann Sie nicht sehen, Bob.

MCCRAW: Hier drüben, Kumpel.

STARR und McCRAW treffen sich jetzt.

STARR: Meine Güte, ist das eine scheußliche Nacht! Es war nicht leicht, diesen Ort hier zu finden.

MCCRAW: Ja, das kann ich mir vorstellen.

STARR: (*Leicht überrascht*) Ist das Kenvick Manor? Ich habe es mir immer ganz anders ...

MCCRAW: Nein. Nein ... Das ist nur das Pförtnerhäuschen, Mike. Das Haus liegt etwa eine Viertelmeile die

Auffahrt hoch.

STARR: Ach ja. So viel ich von hier aus erkennen kann, sieht es ziemlich düster aus.

MCCRAW: Ja, nicht gerade meine Vorstellung von einem Kurort. (*Aufmunternd*) Wie geht es Ihnen, Mike – gut?

STARR: (*Imitiert MCCRAWs Akzent*) Nein! Ich habe nicht Ihre Konstitution und ich stehe nicht gerne um drei Uhr morgens auf.

MCCRAW: (*Nach einem Lachen*) Es tut mir leid, Mike, aber ich stecke in einem ziemlichen Dilemma und … Ach, kommen Sie schon, alter Junge! Lassen Sie uns zum Haus hochgehen!

STARR: Nein, nein! Einen Augenblick noch! Nur nicht so eilig! (*Langsam*) Was soll das alles, Bob?

MCCRAW: Nun, Mike, wie Sie wahrscheinlich wissen, gehört dieses Haus – Kenvick Manor – einem gewissen Professor Melford. Er war, glaube ich, Professor für englische Literatur an der Universität in Columbia, aber … oh, das liegt auch schon zehn oder fünfzehn Jahre zurück. Der Professor ist ein komischer Kauz, Mike, fast könnte man sagen, ein Einsiedler. Nun, gegen zehn Uhr heute Abend fuhr ich hier vorbei, als plötzlich ein Mann aus der Einfahrt stürzte. Zum Glück waren meine Bremsen ziemlich gut, sonst hätte ich ihn wohl ….

STARR: War es der Professor?

MCCRAW: Ja! Und er war wirklich in einem teuflischen Zustand! Offenbar hatte sein Diener und allgemeines Faktotum, ein Kerl namens Hollins, Selbstmord begangen. Wir gingen zurück zum Haus und ich sah mir den alten Knaben an. Er war wirklich tot. Kein schöner Anblick, Mike.

STARR: Erzählen Sie weiter!

MCCRAW: Ich habe auf dem örtlichen Revier angerufen und den Polizeiarzt angefordert. Ein Kerl namens Armstrong. Er untersuchte Hollins und meinte, er sei seit etwa einer halben Stunde tot. Und Mike: Er war auch der Meinung, dass es kein Selbstmord war.

STARR: Ich verstehe. Nun, nehmen wir für einen Moment an, dass wir der Theorie Glauben schenken, dass Hollins von dem Professor ermordet wurde. Was würden Sie als mögliches Motiv vorschlagen?

MCCRAW: Ich kann Ihnen diesbezüglich nichts vorschlagen, Mike. Der Professor war dem Mann sehr zugetan. Komplett ergeben!

STARR: Hm. Ist der Doktor noch im Haus?

MCCRAW: Ja, ja, natürlich.

STARR: Dann kommen Sie, Bob. Ich würde gerne mit ihm sprechen.

MCCRAW: Sie werden sehen, Dr. Armstrong ist sehr zuverlässig, Mike. Er war mal beim Yard, aber ...

Szene ausblenden.

Aufblenden der Stimme von DR. ARMSTRONG.

ARMSTRONG: Nun, Sie können die Schusswunde selbst sehen, Mr. Starr. Glauben Sie, dass es Selbstmord war?

STARR: Hm.

MCCRAW: Es kann kein Selbstmord gewesen sein.

MELFORD: Aber wenn es kein Selbstmord war ... Was ist dann passiert? Sie glauben doch nicht etwa, dass er ermordet wurde?

MCCRAW: Ich fürchte, das ist die einzige Alternative, Professor.

STARR: Wann haben Sie Hollins das letzte Mal lebend gesehen?

MELFORD: Es war so gegen acht Uhr. Ich war oben im Arbeitszimmer. Er brachte mir eine Tasse Kaffee und ein Buch, nach dem ich gesucht hatte.

MCCRAW: Neben der Leiche lag ein Buch auf dem Boden ... Ach, hier ist es ja!

STARR: Charles Lamb ... *Essays von Elia* ... Ist das das Buch, Professor?

MELFORD: Nein. Nein, es war ein Roman. Blackmores *Lavengro*. Ich dachte nämlich, ich hätte die Ausgabe verloren.

STARR: Das war um acht Uhr, sagen Sie?

MELFORD: Ja. Soweit ich mich erinnern kann, um acht Uhr.

STARR: Wirkte er völlig normal? Ich meine, war er ...

MELFORD: Völlig.

STARR: Wie war er gekleidet?

MELFORD: (*Überrascht von der Frage*) Wie ... Wie er gekleidet war? Nun ... genauso wie jetzt, natürlich. Nicht sehr gut gekleidet, leider. Armer Hollins!

ARMSTRONG: Was würden Sie sagen? Wie alt war er, Professor?

MELFORD: Hollins? Er war zwei Jahre älter als ich, Doktor. Also war er dreiundsechzig. Komisch, dass Sie das fragen, denn ich habe mit dem armen Kerl gerade erst gestern Abend über ...

Im Hintergrund klingelt ein Telefon.

MELFORD: ... sein Alter gescherzt, als er ... He! Ist das das Telefon?

MCCRAW: Ja!

MELFORD: Entschuldigen Sie mich, meine Herren. Es steht in der Bibliothek.

Eine Pause.

Eine Tür wird geöffnet und wieder geschlossen.

MCCRAW: Nun, was halten Sie von der Sache, Mike?

ARMSTRONG: Ein interessanter Fall, finden Sie nicht auch, Mr. Starr?

STARR: Ja. Ja, sehr interessant.

MCCRAW: Nun, Mike. Wurde Hollins ermordet?

STARR: Nein.

ARMSTRONG: Nein?!?

MCCRAW: Sie meinen – es war also doch Selbstmord?

STARR: Nein, Inspektor ... Es war kein Selbstmord.

MCCRAW: (*Fassungslos*) Es ... Es war kein Selbstmord!

STARR: Nein, Inspektor. Es war kein Selbstmord!

ARMSTRONG: Sie meinen, ... es war ein Unfall?

STARR: Nein, Doktor. Es war kein Unfall!

MCCRAW: Gütiger Gott!!! Sie meinen, Hollins hat keinen Selbstmord begangen! Er wurde nicht ermordet!! Und – es war kein Unfall!

STARR: Das ist richtig, Bob!

MCCRAW: Also, Mike ... Ich ... Ich ... Ich ... (*Atmet tief durch*) Ich bin sprachlos, Kumpel ...

Musik aufblenden.

Musik ausblenden.

SPRECHER: Was ist das Geheimnis von Kenvick Manor? Kennen Sie es? Später in der Sendung werden Sie von Michael Starr persönlich die Lösung des heutigen Krimirätsels erfahren.

RÄTSEL 13 – DIE LÖSUNG

SPRECHER: Wir geben jetzt zurück an Michael Starr, der die Lösung des heutigen Krimirätsels bekanntgeben wird.

MCCRAW: Gütiger Gott!!! Sie meinen, Hollins hat keinen Selbstmord begangen! Er wurde nicht ermordet!! Und – es war kein Unfall!

STARR: Das ist richtig, Bob!

MCCRAW: Also, Mike ... Ich ... Ich ... Ich ... (*Atmet tief durch*) Ich bin sprachlos, Kumpel ...

STARR: Mein lieber Bob, es ist eigentlich ganz einfach, wenn man darüber nachdenkt. Sehen Sie ... Hollins ist gar nicht tot ...

ARMSTRONG: Hollins ist nicht ... Wer zum Teufel ist dann dieser Kerl?

STARR: Professor Melford.

ARMSTRONG: Was?!

MCCRAW: Mike!!! Mike, Mensch, sind Sie von allen guten Geistern verlassen?

STARR: (*Zügig*) Passen Sie auf! Als Sie heute Abend am Tor vorbeifuhren, war Hollins, der Diener, auf der Flucht. Als Sie ihn aufhielten, bekam er Angst, sagte, er sei Professor Melford, und brachte Sie zurück zum Haus.

MCCRAW: Wollen Sie damit sagen, dass der Kerl, mit dem wir gesprochen haben, in Wirklichkeit der Diener ist und dieser Mann hier ist der Professor?

STARR: Ganz genau! Sehen Sie sich den toten Mann an – sehen Sie sich den Anzug an, den er trägt.

MCCRAW: Das ist ein Anzug, wie ihn ein Diener tragen würde!

STARR: Natürlich ist es das – er gehört Hollins –, aber er ist zu klein für diesen Mann. Sehen Sie sich das Buch an, das Sie bei der Leiche fanden, Robert. *Essays von Elia* von Charles Lamb. Würde ein Kammerdiener die *Essays of Elia* lesen?

ARMSTRONG: Das könnte er doch.

STARR: Ja, aber da ist noch ein anderer Punkt, Doktor. Unser Freund, der sogenannte Professor, sagte, dass Hollins ihm um acht Uhr eine Tasse Kaffee und ein Exemplar eines Buches brachte, das er gesucht hatte. Einen Roman – Blackmores *Lavengro*.

ARMSTRONG: Ja und?

MCCRAW: Was ist mit *Lavengro*?

104

STARR: Nur, dass das Buch zufällig von George Borrow geschrieben wurde, Bob. Blackmore soll *Lavengro* geschrieben haben! (*Mit einem Lachen*) Was für eine außergewöhnliche Aussage für einen Professor für englische Literatur!

Musik aufblenden.

ENDE

Anmerkung des Übersetzers: Francis Durbridge verwendete dieselbe Geschichte 1947 für die Kurzgeschichte *Paul Temple and the Dark Stranger* (*Paul Temple und der dunkelhäutige Fremde*), erschienen bei Pidax (2018) in dem Sammelband *Paul Temple – Die verschollenen Fälle*, Seiten 87–89.

Briefe für sechshundert Pfund

Ausstrahlung: Montag, 15.05.1944 (BBC Home Service)
Buch: FRANCIS DURBRIDGE | Regie: HARRY S. PEPPER

<u>Rollen und DarstellerInnen:</u>

Michael Starr . . . . HENRY OSCAR
Inspektor Robert McCraw . . . . IAN SADLER
Mr. Carson . . . . CYRIL GARDINER
Mona van Elson . . . . RITA VALE

RÄTSEL 14 – DER FALL

Am Ende der Titelmusik wird auf MR. CARSON übergeblendet, der sehr selbstsicher und selbstbewusst ist. Er spricht mit MONA VAN ELSON, die sehr wütend und ziemlich verängstigt ist.

CARSON: (*Leise*) Ist das Ihr letztes Wort?

MONA: Ja. Ja, das ist mein letztes Wort!

CARSON: Nun, ich hoffe aufrichtig, dass Sie nicht den Eindruck haben, dass ich bluffe, Mrs. van Elson, denn ich kann Ihnen versichern, dass ich das nicht tue.

MONA: Es ist mir egal, ob Sie bluffen oder nicht! Ich werde Ihnen keine sechshundert Pfund zahlen! Das ist Erpressung!

CARSON: (*Lacht*) Natürlich ist das Erpressung! Ich mache keinen Hehl daraus! Und als professioneller Erpresser, Mrs. van Elson, versichere ich Ihnen, dass die Briefe für sechshundert Pfund extrem billig sind!

MONA: Es geht mir nicht um die sechshundert Pfund, es geht …

CARSON: (*Amüsiert*) Ach je! Ich weiß genau, was Sie sagen wollen! Es geht Ihnen um das Prinzip der Sache! Warum sagen die Leute bloß immer, dass es Ihnen um das Prinzip der Sache geht?

MONA: (*Sehr wütend*) Raus! Sie haben doch gehört, was ich gesagt habe – verschwinden Sie!

CARSON: Meine liebe Mrs. van Elson, wenn ich diesen Raum verlasse, werden diese Briefe – diese äußerst sentimentalen Schulmädchenbriefe – direkt an den Herausgeber des *Daily Reflector* geschickt. Sie wissen doch, was das bedeutet! Es bedeutet Publicity! Eine Menge unangenehmer Publicity.

MONA: Ich habe keine Angst vor Publicity!

CARSON: (*Amüsiert*) Ach nein? Warum setzen Sie sich dann nicht mit Scotland Yard in Verbindung?

MONA: (*Grimmig*) Mr. Carson! Das halte ich für eine sehr gute Idee! Und denken Sie bloß nicht, dass ich nur …

Szene ausblenden.

Aufblenden von MCCRAW, der spricht.

MCCRAW: Mike, das muss man der Frau lassen! Sie hat sich zum Gespött des ganzen Landes gemacht – aber sie hat sich nicht beirren lassen!

STARR: Ja, aber was ist mit diesem Carson? Haben Sie ihn verhaftet?

MCCRAW: Natürlich haben wir ihn nicht verhaftet! Wie zum Teufel hätten wir das tun können? Verstehen Sie denn nicht, was passiert ist, Mike? Vor etwas mehr als einer Woche, am Sechsten, um genau zu sein, stattete dieser Carson Mrs. van Elson einen Besuch ab und forderte sechshundert Pfund als Gegenleistung für einige unglückliche Briefe, die die Dame geschrieben hatte. Der Punkt ist der folgende, Mike: Carson bestreitet, Mrs. van Elson besucht zu haben – und wir können nicht beweisen, dass er es getan hat!

STARR: Hm. Um wie viel Uhr soll das Gespräch stattgefunden haben?

MCCRAW: Am Nachmittag. Laut Mrs. van Elson kam Carson kurz vor Viertel vor zwei an und ging gegen halb drei.

STARR: Hat ihn denn keiner der Angestellten gesehen?

MCCRAW: Nein. Leider hat ihn niemand gesehen.

STARR: Hm. Wie lautet Carsons Version dieser Geschichte?

MCCRAW: Sie ist ziemlich einfach. Er sagt, er habe seine Wohnung in der Curzon Street nie verlassen und den größten Teil des Nachmittags am Telefon verbracht.

STARR: Haben Sie das überprüft?

MCCRAW: Ja. Offenbar rief er um Viertel vor zwei seinen Börsenmakler an, einen Kerl namens Hudson. Er gab ihm einige Anweisungen bezüglich einiger Aktien, die er veräußern wollte. Carson sagt, sie hätten etwa zwanzig Minuten miteinander gesprochen, dann habe sich Hudson mit der Börse in Verbindung gesetzt und die Aktien verkauft. Er rief Carson um etwa Viertel nach zwei zurück, und dieses Gespräch dauerte bis etwa ... ähm ... fast zehn vor drei.

STARR: Mit anderen Worten, Carson hat von etwa Viertel vor zwei bis Viertel vor drei mit seinem Börsenmakler telefoniert?

MCCRAW: Genau! Abgesehen natürlich von dem kurzen Intermezzo zwischen den Anrufen, während ...

STARR: ... Hudson sich mit der Börse in Verbindung gesetzt hat ...

MCCRAW: So ist es!

STARR: Kann Hudson die Telefongespräche bestätigen?

MCCRAW: Aber ganz und gar! Ich sage Ihnen, Mike, dieser Fall hat mich ziemlich aus der Fassung gebracht! Wir wissen, dass Carson schuldig ist, aber es scheint nicht die geringste Chance zu geben, ihm das zu beweisen! Wenn ich nicht so eine starke Konstitution hätte, wäre ich wohl nicht mehr ...

STARR: Vergessen Sie Ihre Konstitution, Robert! Sagen Sie mir lieber: Was für ein Mensch ist dieser Börsenmakler?

MCCRAW: Oh, ein recht anständiger Typ ... jung ...

STARR: Ich nehme an, Sie haben schon einmal daran gedacht, dass ...

MCCRAW: ... dass Carson den Börsenmakler dazu erpressen könnte, damit er ihm ein Alibi verschafft?

STARR: Ja.

MCCRAW: Ja, daran habe ich auch gedacht. Aber wie zum Teufel sollen wir das beweisen? In Wahrheit können wir es nicht beweisen, Mike, es sei denn, Carson hat einen Fehler gemacht, und soweit ich weiß ...

STARR: Aber das ist genau der Punkt, Bob. Carson hat einen Fehler gemacht.

MCCRAW: Was!?!

STARR: (*Ziemlich amüsiert*) Wissen Sie, Robert, das ist wirklich ein ganz einfacher Fall, wenn man mal darüber nachdenkt ... (*Er kichert*)

Musik aufblenden.
Musik ausblenden.

SPRECHER: Später in der Sendung werden Sie von Michael Starr persönlich die Lösung des heutigen Krimirätsels hören.

SPRECHER: Wir geben jetzt zurück an Michael Starr, der Ihnen die Lösung des heutigen Krimirätsels verraten wird.

STARR: Aber das ist genau der Punkt, Bob. Carson hat einen Fehler gemacht.

MCCRAW: Was!?!

STARR: (*Ziemlich amüsiert*) Wissen Sie, Robert, das ist wirklich ein ganz einfacher Fall, wenn man mal darüber nachdenkt ... (*Er kichert*)

MCCRAW: Mike. Mike, was meinen Sie?

STARR: Robert, alter Junge. Hören Sie genau zu! Am sechsten Mai um Viertel vor zwei rief Carson seinen Börsenmakler an. Ist das richtig?

MCCRAW: Korrekt.

STARR: Sie unterhielten sich etwa zwanzig Minuten lang, in deren Verlauf Carson seinen Makler anwies, bestimmte Aktien zu verkaufen. Dieses Gespräch endete um etwa fünf Minuten nach zwei. Richtig?

MCCRAW: Korrekt.

STARR: Zehn Minuten später, um Viertel nach zwei, rief Hudson bei Carson an und teilte ihm mit, dass er sich mit der Börse in Verbindung gesetzt und die Aktien verkauft habe. Dieses Gespräch dauerte bis etwa ... ähm ... Viertel vor drei. Richtig?

MCCRAW: Korrekt.

STARR: So lautet das Alibi von Mr. Carson.

MCCRAW: Genau! Und es ist so wasserdicht, wie es nur irgendwie sein kann.

STARR: Von wegen wasserdicht! So einen Blödsinn habe ich in meinem ganzen Leben noch nicht gehört! Denken Sie doch mal nach, Robert, alter Junge!

Denken Sie nach! All dies soll sich am sechsten Mai zugetragen haben! Der sechste Mai! Ein Samstag! Wie zum Teufel konnte Hudson an einem Samstagnachmittag mit der Börse in Kontakt treten?

MCCRAW: Nun, ich … ich … (*Schwach*) Mike … Mike, ich glaube, ich könnte einen Brandy gebrauchen.

STARR: Sie kriegen einen rosa Gin … und der wird ihnen schmecken!

Musik aufblenden.

ENDE

Ausstrahlung: Montag, 22.05.1944 (BBC Home Service)
Buch: FRANCIS DURBRIDGE | Regie: HARRY S. PEPPER

Rollen und DarstellerInnen:

Michael Starr . . . . HENRY OSCAR
Inspektor Robert McCraw . . . . IAN SADLER
Denis . . . . FRED YULE
Johnny Rodgers . . . . . PRESTON LOCKWOOD

RÄTSEL 15 – DER FALL

Am Ende der Titelmusik wird auf das Geräusch eines stehenden, im Leerlauf befindlichen Autos übergeblendet.

DENIS: (*Nervös*) Bist du … bereit?

RODGERS: Klar.

DENIS: Du weißt, … was zu tun ist?

RODGERS: Verlass dich nur auf mich, Johnny!

DENIS: Vergiss nicht … Fahr direkt auf das Schaufenster zu und dann, sobald …

RODGERS: (*Mit einem nervösen kleinen Lachen*) Schaufenstereinbrüche sind nicht gerade mein Metier …

DENIS: Das wird schon. (*Ernst*) Schlag das Fenster erst ein, wenn du hörst, dass ich den Motor starte …

RODGERS: Okay!

DENIS: Na gut, dann lass uns loslegen.

Das Auto fährt los. Es nimmt immer mehr an Fahrt auf und wird immer schneller.

Ausblenden.

Aufblenden in das Auto. Mit einem Quietschen der Bremsen kommt das Auto zum Stillstand. Das Geräusch des Motors

wird lauter und gleichzeitig hört man das Einschlagen eines
Schaufensters.
Aufblenden aufgeregter Stimmen und Polizeipfeifen.
DENIS: (*Angespannt*) Hast du die Halskette?
RODGERS: (*Atemlos*) Ja.
DENIS: (*Schnell*) Dann spring rein ...
RODGERS: Sollten wir nicht besser ...
DENIS: (*Angespannt: schnell*) Spring rein!!
Die Autotür schlägt zu und das Auto rast davon.
Auto und Hintergrundgeräusche ausblenden.

Aufblenden von MCCRAW, der gerade spricht.
MCCRAW: Diesmal habe ich Sie schon geholt, bevor wir
wirklich in Schwierigkeiten waren, Mike. Aber
ich konnte es riechen ... Es hatte also keinen
Sinn, bis zur letzten Minute zu warten. Wie mein
alter Vater zu sagen pflegte: Wenn du selbst nicht
den Verstand hast, Junge, dann nimm den eines
anderen.
STARR: Er scheint ein ziemlich schlauer alter Vogel gewesen zu sein, Ihr Vater!
MCCRAW: Ja! Und er hatte eine großartige Konstitution!
Mensch, ich hätte gerne mal erlebt, dass er ...
STARR: (*Unterbricht MCCRAW sanft*) Bob ... Was soll
das alles?
MCCRAW: Wie? Ach, ja. Tja, nun, Mike, gestern Nachmittag gegen halb fünf wurde ein Juweliergeschäft
am Rande von Bexley überfallen. Die Schaufens-
terscheibe wurde eingeschlagen und eine Halskette gestohlen. Eine Diamantkette – sie hatte einen Wert zwischen zwei- und dreitausend Pfund!
STARR: Das ist ja interessant. Es steht nichts in den Zeitungen.
MCCRAW: Nein, wir haben es aus den Zeitungen herausge-
halten. Es ist eine ziemlich bedeutsame Firma –

	Smith & Carpenter – und sie sind überhaupt nicht angetan von dieser Art von Publicity.
STARR:	Ich verstehe. Haben Sie jemanden in Verdacht?
MCCRAW:	Ja, in der Tat, das haben wir, Mike. Zwei Kerle namens Rodgers und Denis. Ich habe mit ihnen gesprochen, Mike, aber soweit ich das beurteilen kann, haben sie beide perfekte Alibis.
STARR:	Was nennen Sie ein perfektes Alibi, Bob?
MCCRAW:	Nun, offenbar haben beide den Tag in Leamington Spa verbracht. Rodgers hat eine Schwester in Leamington. Sie verließen Euston mit dem Zug um 9 Uhr 10 und kamen mit dem Zug um 18 Uhr 32 Uhr zurück.
STARR:	Sie haben das, nehme ich an, bei der Schwester überprüft?
MCCRAW:	Oh, ja. Sie bestätigt das alles.
STARR:	(*Nachdenklich*) Ich erinnere mich an Denis. Er war vor etwa drei oder vier Jahren in den Salisbury-Fall verwickelt. Eine unzuverlässige Art von Mistkerl. Ich würde gerne mit ihm sprechen, Bob.
MCCRAW:	Natürlich, Kumpel. Sie sind beide im Büro des Superintendents. Denis ist für meinen Geschmack ein bisschen zu selbstsicher, aber der andere …

Szene ausblenden.

Aufblenden von DENIS, der spricht.

DENIS:	Mein lieber Superintendent …
MCCRAW:	Inspektor, wenn es Ihnen nichts ausmacht …
DENIS:	Mein lieber Inspektor, wir haben Ihnen bereits gesagt, dass wir den Tag in Leamington verbracht haben. Wir verließen Euston um …
STARR:	(*Unterbricht DENIS, recht freundlich*) Mr. Denis, sagen Sie, waren Sie jemals in Bexley?

DENIS:	Was? Warum? Ja. Ich denke schon.
STARR:	Und Sie, Mr. – äh – Rodgers?
RODGERS:	Ja, aber das muss schon zwei oder drei Jahre her sein.
STARR:	Verstehe. (*Nach einem Moment*) Der Inspektor hat Ihnen ja bereits von dem Diebstahl erzählt, können Sie sich – äh – an die betreffenden Juweliere erinnern?
DENIS:	Wie hieß die Firma noch gleich?
STARR:	Smith & Carpenter.
DENIS:	Ach, ja.
RODGERS:	Das Geschäft ist doch in der Queen Street, nicht wahr?
MCCRAW:	Nein, Mr. Rodgers, es befindet sich auf der Hauptstraße von Bexley.
RODGERS:	(*Amüsiert*) Tut mir leid.
STARR:	Fahren Sie immer noch ein Auto, Mr. Denis?
DENIS:	Ja. Einen kleinen grauen 10 HRP. DCX 294.
STARR:	(*Zu MCCRAW*) Hat jemand das Tatfahrzeug in Bexley gesehen?
MCCRAW:	Ja, es war ein blauer Saloon. MJC 856.
RODGERS:	(*Lacht*) Tja, Sie scheinen leider kein Glück zu haben, was, Mr. Starr?
STARR:	(*Leise*) Das ist Ansichtssache.
RODGERS:	(*Nicht mehr amüsiert*) Was soll das heißen?
STARR:	Ich meine, dass Ihr Alibi falsch ist. Genauso falsch wie …
DENIS:	(*Plötzlich, dramatisch*) Bleiben Sie, wo Sie sind!
MCCRAW:	Nehmen Sie die Waffe runter, Mann, oder …
DENIS:	Stehen bleiben! Und Mund halten! Schließ die Tür ab, Johnny!
RODGERS:	(*Angespannt*) Okay,
DENIS:	Nun, Mr. Starr, bevor ich Ihnen das Grinsen aus dem Gesicht schieße … Was hat Sie misstrauisch gemacht?

115

Musik aufblenden.
Musik ausblenden.

SPRECHER: Warum hat Michael Starr Denis und Rodgers verdächtigt? Wissen Sie es? Später in der Sendung werden Sie von Michael Starr persönlich die Lösung des heutigen Krimirätsels erfahren.

RÄTSEL 15 – DIE LÖSUNG

SPRECHER: Wir geben jetzt zurück zu Michael Starr, der Ihnen die Lösung des heutigen Krimirätsels verraten wird.

DENIS: Stehen bleiben! Und Mund halten! Schließ die Tür ab, Johnny!

RODGERS: (*Angespannt*) Okay,

DENIS: Nun, Mr. Starr, bevor ich Ihnen das Grinsen aus dem Gesicht schieße ... Was hat Sie misstrauisch gemacht?

STARR: Soll ich Ihnen sagen, was mich misstrauisch gemacht hat, Mr. Denis? Nun, zunächst einmal ... (*Plötzlich*) Schnell, Bob!

Ein lautes Krachen – wie von einem Aufprall – ist zu hören und ein Schmerzensschrei von DENIS.

MCCRAW: Nimm das, Kleiner!

Ein zweites Aufprallen ist zu hören.

STARR: (*Atemlos*) Sind Sie in Ordnung, Bob?

MCCRAW: Klar! Ich bin okay. Puh!

STARR lacht.

MCCRAW: Mike! Mike, was hat Sie misstrauisch gemacht?

STARR: Nun, ich wollte diese Mistkerle gerade einem ziemlich harten Kreuzverhör unterziehen, als mir plötzlich klar wurde, was für einen schrecklichen Fehler sie begangen hatten.

MCCRAW: Welchen denn?

STARR: (*Lacht*) Mein lieber Robert, man kann nicht von
           Euston nach Leamington fahren. Von Euston aus
           kann man nicht nach Westen fahren!

MCCRAW: Tja …, das war kein guter Schach-Zug …

STARR: Genau! Da haben sie sich zügig vertan …

STARR und MCCRAW lachen beide.

Musik aufblenden.

ENDE

```
┌─────────────────────────────────────────────┐
│              Folge 16                        │
│       Ein Toter im Medusa-Club               │
└─────────────────────────────────────────────┘
```

Ausstrahlung: Montag, 29.05.1944 (BBC Home Service)
Buch: FRANCIS DURBRIDGE | Regie: HARRY S. PEPPER

<u>Rollen und DarstellerInnen:</u>

Michael Starr . . . . HENRY OSCAR
Inspektor Robert McCraw . . . . IAN SADLER
Gerard Lester . . . . DICK FRANCIS
Wilfrid Pitman . . . . BASIL JONES

RÄTSEL 16 – DER FALL

Am Ende der Titelmusik wird auf das Wählen eines Telefons überblendet.

LESTER: (*Ziemlich aufgeregt und nervös*) Hallo? Hallo? Ist dort ... White... Whitehall 1 – 2 – 1 – 2? Hier spricht Gerard Lester. Ich bin der Sekretär des Medusa-Clubs ... Ja, richtig, der Medusa-Club ... 49a Pall Mall ... Könnten Sie sofort jemanden vorbeischicken, bitte ... Was? Nun ... Es geht um Lord Harringson ... Ja, Lord Harringson ... Er ist ... tot! Das kann ich Ihnen leider nicht sagen, denn ...

Szene ausblenden.

Aufblenden von MCCRAW.

MCCRAW: Mike! Mike, ich stecke in einem Dilemma! Wenn ich nicht so eine starke Konstitution hätte, dann ...

STARR: (*Beim Wort »Dilemma«*) Was ist denn schon wieder los?

STARR lacht.

MCCRAW: Ja, lachen Sie nur, mein Freund! Aber das hier ist ernst! Teuflisch ernst!

STARR: Ich nehme an, es geht um den Fall Harringson?

MCCRAW: Genau! (*Irritiert*) Sie haben sicher den ganzen Unsinn in den Zeitungen gelesen?

STARR: Tja, sie scheinen ziemlich zu übertreiben, was?

MCCRAW: Ich sage Ihnen, Mike – es ist ein Jammer! Ein fürchterlicher Jammer!

STARR: Nun, wie wäre es dann, wenn Sie mir die Geschichte aus Ihrer Sicht erzählen würden? Beginnen Sie von Anfang an!

MCCRAW: Ich weiß nicht, ob Sie Lord Harringson jemals begegnet sind, aber …

STARR: Nein, leider hatte ich nie die Ehre. Der alte Knabe war schon etwas in die Jahre gekommen, nicht wahr?

MCCRAW: Zweiundachtzig. (*Nachdenklich*) Ja, er war ein ziemlich alter Schlingel! (*Plötzlich*) Also, Mike … Jeden Samstagvormittag besuchte Lord Harringson den Medusa-Club in der Pall Mall. Er kam gewöhnlich gegen halb elf dort an. Er zog einen riesigen Sessel an den Kamin heran, setzte sich mit einem Exemplar von Dickens' *Pickwickier* hin und rührte sich nicht von der Stelle bis etwa sechs oder sieben Uhr abends.

STARR: Und gar kein Mittagessen?

MCCRAW: Das hat den alten Knaben nie gestört. Gelegentlich aß er ein oder zwei Sandwiches. Nun, letzten Samstagvormittag kam seine Lordschaft ungefähr zur üblichen Zeit im Club an. Er zog den Sessel an den Kamin heran und begann, in seinem Buch zu lesen. Niemand sprach mit ihm, niemand störte ihn … Der Club war den ganzen Tag über ziemlich leer.

STARR: (*Interessiert*) Fahren Sie fort.

119

MCCRAW: Nun, gegen halb vier Uhr nachmittags bemerkte einer der Stewards – ein gewisser Pitman – plötzlich, dass der alte Junge sein Buch fallen gelassen hatte. Er ging hinüber zum Sessel, hob es auf und bekam dann den Schock seines Lebens ... Lord Harringson war tot.

STARR: Hm.

MCCRAW: Der Steward ließ den Clubsekretär holen und der Sekretär wiederum den Clubarzt. Der Arzt untersuchte seine Lordschaft und äußerte die Vermutung, dass er ... vergiftet worden sei. Unser Arzt bestätigte dies.

STARR: Hm. Hat seine Lordschaft im Club etwas getrunken?

MCCRAW: Nein, gar nichts.

STARR: Und gegessen?

MCCRAW: Nein.

STARR: Könnte er das Gift genommen haben, bevor ...

MCCRAW: ... er in den Medusa-Club kam? Nein. Nein, unmöglich. Beide Ärzte haben das ausgeschlossen.

STARR: Hm. Haben Sie seine Lordschaft durchsucht?

MCCRAW: Ja. Hier sind seine Sachen, Mike.

Wir hören das Geräusch einer sich öffnenden Schublade.

MCCRAW: Ein Exemplar des Buchs *Die Pickwickier* ..., die Samstagsausgabe der *Daily Gazette*, auf der der alte Junge saß ..., seine Uhrkette ..., die Uhr ..., ein kleines Taschenmesser ..., ein Notizbuch ..., seine Brieftasche ..., zwei Briefe ..., seine Pfeife ..., ein Tabakbeutel ..., eine Streichholzschachtel ... ach – und ein Feuerzeug, das nicht funktioniert.

STARR: Wie ich sehe, ist die Uhr bei Viertel vor elf stehen geblieben.

MCCRAW: Ja. Sie muss aufgezogen werden.

STARR: Hm. Ich würde mir gerne den Club ansehen, Ro-

| | bert – und auch gerne mit dem Sekretär sprechen. |
| MCCRAW: | Sein Name ist Lester. Er ist sehr hilfsbereit, aber auch ein wenig pedantisch. Aber das ist nicht weiter verwunderlich, wenn man bedenkt, was für eine Art von Menschen dort ... |

Szene ausblenden.

Aufblenden der Stimme von MICHAEL STARR.

STARR:	Ich nehme an, das hier ist der Raum, Mr. Lester, in dem ...
LESTER:	(*Unterbricht* STARR) Ja. Ja, Mr. Starr. Das ist der Raum. Das ist der Sessel, auf dem seine Lordschaft gesessen hat. Der da in der Ecke.
STARR:	Hm. Wie ich sehe haben sie dort hinten in der Ecke eine Art Cocktailbar.
LESTER:	Ja. Sie ist nicht gerade mitreißend, leider, aber wir mussten unser Personal reduzieren und da ist diese Bar eine ganz gute Lösung.
STARR:	Wer ist für die Bar zuständig?
LESTER:	Einer der Stewards. Genauer gesagt der Mann, der Lord Harringson entdeckt hat.
MCCRAW:	Pitman.
LESTER:	Ja, Inspektor – Wilfrid Pitman.
STARR:	Ich würde gerne mit ihm sprechen.
LESTER:	Er kommt gleich her, Sir.
STARR:	Mr. Lester, sagen Sie mir ... haben Sie eigentlich gesehen, wie Lord Harringson am Samstagvormittag hereinkam?
LESTER:	Nein. Als ich ihn sah, saß er bereits auf dem Stuhl ... und las.
STARR:	Um wie viel Uhr war das?
LESTER:	Mal sehen ... Ich habe die Morgenzeitungen hereingebracht ... Sie kamen ziemlich spät ... Es war etwa, ähm ... na, so Viertel vor zwölf.
STARR:	Haben Sie mit seiner Lordschaft gesprochen?

121

LESTER: Nein. Nein, ich habe nur die Zeitung hingelegt, mit Pitman gesprochen und bin ... dann ... wieder gegangen ... (*Plötzlich*) Oh, da kommt ja Pitman.

STARR: Gut.

LESTER: Würden Sie mich bitte entschuldigen, Inspektor?

MCCRAW: Ja, natürlich, Mr. Lester.

PITMAN: Sie wollten mich sprechen, Inspektor?

MCCRAW: Mr. Starr würde Ihnen gerne ein paar Fragen stellen.

STARR: Haben Sie gesehen, wie Lord Harringson am Samstagvormittag hier ankam?

PITMAN: Ja, Sir.

STARR: Was hatte er dabei?

PITMAN: Nur ein Buchexemplar der *Pickwickier*, Sir.

STARR: Um wie viel Uhr war das?

PITMAN: Gegen halb elf, Sir.

STARR: Hatte Lord Harringson etwas getrunken?

PITMAN: Nein, Sir. Ich kam überhaupt nicht in seine Nähe, bis ich das Buch aufhob.

STARR: Sie haben ihm nichts zu trinken gebracht?

PITMAN: Nein, Sir.

STARR: Und er ist auch nicht – äh – zu irgendeinem Zeitpunkt zur Cocktailbar hinüber gegangen?

PITMAN: Er ist nie aus seinem Stuhl aufgestanden, Sir – von dem Moment an, als er hier ankam. Wenn er es getan hätte, hätte ich ihn gesehen – und ich hätte ihn sehen müssen. Ich war ja schließlich die ganze Zeit über in diesem Raum.

STARR: Mr. Lester kam etwa um Viertel vor zwölf in den Aufenthaltsraum – hat er mit Lord Harringson gesprochen?

PITMAN: Nein, Sir.

STARR: (*Er schickt PITMAN weg*) Gut. Ich danke Ihnen, Pitman. Das war's schon.

PITMAN: Ich danke Ihnen, Sir.

MCCRAW: (*Leise*) Nun, Mike, was halten Sie von der Sache?

STARR: (*Beschwingt*) Wir haben ihn! Wir haben ihn, Robert, alter Junge!

MCCRAW: Wir haben ihn? Aber … Wen haben wir?

STARR: Stellen Sie sich nicht so an, Bob! (*Ernst*) Wir haben den Mann, der Lord Harringson ermordet hat.

Musik aufblenden.

Musik ausblenden.

SPRECHER: Wissen Sie, wer Lord Harringson ermordet hat? Später in der Sendung werden wir Sie wieder zu Michael Starr bringen, der Ihnen die Lösung des heutigen Krimirätsels verraten wird.

RÄTSEL 16 – DIE LÖSUNG

SPRECHER: Wir geben jetzt zurück zu Michael Starr, der die Lösung des heutigen Krimirätsels verraten wird.

MCCRAW: Wir haben ihn? Aber … Wen haben wir?

STARR: Stellen Sie sich nicht so an, Bob! (*Ernst*) Wir haben den Mann, der Lord Harringson ermordet hat.

MCCRAW Wollen Sie damit sagen, dass Sie wissen, wer Lord Harringson ermordet hat?

STARR: Natürlich weiß ich das! Sie etwa nicht?

MCCRAW: Ich habe keine blassen Schimmer!

STARR: Es ist doch wirklich ganz einfach, Inspektor. Sehen Sie, Pitman lügt!

MCCRAW: Woher wissen Sie, dass er lügt?

STARR: Aus dem einfachen Grund, weil Lord Harringson

	sich von seinem Sessel erhoben hat.
MCCRAW:	Hat er das!
STARR:	Ja, und zehn zu eins, dass er hinüber zur Cocktailbar ging.
MCCRAW:	Aber, Mike – woher wissen Sie das?
STARR:	Erinnern Sie sich nicht, was der Clubsekretär sagte? Er sagte, er sei um Viertel vor zwölf mit den Morgenzeitungen gekommen.
MCCRAW:	Und?
STARR:	Um Viertel vor zwölf saß Lord Harringson doch bereits in seinem Stuhl.
MCCRAW:	Und?
STARR:	Nun, wenn seine Lordschaft nie aufgestanden ist, wie zum Teufel haben Sie ihn dann auf einer Ausgabe der *Morning Gazette* sitzend gefunden?
MCCRAW:	Also, ich werde … ich werde noch …
STARR:	Ganz genau!

Musik aufblenden.

ENDE

Folge 17
Blüten in Moorfield

Ausstrahlung: Montag, 05.06.1944 (BBC Home Service)
Buch: FRANCIS DURBRIDGE | Regie: HARRY S. PEPPER

<u>Rollen und DarstellerInnen:</u>

Michael Starr . . . . HENRY OSCAR
Inspektor Robert McCraw . . . . IAN SADLER
Sergeant Marshall . . . . FRED YULE
Mrs. Nora Grant . . . . RITA VALE

RÄTSEL 17 – DER FALL

Am Ende der Titelmusik wird auf die Stimme von INSPEKTOR
MCCRAW *übergeblendet.*

MCCRAW: (*Langsam*) Und ... was halten Sie davon, Mike?

STARR: (*Leise*) Ziemlich gut! Man würde nie denken, dass es eine Fälschung ist.

MCCRAW: Fühlen Sie das Papier! Es ist genau wie ein echter Pfundschein! Und, Mann, sehen Sie sich nur die Graphik an ... Sie ist absolut identisch!

STARR: Ja ... Das ist wirklich ein erstklassiges Stück Arbeit. Woher haben Sie das?

MCCRAW: (*Erstaunt*) Woher wir das haben? Mann, die ganze verdammte Stadt ist doch voll davon. Wissen Sie, wie viele wir am Samstag eingezogen haben, Mike? Dreihundertfünfzig! Dreihundertfünfzig, Kumpel!

STARR: Scheint langsam wirklich ernst zu werden!

MCCRAW: Ernst! Mann, wenn ich nicht so eine starke Konstitution hätte, dann wüsste ich nicht, was ich sonst ...

STARR: (*Unterbricht* MCCRAW *bei dem Wort* »stark«,

schaut immer noch auf die falsche Pfundnote)
He!

MCCRAW: (*Schnell*) Was ist?

STARR: (*Langsam*) Wissen Sie, Inspektor ... Ich habe da so eine Ahnung ... Ich habe das seltsame Gefühl, dass eine Frau dahintersteckt.

MCCRAW: (*Erstaunt*) Das ist wirklich seltsam, Mike! Das ist sehr seltsam!

STARR: Inwiefern?

MCCRAW: Na, dann hören Sie mal zu, alter Junge! Am Samstagnachmittag wurden beim Moorfield-Rennen dreihundertfünfzig dieser Scheine abgegeben. Wir haben alle Buchmacher überprüft und sind zu dem Schluss gekommen, dass die Scheine nicht, wie ursprünglich vermutet, von einem Syndikat, sondern von einer Einzelperson ausgegeben wurden.

STARR: Und wen verdächtigen Sie?

MCCRAW: (*Angespannt*) Wir verdächtigen eine Frau, Mike. Eine Frau namens Grant ... Mrs. Nora Grant.

STARR: Erzählen Sie weiter.

MCCRAW: Ich habe heute Morgen mit Mrs. Grant telefoniert und mich mit ihr unterhalten. Sie wird mich heute Nachmittag hier aufsuchen. Und jetzt kommt das Ungewöhnliche, Mike! Mrs. Grant schwört, dass sie am Samstag nicht beim Moorfield-Rennen war, sondern den Nachmittag auf der Pferderennbahn in Rexton verbracht hat.

STARR: In Rexton? Das ist doch auf der anderen Seite von London.

MCCRAW: Ganz genau!

STARR: Kann sie beweisen, dass sie bei dem Rennen in Rexton war?

MCCRAW: Ich denke schon, dass sie das kann, Mike. Aber was noch wichtiger ist. Wir können nicht beweisen, dass sie nicht dort war!

STARR: (*Nachdenklich*) Mrs. Nora Grant … Der Name kommt mir bekannt vor. Sie ist doch Kanadierin, nicht wahr?

MCCRAW: Stimmt genau! Ein ganz hübsches Persönchen. Wir haben schon seit einiger Zeit ein Auge auf sie geworfen.

Es klopft an der Tür und die Tür wird geöffnet.

MARSHALL: Sie haben mich rufen lassen, Inspektor?

MCCRAW: (*Plötzlich*) Ah, ja, mein Junge! Kommen Sie nur rein! Kommen Sie rein! Mike, Sie kennen doch Sergeant Marshall?

STARR: Ja! Ja, natürlich. Wie geht es Ihnen, Sergeant?

MARSHALL: Sehr gut, danke, Sir.

MCCRAW: Sergeant, ich habe gehört, dass Sie letzten Samstagnachmittag dienstfrei hatten und zum Rexton-Rennen gefahren sind. Stimmt das?

MARSHALL: Das ist richtig, Sir. Ich erwischte den Zug um 12 Uhr 35 in Four Trees und verpasste knapp das erste Rennen. Und ich fühlte mich ganz schön ausgelaugt!

STARR: Warum? War die Anfahrt so anstrengend?

MARSHALL: Nein, das würde ich nicht sagen, Sir, aber der Zug hielt überhaupt nicht, man konnte nicht von einem Waggon in den anderen wechseln, weil es keinen Durchgang gab, und der verdammte Waggon war auch noch rappelvoll. Und um das Ganze noch abzurunden: Ich kam zu spät, um auf mein Pferd zu setzen … Und es wurde der Gewinner des ersten Rennens!

STARR: (*Lacht*) Oh, ich verstehe.

MCCRAW: Sagen Sie, Sergeant, kennen Sie eine Frau namens Grant … Mrs. Nora Grant?

MARSHALL: Aber ja, Sir. Sie wohnt nicht sehr weit von unserem Haus entfernt. Die Dame kommt doch aus

Kanada, oder?

MCCRAW: Genau! Ja, das stimmt! Unterhalten Sie sich manchmal mit ihr?

MARSHALL: Äh – nein, Sir. Ich kenne sie nur vom Sehen.

MCCRAW: Sie haben sie nicht zufällig am Samstag in Rexton gesehen?

MARSHALL: (*Nachdenklich*) Nein. Nein, das kann ich nicht behaupten, Sir.

Das Telefon klingelt.

MCCRAW: (*Schickt MARSHALL hinaus*) Es ist gut, danke, Sergeant!

MCCRAW hebt den Telefonhörer ab.

MCCRAW: (*Am Telefon*) Hallo? … Ja … ja … Oh, danke … Wir kommen sofort runter!

Er legt den Hörer auf.

MCCRAW: Mrs. Grant ist hier, Mike. Sie ist im Büro des Superintendents.

STARR: Gut. Ich würde gerne mit ihr sprechen.

MCCRAW: Wissen Sie, was mich an diesem Fall verblüfft, ist die außergewöhnliche Art und Weise, in der so viele …

Szene ausblenden.

Aufblenden der Stimme von NORA GRANT.

NORA: Das ist ja wirklich ziemlich lächerlich! Mich zu beschuldigen, gefälschte Banknoten in Umlauf zu bringen … Also, ich muss schon sagen: … In meinem ganzen Leben habe ich noch nie so etwas Unglaubliches gehört!

MCCRAW: Sie verstehen uns nicht, Mrs. Grant. Wir beschuldigen Sie keineswegs. Wir versuchen lediglich …

STARR: (*Freundlich*) Wenn Sie am Samstagnachmittag beim Rennen in Rexton waren, Madam, dann ist es ganz offensichtlich, dass Sie die Banknoten nicht in Umlauf gebracht haben können.

NORA: Ich nehme an, die Scheine wurden …

STARR: … auf der Rennbahn in Moorfield in Umlauf gebracht, ja.

NORA: Ich war schon seit Ewigkeiten nicht mehr in Moorfield. Um ehrlich zu sein, bin ich nicht besonders scharf darauf, dorthin zu gehen. Es ist immer so furchtbar voll dort – obwohl ich zugeben muss, dass Rexton auch nicht gerade menschenleer war.

STARR: Wie sind Sie nach Rexton gekommen? Mit dem Zug?

NORA: Ja, ich habe den Zug um 12 Uhr 35 Uhr ab Four Trees erwischt. Das ist unser örtlicher Bahnhof. (*Freundlich*) Ich habe sogar einen Kollegen von Ihnen gesehen, Inspektor … Sergeant – äh – Sergeant Marshall. (*Mit einem kleinen Lachen*) Leider glaube ich, dass er mich nicht gesehen hat.

STARR: War der Zug so überfüllt?

NORA: Oh, furchtbar! Ich musste einen Teil der Strecke in einem Nichtraucherabteil verbringen. Das machte mich vielleicht wütend!

STARR: Sind Sie rechtzeitig zum ersten Rennen angekommen?

NORA: Nein, leider haben wir es gerade verpasst.

STARR: Ich verstehe. (*Schickt NORA weg*) Nun, vielen Dank, Mrs. Grant.

MCCRAW: Hier entlang, Madam!

Die Tür wird geöffnet und wieder geschlossen.

MCCRAW: Nun, Mike, was denken Sie?

STARR: (*Mit Autorität*) Sie hat die Noten in Umlauf gebracht. Daran gibt es keinen Zweifel!

MCCRAW: Aber wie zum Teufel konnte sie das, wenn sie doch nach Rexton fuhr?

STARR: Das ist genau der Punkt, Bob! Sie ist nicht nach

Rexton gefahren!

MCCRAW: (*Erstaunt*) Sie ist nicht nach Rexton gefahren? Aber ... Woher wissen Sie das?

Musik aufblenden.
Musik ausblenden.

SPRECHER: Warum verdächtigt Michael Starr Nora Grant? Wissen Sie es? Später in der Sendung werden Sie von Michael Starr persönlich die Lösung des heutigen Krimirätsels erfahren.

RÄTSEL 17 – DIE LÖSUNG

SPRECHER: Wir geben jetzt zurück an Michael Starr für die Lösung des heutigen Krimirätsels.

STARR: Das ist genau der Punkt, Bob! Sie ist nicht nach Rexton gefahren!

MCCRAW: (*Erstaunt*) Sie ist nicht nach Rexton gefahren? Aber ... Woher wissen Sie das?

STARR: (*Lacht*) Mein lieber Robert, Sie haben ihr doch diesen Unsinn nicht geglaubt, dass sie Marshall gesehen hat, oder? Glauben Sie mir: Sie hat Sergeant Marshall nicht gesehen, aus dem einfachen Grund, weil sie gar nicht im Zug war.

MCCRAW: Woher wollen Sie wissen, dass sie gar nicht im Zug war?

STARR: Haben Sie denn nicht gehört, was sie gesagt hat? »Ich musste einen Teil der Strecke in einem Nichtraucherabteil verbringen.« Das würde bedeuten, dass sie während der Fahrt das Abteil gewechselt hat.

MCCRAW: Und?

STARR: Wie konnte sie ihr Abteil wechseln? Der Zug hat nicht angehalten und es gab keine Durchgangs-

130

möglichkeit von einem Abteil zum nächsten!

MCCRAW: Also, ich werde nochmal ... Mike, Sie sind ein Genie! Mann, Sie sind ein Zauberer!

STARR: (*Leise*) Ja, aber ich mache mir schreckliche Sorgen, Bob.

MCCRAW: (*Zutiefst besorgt*) Warum, Mann, was ist los?

STARR: (*Nimmt MCCRAW auf den Arm, macht seinen Akzent nach*) Es ist meine Konstitution ...

STARR lacht.
Musik aufblenden.

ENDE

Ausstrahlung: Montag, 12.06.1944 (BBC Home Service)
Buch: FRANCIS DURBRIDGE | Regie: HARRY S. PEPPER

<u>Rollen und DarstellerInnen:</u>

Michael Starr . . . . HENRY OSCAR
Inspektor Robert McCraw . . . . IAN SADLER
Mary . . . . LUCILLE LISLE

RÄTSEL 18 – DER FALL

Am Ende der Titelmusik wird auf eine sich öffnende Tür über-blendet. Im Hintergrund sind die Geräusche einer typischen Landstraße zu hören.

MARY: (*Ein angespanntes Flüstern*) Eric! Eric, wo bist du? (*Angespannt, überrascht*) Ach, da bist du ja! Ich habe deine Nachricht bekommen. Was willst du? Eric, warum hast du dir diesen Ort ausge-sucht, er ist so verlassen und ... (*Ungeduldig*) Jetzt sei nicht albern, Liebling ... Steh doch nicht so da und starr mich an, ich ... ich ... (*Erschro-cken*) Eric! Eric, was willst du? (*Angstvoll*) Leg das Ding da beiseite, sei nicht albern, weil ...

Wir hören das Geräusch eines Revolverschusses. Ein Mann lacht. Es ist ein unheimliches, unkontrolliertes Lachen. Szene ausblenden.

Aufblenden auf das Geräusch von Wasser, das aus einem Wasserhahn in eine Badewanne läuft.

MCCRAW: (*Verärgert*) Mike! Zum letzten Mal ... Zum letz-ten Mal, Kumpel ... Helfen Sie mir oder wollen Sie weiterhin ...

STARR:	(*Freundlich, unterbricht MCCRAW*) Reichen Sie mir mal die Seife, alter Junge!
MCCRAW:	(*Letztlich verärgert*) Mike, ich stecke in einem Dilemma!
STARR:	(*Völlig sachlich*) Ja, und ich in der Badewanne, alter Junge!
MCCRAW:	(*Verzweifelt*) Mensch, ich glaube, Sie verstehen nicht! Wenn ich diesen Fall nicht löse, dann hat der stellvertretende Polizeipräsident damit gedroht, dass …
STARR:	(*Zwanglos, unterbricht MCCRAW erneut*) Geben Sie mir mal den Schwamm, alter Junge!
MCCRAW:	Den Schwamm, aber natürlich … (*Plötzlich verärgert*) Zum Kuckuck nochmal!
STARR:	(*Kichert*) Was ist los? Was soll die ganze Aufregung?
MCCRAW:	Sie wissen doch genau, warum die Aufregung so groß ist!
STARR:	Ist es wegen dem Fall Whitehouse?
MCCRAW:	(*Bedrückt*) Genau.
STARR:	Nun, dann erzählen Sie mir mal alles darüber, Robert – und von Anfang an. Und geben Sie acht, dass Sie nicht mit dem Ellbogen am Wasserhahn ankommen, sonst geht die Dusche an.
MCCRAW:	Was? Oh, ja … Nun, heute vor genau zwei Wochen wurde ein Mädchen namens Mary Whitehouse ermordet. Man fand sie in einem kleinen, verlassenen Bungalow am Rande von Little Frampton.
STARR:	Wie wurde sie ermordet, Bob?
MCCRAW:	Sie wurde erschossen. Jetzt scheint das Motiv ziemlich klar zu sein, Mike. Mary Whitehouse war mit einem Mann namens Eric Gleason verlobt: Vor drei Monaten löste sie die Verlobung jedoch. Gleason, der ein ziemlich reizbarer Kerl

zu sein scheint, drohte daraufhin, sie zu ermorden. Als wir das hörten, haben wir natürlich sofort versucht, Gleason zu finden, aber … er ist verschwunden. Sergeant Saunders hat ihn jedoch heute Morgen in einer Kneipe in der Nähe von Croydon aufgegriffen.

STARR: Haben Sie schon mit Gleason gesprochen?

MCCRAW: Ja.

STARR: Welchen Grund gibt er für sein … Verschwinden an?

MCCRAW: Einen offensichtlichen. Er sagt, dass er wusste, dass er automatisch unter Verdacht geraten würde, und … nun, um es offen zu sagen, der Bursche bekam Angst.

STARR: Hm – glauben Sie, dass Gleason den Mord begangen hat?

MCCRAW: Ja, ich glaube, das hat er, Mike. Aber ich wüsste nicht, wie wir das beweisen sollten. Sehen Sie, laut dem Arzt, der die Leiche untersucht hat, wurde Mary Whitehouse um Viertel vor zwei erschossen.

STARR: Und?

MCCRAW: Nun, Gleason hat ein Alibi. Er hat mir bis ins Detail genau beschrieben, was er ab zehn Uhr an diesem Vormittag getan hat.

STARR: Haben Sie alles überprüft?

MCCRAW: Nein, noch nicht: Ich hatte noch keine Zeit. Aber es scheint alles zu stimmen, man kann das auf einen Blick sehen. Um zehn Uhr fuhr er zum Beispiel zu einer Tante in Lower Frampton. Um Viertel vor eins war er wieder zurück. Kurz nach dem Mittagessen ging er zur Bank und löste einen Scheck ein. Um Viertel nach zwei ging er in das örtliche Kino und kam gegen halb vier wieder heraus. Er trank einen Tee im Dorf und war gegen Viertel vor sechs wieder zu Hause.

STARR: Hm.

MCCRAW: (*Zutiefst beunruhigt*) Mike ...

STARR: Ja?

MCCRAW: Mike, ich wünschte, Sie würden endlich aus dieser Badewanne steigen und die Fakten in dieser
Angelegenheit ernsthaft durchgehen, denn wenn
ich nicht ...

STARR: (*Lacht*) Stellen Sie sich doch nicht so an, alter
Junge! Es ist doch so einfach, dass ich nicht einmal aus der Badewanne steigen muss!

MCCRAW: Was! Einfach? Mann, wovon reden Sie denn da?
... Und kommen Sie mir nicht mit einem ...

Musik aufblenden.

Musik ausblenden.

SPRECHER: Warum verdächtigt Michael Starr Eric Gleason?
Wissen Sie es? Später in der Sendung werden Sie
von Michael Starr persönlich die Lösung des heutigen Krimirätsels erfahren.

RÄTSEL 18 – DIE LÖSUNG

SPRECHER: Wir geben jetzt zurück an Michael Starr für die
Lösung des heutigen Krimirätsels.

STARR: (*Lacht*) Stellen Sie sich doch nicht so an, alter
Junge! Es ist doch so einfach, dass ich nicht einmal aus der Badewanne steigen muss!

MCCRAW: Was! Einfach? Mann, wovon reden Sie denn da?
... Und kommen Sie mir nicht mit einem ...

STARR: (*Unterbricht MCCRAW, amüsiert*) Robert, Sie
sind wirklich ein blindes Huhn!

MCCRAW: Wie meinen Sie das?

STARR: Sehen Sie sich nur mal diese Aussage von Gleason an! Da ist nichts als ein Haufen Lügen, von Anfang bis Ende. (*Imitiert MCCRAW*) Kurz nach dem Mittagessen ging er zur Bank und löste einen Scheck ein …

MCCRAW: Ja und?

STARR: Wie konnte er denn einen Scheck bei seiner Bank einlösen – heute vor vierzehn Tagen? Es war Pfingstmontag!

MCCRAW: Also, ich werde nochmal …

Das Geräusch der Dusche ist zu hören.

MCCRAW: Mike! Mike! Warum richten Sie die Dusche auf mich?

STARR: Weil Sie es verdienen, Robert, alter Junge! Sie verdienen es!

Musik aufblenden.

ENDE

Folge 19
Tod in der Garage

Ausstrahlung: Montag, 19.06.1944 (BBC Home Service)
Buch: FRANCIS DURBRIDGE | Regie: HARRY S. PEPPER

<u>Rollen und DarstellerInnen:</u>

Michael Starr . . . . HENRY OSCAR
Inspektor Robert McCraw . . . . IAN SADLER
Janet Dawson . . . . GRIZELDA HARVEY
Dr. Walter Elkwood . . . . CYRIL GARDINER

RÄTSEL 19 – DER FALL

Am Ende der Titelmusik wird auf eine sich öffnende Tür üblendet.

STARR: (*Überrascht*) Was denn? Hallo, Bob!

Die Tür wird geschlossen.

MCCRAW: (*Plötzlich*) Meine Güte, ist das eine Fata Morgana, die ich da sehe, Mike – oder ist es wirklich eine Flasche Scotch?

STARR: (*Amüsiert*) Möchten Sie einen Drink?

MCCRAW: Gern!

STARR: Was darf's sein? Ich kann den Brandy empfehlen.

MCCRAW: Die Flasche Scotch sieht furchtbar verlockend aus!

STARR: (*Vertrauensvoll*) Probieren Sie den Brandy, alter Knabe. Er ist absolut erstklassig.

MCCRAW: (*Schmatzt mit den Lippen*) Nun – äh …

STARR: Den Brandy?

MCCRAW: Äh – es wäre doch viel zu schade, den Brandy an einen Schotten zu verschwenden!

STARR: (*Lacht*) Na gut, Robert!

STARR schenkt das Getränk ein.

STARR: Wasser ... oder Soda?

MCCRAW: Nur einen kleinen ... kleinen ... Tropfen ... Halt! Halt!

STARR: (*Lacht, nach einem Moment*) Cheerio!

MCCRAW: Cheerio! (*Er schmatzt mit den Lippen*) Ah! Der schmeckt!

STARR: Nun, was führt Sie hierher, Bob?

MCCRAW: Was? (*Plötzlich*) Oh, ja! Kennen Sie zufällig einen Mr. und eine Mrs. Bernard C. Dawson?

STARR: Ja. Ich kenne sie. Sie haben eine Wohnung im dritten Stock.

MCCRAW: Das ist richtig.

STARR: Mrs. Dawson ist eine ziemlich gutaussehende Frau, nicht wahr?

MCCRAW: Ja, ziemlich hübsch, wie gemalt.

STARR: Es gab Gerüchte über eine Freundschaft mit diesem Schauspieler – äh – wie heißt er noch?

MCCRAW: (*Leise, überrascht*) Derek Walton?

STARR: (*Zwanglos*) Ja. Ja, genau. (*Nach einem Moment*) Also – was ist los, Bob? Was ist denn passiert?

MCCRAW: Nun, vor etwa einer halben Stunde, als ich gerade den Yard verlassen wollte, erhielt ich einen Telefonanruf. Er kam von einem Dr. Elkwood und er sagte, er spreche im Namen einer Mrs. Bernard C. Dawson.

STARR: Elkwood? (*Nachdenklich*) Elkwood? Ja, ich glaube, das ist ihr Bruder.

MCCRAW: Genau, das ist richtig. Nun, der Kerl hörte sich ziemlich dringend an, also stimmte ich zu, sofort in der Wohnung vorbeizuschauen. Als ich hierherkam, empfingen sie mich ...

STARR: Wer »sie«?

MCCRAW: Mrs. Dawson und der Doktor.

STARR: Ach so, fahren Sie fort.

138

MCCRAW: Sie brachten mich in eine dieser kleinen abschließbaren Garagen im hinteren Teil des Wohnblocks.

STARR: Ja, Dawson hat sein Auto dort, glaube ich.

MCCRAW: Ja, der arme Teufel hat sein Auto dort geparkt. Und er war auch dort. Dawson lag auf dem Boden der Garage und sein Kopf lag vor dem Auspuff des Wagens.

STARR: Tot?

MCCRAW: Ja! Dem Arzt zufolge war er schon mindestens einige Stunden tot. Es scheint keinen Zweifel daran zu geben, was tatsächlich passiert ist. Dawson hat sich offensichtlich in der Garage eingeschlossen, den Wagen angelassen und es sich dann mit dem Gesicht zum Auspuff so bequem wie möglich gemacht. Der Bericht des Arztes bestätigt dies: Der arme Teufel ist an einem Erstickungstod gestorben. (*Nach einem Moment*) Es war kein schöner Anblick, Mike. Wenn ich nicht so eine starke Konstitution hätte, wüsste ich nicht, wie ich das ...

STARR: (*Beim Wort »Konstitution«*) Ja, ja. Dann scheint es ein ziemlich klarer Fall von Selbstmord zu sein, Bob.

MCCRAW: Ja. Ja ... Ich glaube schon.

STARR: Was soll das heißen, »Ich glaube schon«?

MCCRAW: (*Leise*) Nun – als ich Dawson untersuchte, bemerkte ich an seinen Handgelenken eine Art – äh – na ja ... Zeichen: Es sah für mich eher so aus, als hätte jemand seine Hände zusammengebunden.

STARR: Hm.

MCCRAW: Wenn seine Hände gefesselt waren, könnte er auch geknebelt gewesen sein – in diesem Fall ...

STARR: (*Leise*) In diesem Fall könnte Dawson in die Ga-

	rage gebracht und dort absichtlich mit dem Gesicht vor den Auspuff gelegt worden sein.
MCCRAW:	Ganz genau!
STARR:	Wurde in der Garage etwas angerührt?
MCCRAW:	Nein, gar nichts. Ich habe Sergeant Miller zur Wache eingeteilt. Oh – die Leiche ist nach oben in die Wohnung gebracht worden.
STARR:	Wo ist Mrs. Dawson?
MCCRAW:	Nun, als ich sie verließ, war sie in der Garage und sprach mit diesem Arzt.
STARR:	Ich verstehe. Kommen Sie mit, Bob. Ich würde gerne mit Mrs. Dawson sprechen. (*Vertraulich*) Wissen Sie, was mich an diesem Fall fasziniert, ist die Tatsache, dass den Details nach zu urteilen …

Szene ausblenden.

Aufblenden der Stimme von MICHAEL STARR.

STARR:	Sagen Sie, wer hat Mr. Dawson entdeckt?
JANET:	Ich … Ich habe Bernard gefunden. Ich kam hier herunter, um das Auto zu holen und … nun … da lag er … Armer Liebling!
STARR:	Wussten Sie, dass Ihr Mann in der Garage war?
JANET:	Ach du meine Güte, nein! Ich dachte, Bernard wäre noch im Büro. Er verließ es fast nie vor sechs Uhr.
STARR:	Mrs. Dawson, verzeihen Sie mir, wenn ich Ihnen eine eher persönliche Frage stelle, aber … Hatten Sie eine sehr enge Beziehung zu Ihrem Mann?
JANET:	(*Entrüstet*) Aber ja doch, natürlich! Wie können Sie es wagen, mir zu unterstellen, dass …
ELKWOOD:	(*Unterbricht JANET*) Janet, meine Liebe, es hat keinen Sinn, die Beherrschung zu verlieren! Mr. Starr und der Inspektor tun nur ihre Pflicht. Sie sind hier, um dir zu helfen, und wenn du nicht die

	Absicht hast, ihnen die Wahrheit zu sagen, dann muss ich das leider tun.
JANET:	Was soll das heißen?
ELKWOOD:	Wir alle wissen, dass du dich mit Bernard nicht gut verstanden hast. Die ganze Familie weiß es, und früher oder später wird die Polizei auch davon erfahren …
JANET:	(*Offensichtlich gequält*) Das ist alles schön und gut für dich, Walter. Es ist schön und gut für dich, selbstgefällig und selbstsicher zu sein. Aber du weißt nicht, womit ich in den letzten vier Jahren zu kämpfen hatte. Du kanntest Bernard nur oberflächlich und von außen … Er war ein ganz anderer Mensch, wenn man ihn wirklich kannte! Er war gemein … und grausam … und gefühllos … und … (*Sie weint fast*)
STARR:	(*Leise*) Mrs. Dawson …
MCCRAW:	Beruhigen Sie sich …
ELKWOOD:	Janet, bitte!
JANET:	Es tut mir leid.
STARR:	Mrs. Dawson, Sie sagten, Sie seien hierhergekommen, um das Auto zu holen.
JANET:	Ja. Mr. Walton rief gegen fünf Uhr an und fragte, ob er das Auto ausleihen könne. Ich sagte ja und bot ihm an, es zu ihm zu bringen.
STARR:	Sie meinen Mr. Derek Walton, den Schauspieler?
JANET:	Ja. Er ist – Er ist ein Freund von mir.
ELKWOOD:	Ich nehme an, Derek wartet immer noch auf den Wagen, meine Liebe. Soll ich ihn zu ihm bringen? (*Plötzlich*) Ach, äh – dürfen wir den Wagen wegfahren, Inspektor?
STARR:	Ja, das geht in Ordnung, Doktor.
JANET:	Nein! Ich bringe ihn hin, Walter. Ich … Ich will Derek sehen. Ich …
ELKWOOD:	(*Scharf*) Jetzt sei nicht albern, Janet. Du bist nicht

in der Lage, zu fahren.

JANET: (*Angespannt*) Das geht schon! Mach dir keine Sorgen – ich mach' das schon.

ELKWOOD: (*Ungeduldig*) Ts! Ts!

Man hört mehrere Versuche, den Motor zum Anspringen zu bringen, aber der Wagen lässt sich nicht starten.

JANET: (*Sehr aufgeregt*) Oje! Oje, oje! Was ist denn jetzt los? Ich bin mir sicher, dass der Wagen in Ordnung ist, denn …

ELKWOOD: (*Leise, seinen Ärger unter Kontrolle haltend*) Er springt nicht an, wenn du den Kippschalter der Zündung nicht umlegst, Janet!

JANET: Oh! Ach ja … Natürlich!

MCCRAW lacht.

ELKWOOD: Du solltest jetzt wirklich nicht zu ihm fahren …

JANET: Ich sage dir doch, dass es mir gut geht, Walter! Lass mich!

Das Auto springt an und fährt aus der Garage.

ELKWOOD: Oje! Ich hoffe, sie fährt vorsichtig!

STARR: Machen Sie sich keine Sorgen, Doktor. Sie wird schon wieder. Kommen Sie, Bob, wir gehen besser zurück in die Wohnung. Sie sollten auch mitkommen, Doktor – Sie sehen aus, als könnten Sie einen Drink vertragen.

ELKWOOD: Nun, um ehrlich zu sein, ich glaube tatsächlich, dass ich einen gebrauchen könnte. Diese Sache hat mich ziemlich mitgenommen, wissen Sie. Ich habe Janet sehr gern und ich hatte den alten Walter sehr gern, soweit man einen Menschen mit so einer …

Ausblenden.

Überblendung zu einer sich öffnenden Tür.

STARR: So, da sind wir! Nun, wie fühlen Sie sich, Sir?

ELKWOOD: Kann ich einen Whisky mit Soda haben?

STARR: Aber sicher! Inspektor?

MCCRAW: (*Perplex*) Mike! Mike, sagen Sie ... Ist es Selbstmord ... oder Mord?

ELKWOOD: Stellen Sie sich doch nicht so an, Inspektor! Es handelt sich offensichtlich um einen eindeutigen Fall von Selbstmord!

STARR: Im Gegenteil, Doktor – es handelt sich offensichtlich um einen ganz einfachen Fall von ... Mord!

Musik aufblenden.
Musik ausblenden.

SPRECHER: Woher weiß Michael Starr, dass Bernard C. Dawson ermordet wurde? Später in der Sendung werden Sie von Michael Starr persönlich die Lösung des heutigen Krimirätsels hören.

RÄTSEL 19 – DIE LÖSUNG

SPRECHER: Wir geben jetzt zurück zu Michael Starr, der uns die Lösung des heutigen Krimirätsels verraten wird.

STARR: Im Gegenteil, Doktor – es handelt sich offensichtlich um einen ganz einfachen Fall von ... Mord!

ELKWOOD: Was wollen Sie damit sagen, Sir?

STARR: Bevor Mrs. Dawson den Wagen aus der Garage fahren konnte, musste sie den Zündungsschalter umlegen. Ist Ihnen denn nicht klar, dass der Schalter niemals auf »aus« sein kann, wenn Dawson tatsächlich Selbstmord begangen hat? Dem Wagen wäre einfach das Benzin ausgegangen! Der arme Teufel konnte ja wohl kaum

Selbstmord begehen und dann aufstehen und den Zündungsschalter auf »aus« umlegen, oder?

MCCRAW: Großer Gott, nein! Nein, natürlich nicht!

ELKWOOD: Gütiger Himmel, nein! (*Ohne nachzudenken*) Ich Idiot … Ich hätte niemals …

STARR: (*Rasch*) Sie hätten den Wagen nicht ausschalten dürfen, nachdem Sie es so aussehen lassen haben, als ob Dawson Selbstmord begangen hätte! Ganz genau!

ELKWOOD: Sie dreckiger …

STARR: Oh nein, mein Freund, lassen Sie das!

MCCRAW: Vorsicht, Mike!

Wir hören in der Folge einen Schrei von ELKWOOD.

MCCRAW: Oh, gute Arbeit, Kumpel! Gut gemacht!

STARR: Sind Sie in Ordnung, Robert?

MCCRAW: (*Atemlos*) Ja … Ja, mir geht's gut!

STARR: Ich wage zu behaupten, Sie könnten noch einen Whisky mit Soda vertragen!

MCCRAW: (*Schwach*) Wenn es Ihnen nichts ausmacht, mein Junge – dann probiere ich jetzt den Brandy!

STARR: (*Lacht*) Oh! Oh! Was für eine Konstitution!

Musik aufblenden.

ENDE

Anmerkung des Übersetzers: Francis Durbridge verwendete dieselbe Geschichte 1947 für die Kurzgeschichte *Paul Temple and the Garage Mystery* (*Paul Temple und das Geheimnis der Garage*), erschienen bei Pidax (2018) in dem Sammelband *Paul Temple – Die verschollenen Fälle*, Seiten 77–79.

Folge 20
Eine Bombe am Bahnhof

Ausstrahlung: Montag, 26.06.1944 (BBC Home Service)
Buch: FRANCIS DURBRIDGE | Regie: HARRY S. PEPPER

Rollen und DarstellerInnen:

Michael Starr . . . . HENRY OSCAR
Inspektor Robert McCraw . . . . IAN SADLER
Ted Cross . . . . FRED YULE
Fred Smith . . . . JOHN RORKE
Dorman . . . . ARTHUR RIDLEY

RÄTSEL 20 – DER FALL

Am Ende der Titelmusik wird auf typische Hintergrundgeräusche eines Bahnhofs übergeblendet.

DORMAN: (*Mit kultivierter, ernster Stimme*) Ist das die Gepäckaufbewahrung?

TED: (*Cockney, fröhlich*) So ist es, Chef.

DORMAN: Ich würde gerne diesen Koffer hierlassen, geht das? Ich werde ihn gegen halb sechs wieder abholen.

TED: (*Lauter*) Bist du nach fünf noch da, Fred?

FRED: Ja, Ted!

TED: Dann geht das in Ordnung, Mister. Hier ist ihr Abholschein.

DORMAN: Danke sehr.

FRED: (*Nach einer Pause*) Der Typ da sah miserabel aus.

TED: Ja, sah nicht wirklich glücklich aus, was? Wo sollen wir den Koffer hintun?

FRED: Wir legen ihn besser auf den … (*Überrascht*) Was ist los, Ted?

145

TED: (*Amüsiert*) Mann, dieser Koffer muss voller Wecker sein! (*Er lacht*)

FRED: Wieso?

TED: Hör doch! (*Höchst amüsiert*) Man kann sie hören. Tick-tack, tick-tack, tick-tack, tick-tack!

FRED: (*Ebenfalls amüsiert*) Ha! Ich fass es nicht!

TED: (*Begierig*) Könnte einen neuen Wecker gebrauchen.

FRED: Ich auch.

Eine Pause.

TED: (*Nachdenklich, aber nicht beunruhigt*) Ist schon komisch, dass man sowas mit sich herumträgt, Fred, oder ...?

FRED: Genau das habe ich mir eben auch gedacht.

TED: (*Amüsiert*) Man kann sie nicht überhören ... tick-tack, tick-tack, tick-tack!

FRED: Es kann doch nicht etwas Anderes sein, oder? Sonst gibt's doch nichts, das tick-tack, tick-tack macht, was, Ted?

TED: Nein, nur ein Weck... (*ihm kommt eine Erkenntnis*) ... und eine Bombe natürlich!

FRED: Aber, das wird doch nicht ... Was?!?!

TED: Verdammt!!!!

Aufblenden von Bahnhofsgeräuschen und aufgeregten Stimmen, dann Szene ausblenden.

Die aufgeregten Stimmen von INSPEKTOR MCCRAW, TED, FRED und MICHAEL STARR, die alle gleichzeitig sprechen, werden aufgeblendet.

STARR: (*Erhebt seine Stimme in dem Durcheinander*) Meine Herren! Gentlemen, bitte!

Die Stimmen werden etwas leiser.

STARR: Um Himmels willen, schön der Reihe nach! Sie zuerst, Bob, was ist hier los?

MCCRAW: (*Entnervt*) Mike! Mike, ich bin perplex, ich bin

verwirrt, ich bin durcheinander, ich bin fassungslos, ich bin sprachlos, ich bin … Mann, wenn ich
nicht so eine starke Konstitution hätte, dann wäre
ich …

*TED und FRED legen plötzlich gleichzeitig aufgeregt los und
es ist nichts außer einer Menge Lärm zu hören.*

STARR: (*Mit großer Autorität*) Meine Herren!!!

Alle sind plötzlich still.

STARR: (*Fast drohend*) Also, Bob, ich gebe Ihnen zehn
Sekunden … zehn Sekunden, in denen Sie mir
genau sagen, worum es geht!!!

MCCRAW: (*Nach einem tiefen Atemzug*) Diese beiden Herren, Mike – Mr. Ted Cross und Mr. Fred Smith –
betreuen die Gepäckaufbewahrung in der Westmoreland Street Station. Gestern Nachmittag hat
dort ein Mann einen Koffer mit einer Bombe deponiert. Wie durch ein Wunder …

FRED: … Nur durch ein verdammtes Wunder kamen wir
heil davon …

MCCRAW: Aber die Bombe hat ziemlich viel Schaden ange-
richtet, Mike. Nun, der Punkt ist der folgende …

STARR: Der Punkt ist: *Wer* hat den Koffer abgegeben?

MCCRAW: Ganz genau!

STARR: Haben Sie irgendwelche Verdächtigen?

MCCRAW: Ja, einen Mann namens Dorman. Er ist jetzt unten im Büro des stellvertretenden Polizeipräsidenten.

STARR: Haben die Männer den Mann gesehen?

FRED: Ja, vor ein paar Minuten konnten wir einen Blick
auf ihn werfen …

MCCRAW: … aber ohne dass der Bursche es wusste.

STARR: Und? Haben Sie ihn wiedererkannt?

TED: Es ist nicht derselbe Kerl, der den Koffer abgegeben hat.

MCCRAW: (*Unterbricht*) Da wäre ich mir nicht so sicher,

alter Junge. Dorman ist ein Meister der Verkleidung.

STARR: Wie sah der Mann aus, der den Koffer abgegeben hat?

TED: Oh, er war ziemlich groß ...

FRED: Ein bisschen klein ...

TED: Dunkel ...

FRED: Ach, dunkel kann man eigentlich nicht sagen ...

STARR: Sauber rasiert?

FRED: (*Nachdenklich*) Äh ... ja ...

TED: Nein, er hatte einen Dreitagebart, Fred.

STARR: (*Entnervt*) Hatte er wenigstens zwei Beine?

FRED: (*Ernst*) Ja.

TED: Oh, ja. Ja, zwei Beine hatte er!

STARR: Na, das ist doch mal was! Kommen Sie, Bob. Ich möchte mit diesem Mr. Dorman sprechen.

MCCRAW: Sie werden feststellen, dass er ein ziemlich selbstbeherrschter Typ ist, wenn ich das richtig einschätze ...

Szene ausblenden.

Aufblenden von DORMAN.

DORMAN: (*Ruhig*) Hören Sie, Inspektor, was soll dieser Unsinn?

MCCRAW: Wir haben Grund zu der Annahme, Sir, dass Sie gestern Nachmittag einen Koffer in der Westmoreland Street Station deponiert haben. Der fragliche Koffer enthielt eine Bombe und ...

DORMAN: Also, das ist ja geradezu fantastisch! Ich war gestern Nachmittag nicht einmal in der Nähe der Westmoreland Street Station. Genauer gesagt, habe ich diesen Bahnhof noch nie betreten!

STARR: (*Leise*) Können Sie irgendwie beweisen, dass Sie den Koffer dort nicht abgegeben haben?

DORMAN: Natürlich kann ich das beweisen! (*Frostig*) Aber

	was noch wichtiger ist, können Sie beweisen, dass ich es getan habe, Mr. Starr?
MCCRAW:	(*Räuspert sich*) Hm!
STARR:	(*Leise*) Das bleibt abzuwarten.
DORMAN:	Hören Sie, bringen Sie mich zum Bahnhof. Lassen Sie den Gepäckverantwortlichen einen Blick auf mich werfen. Wenn er mich erkennt, dann bin ich Ihr Mann. Wenn nicht – dann ist es doch ganz offensichtlich, dass ich unschuldig bin.
STARR:	Es ist nicht nötig, Sie dorthin zu bringen. Fred Smith und Mr. Cross, die betreffenden Angestellten, sind bereits hier – bei Scotland Yard.
DORMAN:	Dann bringen Sie sie her!
STARR:	Einen Moment! (*Mit Autorität*) Sie sagen also, dass Sie gestern Nachmittag nicht in der Nähe der Westmoreland Street Station waren?
DORMAN:	Nein, ich habe den Nachmittag in Richmond verbracht.
STARR:	Allein?
DORMAN:	Nein, mit einer Freundin von mir. Einer Frau namens Iris Black.
STARR:	Wie sind Sie nach Richmond gekommen?
DORMAN:	Wir sind mit dem Fahrrad gefahren.
STARR:	Hm. Das ist interessant. Sagen Sie mir, wie lange hat es …
DORMAN:	(*Unterbricht STARR ungeduldig*) Ach, kommen Sie mir bitte nicht mit diesem Sherlock-Holmes-Quatsch! Lassen Sie uns in dieser Angelegenheit Nägel mit Köpfen machen.
STARR:	(*Leise*) Was schlagen Sie also vor?
DORMAN:	(*Fast verärgert*) Ich schlage vor, dass Sie die beiden Angestellten, die Sie erwähnt haben – Mr. Smith und Ted Cross – herbringen, damit wir sehen, ob sie mich erkennen.
STARR:	Und wenn sie das nicht tun?

DORMAN: Dann ist es ganz offensichtlich, dass ich unschuldig bin.

STARR: Ja, aber – ich weiß zufällig, dass Sie nicht unschuldig sind, Mr. Dorman.

DORMAN: (*Hochmütig*) Ja. Ja, aber können Sie es beweisen, Mr. Starr?

STARR: In der Tat ... Ich denke, ich kann das!

MCCRAW: Was?!?!

Musik aufblenden.

Musik ausblenden.

SPRECHER: Warum verdächtigt Michael Starr Dorman? Wissen Sie es? Später in der Sendung werden Sie von Michael Starr persönlich die Lösung des heutigen Krimirätsels hören.

RÄTSEL 20 – DIE LÖSUNG

SPRECHER: Wir geben jetzt zurück an Michael Starr zur Lösung des heutigen Krimirätsels.

STARR: In der Tat ... Ich denke, ich kann das!

MCCRAW: Was?!?!

STARR: Mr. Dorman, würden Sie mir bitte etwas erklären?

DORMAN: Was?

STARR: Sagen Sie mir, woher wussten Sie, dass einer der beiden Angestellten _Ted_ Cross heißt?

DORMAN: Na, Sie haben das doch gesagt!

STARR: Oh nein, das habe ich nicht! Ich sagte Fred Smith und Mr. Cross.

DORMAN: (*Ohne nachzudenken*) Tja, ich muss gehört haben, wie der andere ihn Ted nannte, als ich ihm den Koff... (*Plötzlich, verärgert*) Na warten Sie, Sie dreckiger ...

150

MCCRAW: Vorsicht, Mike!!!

Wir hören einen lauten Knall, gefolgt von einem Stöhnen und einem Aufprall.

MCCRAW: Oh, gute Arbeit, Kumpel! Gut gemacht! Aber gut, dass Sie sich geduckt haben!

STARR: Das kann man wohl sagen!

STARR lacht.

Musik aufblenden.

ENDE

Ausstrahlung: Montag, 03.07.1944 (BBC Home Service)
Buch: FRANCIS DURBRIDGE | Regie: HARRY S. PEPPER

Rollen und DarstellerInnen:

Michael Starr . . . . HENRY OSCAR
Inspektor Robert McCraw . . . . IAN SADLER
Colonel Sandown . . . . FRED YULE
Edwards . . . . ARTHUR RIDLEY

RÄTSEL 21 – DER FALL

Am Ende der Titelmusik wird auf eine Tür übergeblendet, die jemand gerade öffnet.

STARR: Entschuldigen Sie die Verspätung, Inspektor! Ich war nicht in London, als Ihre Nachricht eintraf, deshalb ... He! Was ist denn mit Ihnen los? Sie sehen so besorgt aus!

MCCRAW: Ich bin auch besorgt, Mike! Das Innenministerium ist mir schon den ganzen Morgen über auf die Pelle gerückt!

STARR: Was ist los, Bob? Worum geht's denn?

MCCRAW: Nun, ich muss Ihnen nicht sagen, dass die Grafschaft Redforshire im Moment wegen des Krieges ein gesperrtes Gebiet ist, und sie wollen nicht, dass Außenstehende ihre Nasen in ... äh ...

STARR: ... Angelegenheiten stecken, die sie nichts angehen?

MCCRAW: Ganz genau! Nun, Mike, vor zwei oder drei Wochen hatten wir Grund zu der Annahme, dass wichtige Informationen ... (*Er macht eine Pause*)

STARR: (*Ernst*) ... aus Redforshire herausgeschmuggelt

152

	wurden?
MCCRAW:	Genau!
STARR:	Erzählen Sie, Bob ...
MCCRAW:	Ich habe einen Mann dorthin geschickt, um die Sache zu untersuchen. Einen Kerl namens Foster. Das war am – äh – siebenundzwanzigsten des letzten Monats.
STARR:	Und?
MCCRAW:	Seitdem haben wir nichts mehr von ihm gehört, Mike! Er sollte sich eigentlich sofort an die örtliche Polizei wenden, aber die hat ihn nie zu Gesicht bekommen.
STARR:	Was für ein Mann ist Foster?
MCCRAW:	Durch und durch zuverlässig! Einer der besten jungen Beamten, die wir haben.
STARR:	Wo sollte er denn wohnen? In Redford?
MCCRAW:	Ja. Wir haben ihm ein Zimmer im *White Horse* gebucht, aber er ist nie eingecheckt.
STARR:	Hm ...

Das Telefon klingelt.

MCCRAW:	Entschuldigen Sie bitte! (*Er hebt den Hörer ab*) Hallo? ... Ja, hier spricht Inspektor McCraw ... (*Zu STARR*) Es ist dringend, Mike! Es ist die Flusspolizei! (*Ins Telefon*) Hallo ... Ja, ich höre ... Wann war das? ... Sind sie sicher, dass es Foster ist? ... Verstehe. ... Danke für den Anruf! (*Er legt den Hörer auf*)
STARR:	Was ist passiert?
MCCRAW:	Wir haben Foster gefunden! Die Flusspatrouille hat seine Leiche vor zwanzig Minuten aus der Themse gezogen.
STARR:	Mord?
MCCRAW:	Ja! Das kann man wohl sagen! Keine Frage! (*Plötzlich*) Mike! Mike! Irgendwo in Redfordshire, in einem geheimen Versteck, gibt es einen

153

	Mann … einen gefährlichen Mann … und wir müssen ihn finden!
STARR:	Hm. Wer ist für den Fall da unten zuständig?
MCCRAW:	Der Polizeipräsident der Grafschaft … Ein Mann namens Colonel Sandown. Ein sehr zuverlässiger Mann, der jeden Zentimeter der Grafschaft kennt.
STARR:	Wie kommen Sie gerade darauf, dass dieser Mann – der Mann, den Sie suchen – ein geheimes Versteck hat?
MCCRAW:	Er muss ein geheimes Versteck haben, Mike – sonst hätte Colonel Sandown ihn schon aufgespürt. Ich sage Ihnen doch, der Polizeipräsident kennt jedes Dorf und jeden Stein dort.
STARR:	Kennen Sie Colonel Sandown – ich meine, persönlich?
MCCRAW:	Ja! Ich kenne ich seit vielen Jahren. Charmanter Bursche! Er erfreut sich allerdings nicht der besten Gesundheit – leider.
STARR:	Wann fahren Sie wieder nach Redfordshire?
MCCRAW:	Morgen Nachmittag um halb drei. Kommen Sie mit?
STARR:	(*Nachdenklich, interessiert*) Ja … Ich glaube, ich schaffe das zeitlich, Bob.
MCCRAW:	Dann treffen wir uns am besten (*Ausblenden beginnen*) gegen vierzehn Uhr fünfzehn am King's Cross, dann haben wir keine Probleme, uns …

Stimme ausblenden.
Szene ausblenden.

Überblendung auf die Ankunft eines Zuges in einem kleinen Bahnhof. Die Waggontüren werden geöffnet und wieder geschlossen.

MCCRAW:	(*Freundlich und überrascht*) Hallo, Colonel! Wie geht es Ihnen?

SANDOWN: (*Spricht kultiviert, etwa fünfzig Jahre alt*) Hallo, Inspektor! Schön, Sie wiederzusehen! Hatten Sie eine angenehme Reise?

MCCRAW: Nicht schlecht, alter Freund, aber ... Mann, Sie sehen ja viel besser aus!

SANDOWN: Finden Sie das wirklich?

MCCRAW: Aber ja! ... Sie sehen aus wie ein anderer Mensch! (*Plötzlich*) Oh, tut mir leid ... Kennen Sie Mr. Starr schon? Michael Starr – Colonel Sandown.

STARR: Angenehm, Sir!

SANDOWN: Sehr erfreut, Sie kennenzulernen, Sir! Ich habe vom Inspektor schon sehr viel über Sie gehört! Wo wohnen Sie, McCraw? Im *White Horse*?

MCCRAW: Ja!

SANDOWN: Ich habe den Wagen draußen. Sie haben doch nichts dagegen, wenn ich zuerst noch kurz im Dorf einkaufe, bevor ich Sie absetze?

MCCRAW: Nein. Nein, natürlich nicht. Übrigens, Mr. Starr würde gerne noch ein Telegramm aufgeben.

STARR: Ich frage mich, ob der Bahnhofsvorsteher mir dabei behilflich sein könnte. Es ist ziemlich wichtig.

SANDOWN: Aber gewiss! Ah – da ist er ja!

EDWARDS: (*Ein alter, kleiner Mann um die siebzig, mit etwas piepsiger Stimme*) Guten Tag, Sir! Guten Tag, meine Herren!

SANDOWN: Edwards, dieser Herr würde gerne Ihr Telefon benutzen ...

EDWARDS: Gewiss, Sir ... Hier entlang, Sir.

MCCRAW: Wir treffen uns beim Auto, Mike.

STARR: Ja, alles klar, alter Junge!

SANDOWN: (*Geht weg*) Es ist da vorne ... Sie müssen bis zum Ende des Bahnsteigs gehen und dann links abbiegen.

155

STARR: Das finde ich schon.

Pause.

MICHAEL STARR und *EDWARDS* gehen den Bahnsteig entlang.

STARR: Sie scheinen es ziemlich ruhig hier zu haben. Ist das immer so?

EDWARDS: An einem Mittwoch ist es immer ruhig, da schließt alles zu Mittag. Wohlgemerkt – wir haben hier in der Gegend ohnehin nicht viel für Hektik übrig – oder für Betriebsamkeiten jeglicher Art.

STARR lacht.

STARR: (*Unterhält sich*) Aber Sie haben hier ja einen ganz netten kleinen Bahnhof.

EDWARDS: Leider haben wir keinen Raum, in dem die Leute sich hinsetzen und warten können.

STARR: Was für ein Dorf ist Redford?

EDWARDS: (*Überrascht*) Redford? Waren Sie denn noch nie hier?

STARR: Leider nein.

EDWARDS: Dann sind Sie also ein Fremder?

STARR: Ja, ich – ähm – fürchte ...

EDWARDS: Hm ... Nun, in Redford ist nichts los! Überhaupt nichts! (*Plötzlich*) Hier ist das Büro! Sie finden das Telefon an der Wand, und wenn Sie auf mich hören wollen, dann verlangen Sie gleich den Chef der Vermittlung, sonst ...

Stimme ausblenden.

Aufblende auf das Geräusch eines Autos. Es läuft im Leerlauf und ist im Hintergrund.

SANDOWN: Ah! Da kommt ja Mr. Starr!

MCCRAW: Ja! Das ist Mike!

SANDOWN: Sie waren aber schnell, Sir!

STARR: Ich habe die Abkürzung durch den Warteraum genommen.

SANDOWN: Ach ja! Sind wir dann so weit?

MCCRAW: (*Strahlt*) Es sieht leider so aus, als wäre unsere Reise hierher völlig unnötig gewesen, Mike.

STARR: Weshalb?

MCCRAW: Anscheinend hat die örtliche Polizei heute Morgen eine Verhaftung durchgeführt. Sie glauben, dass es der Mann ist, den wir suchen.

STARR: (*Knapp*) Da kann ich ihnen nur sagen, dass sie es sich diesbezüglich noch einmal überlegen sollten!

MCCRAW: Was wollen Sie damit sagen, Mike?

STARR: Sie haben den falschen Mann verhaftet!!

MCCRAW: Was?!

SANDOWN: Aber meine Güte, Sir, Sie werden doch nicht behaupten wollen, dass …

Musik aufblenden.

Musik ausblenden.

SPRECHER: Wen verdächtigt Michael Starr? Wissen Sie es? Später in der Sendung werden Sie von Michael Starr persönlich die Lösung des heutigen Krimirätsels erfahren.

RÄTSEL 21 – DIE LÖSUNG

SPRECHER: Wir geben jetzt zurück an Michael Starr für die Lösung des heutigen Krimirätsels.

STARR: Sie haben den falschen Mann verhaftet!!

MCCRAW: Was?!

SANDOWN: Aber meine Güte, Sir, Sie werden doch nicht behaupten wollen, dass …

MCCRAW: (*Unterbricht SANDOWN*) Was zum Teufel bringt Sie zu dieser Annahme, Mike?

STARR: Hören Sie zu, Bob! Sie sagten mir, dass der Mann, den Sie suchen, ein geheimes Versteck hat, sonst hätten Sie ihn schon gefunden. Aber was, wenn er gar kein Versteck hat, sondern einfach ein Meister der Verkleidung ist?

SANDOWN: Was wollen Sie damit sagen?

STARR: Ich vermute, dass Foster, als er hierherkam, jemandem begegnete, den er zu erkennen glaubte.

SANDOWN: Worauf – zum Teufel – wollen Sie hinaus, Sir?

STARR: Ich will darauf hinaus, dass Sie nicht Colonel Sandown sind, sondern der Mann, nach dem wir suchen!!!

MCCRAW: Aber Mike, das ist doch ohne Zweifel der Colonel … Ich … Ich … (*Er zögert*) Ich … Ich … äh …

STARR: Jetzt sind Sie sich doch nicht mehr so sicher, was, Robert? Wissen Sie noch, was Sie vorhin sagten, als Sie ihn sahen? Sie sagten: »Sie sehen aus wie ein anderer Mensch.«

MCCRAW: Ja, aber …

STARR: Und da ist noch ein weiterer Punkt. Ich bin mir sicher, dass Colonel Sandown – der echte Colonel Sandown – kaum vorgeschlagen hätte, im Dorf einzukaufen.

SANDOWN: (*Angespannt*) Und warum nicht?

STARR: Weil heute der Tag ist, an dem alles früher schließt, mein Freund! Und wenn wir schon dabei sind, gibt es noch einen weiteren Punkt. Für einen so genannten Einheimischen aus dieser Gegend scheinen Sie sich nicht besonders gut mit dem Bahnhof hier auszukennen, oder?

SANDOWN: Was … Was meinen Sie?

STARR: Ich meine, mein Freund, dass ich kaum eine Abkürzung durch den Warteraum hätte nehmen können, denn es gibt ja gar keinen Warteraum!!!

SANDOWN: Na warte …

MCCRAW: Vorsicht!!!

STARR: Sehen Sie zu, dass er nicht ins Auto steigt, Bob, oder …

STARR schlägt zu. Wir hören einen Aufprall, als SANDOWN auf den Boden knallt.

MCCRAW: Gute Arbeit, Mike! Sie haben ihn k. o. geschlagen!

STARR: Durchsuchen Sie ihn, Bob!

MCCRAW: In Ordnung. (*Einen Moment Pause*) Oh! Oh! Er hat hier eine Waffe eingesteckt …

STARR: Legen wir ihn ins Auto!

MCCRAW: Was zum Teufel hatte er mit uns vor?

STARR: Er wollte mit uns genau das Gleiche machen, was er mit Foster gemacht hat. Mit uns eine kleine Spazierfahrt machen und uns dann …

MCCRAW: … und uns dann in den Fluss werfen?

STARR: Ganz genau! Kommen Sie, Bob! Wir bringen ihn zum Polizeirevier. Ich bin sicher, Ihr Freund Colonel Sandown wird höchst amüsiert sein, wenn er …

Musik aufblenden.

ENDE

Ausstrahlung: Montag, 10.07.1944 (BBC Home Service)
Buch: FRANCIS DURBRIDGE | Regie: HARRY S. PEPPER

Rollen und DarstellerInnen:

Michael Starr . . . . HENRY OSCAR
Inspektor Robert McCraw . . . . IAN SADLER
Dale Morgan . . . . FRANK COCHRAN
Trevor Davies . . . . BASIL JONES
Mr. Spearman . . . . CYRIL GARDINER

RÄTSEL 22 – DER FALL

Am Ende der Titelmusik wird auf eine Szene auf dem Golfplatz überblendet.

MICHAEL STARR und INSPEKTOR MCCRAW spielen Golf.

MCCRAW: Kopf runter, Kumpel! Und behalten Sie den Ball im Auge. Langsam mit dem Schläger zurück ... Langsam, Mike! ...

STARR: (*Amüsiert, aber leicht irritiert*) Moment mal, alter Junge – ich spiele schon seit zwölf Jahren Golf ...

MCCRAW: Ich weiß, Mike, aber es ist nie zu spät, etwas dazuzulernen!

STARR: (*Bestürzt*) Also ... Also ..., ich liege bereits fünf auf und mir fehlen nur noch ...

MCCRAW: Hören Sie, Mike! Sie wissen genau, dass – wenn ich nicht in diesem verfluchten Bunker gelandet wäre – ich schon ...

STARR: Verzeihen Sie die Frage, alter Junge – aber welchen Bunker meinen Sie gerade? Den, in dem Sie fünfzehn Schläge gebraucht haben, oder den, in dem Sie vierzehn brauchten?

MCCRAW: (*Schockiert*) Hören Sie, Mike! Ich kann …

Im Hintergrund ist ein Schuss zu hören.

MCCRAW: … Ihnen versichern – und ich schwöre es –, dass ich nur …

STARR: (*Leise, unterbricht MCCRAW*) Sagen Sie mal, haben Sie das eben gehört?

MCCRAW: Was denn?

STARR: Diesen Schuss.

MCCRAW: Ach, das ist der alte Spearman, der Kaninchen schießt. Er schießt immer welche. (*Ungeduldig*) Was habe ich gerade gesagt, Kleiner? Ach ja! Wegen des Bunkers! Solange ich … Was zum Teufel ist los?

Eine Pause.

In der Ferne hört man DALE MORGAN schreien, man hört, wie er mehrfach nach Hilfe usw. ruft.

MORGAN: (*Schreit im Hintergrund*) Hilfe! Hilfe! Hilfe!

STARR: Da schreit jemand um Hilfe!

Das Schreien geht weiter.

MCCRAW: Er ist da drüben, auf der anderen Seite …, am ersten Loch!

STARR: Kommen Sie mit, Bob!!!

MCCRAW: (*Beeilt sich*) Ich frage mich, was zum Teufel los ist? Es kann doch nichts mit dem Schuss zu tun haben, den wir gehört haben, denn sonst hätten wir …

STARR: (*Plötzlich*) Der Mann da schreit!

MCCRAW: Aber … Das ist doch Dale Morgan!

STARR: Kennen Sie ihn?

MCCRAW: Ein Kanadier. Er ist erst seit Kurzem hier Mitglied … Ich muss sagen, der Kerl sieht ziemlich aufgeregt aus!

STARR: Da ist noch jemand, Bob, dort … Sehen Sie doch!!! … Am Abschlag!

MCCRAW: Mike, es scheint eine Art Unfall gegeben zu haben!

STARR: Ja, ja, es sieht sehr danach aus.

MCCRAW: Wenn wir eine Abkürzung (*Ausblenden starten*) über dieses Grün nehmen, bringt uns das zum Ende des ersten Fairways und dann können wir über das ...

Szene ausblenden.

Überblendung auf DALE MORGAN. Er ist Kanadier, etwa fünfundvierzig Jahre alt und im Augenblick leicht durcheinander.

MORGAN: Ich ... Ich weiß nicht, was zum Teufel passiert ist ... Ich habe gehört, wie Mr. Spearman auf die Kaninchen geschossen hat, und das nächste, woran ich mich erinnere, ist, dass der arme John hier ... flach auf dem Boden lag ...

MCCRAW: Ist er tot, Mike?

STARR: Ja.

MORGAN: (*Fassungslos*) Tot! Guter Gott, sagen Sie das nicht ... Sagen Sie bitte nicht, dass er tot ist!

SPEARMAN: (*Ein alter Mann vom Land*) Aber ... Aber ... Das ist ja schrecklich! Schrecklich! Er kann doch nicht tot sein, wie ist das möglich ...

STARR: Mr. Spearman, welche Waffe benutzen Sie?

SPEARMAN: Ein Sportgewehr, Sir, ein Zweiundzwanzigkaliber.

STARR: Und ohne Patronen, wie ich sehe – sondern mit Kugeln. Hm.

SPEARMAN: Aber, Mr. Starr, ich ... Ich hätte doch Mr. Dent gar nicht erschießen können – nicht von dort, wo ich stand ... Ich war doch genau auf der anderen Seite des Zauns ...

MCCRAW: Ich fürchte, es sieht aber ganz danach aus, alter Junge. Natürlich passieren solche Unfälle in den besten ...

SPEARMAN: Aber … Aber das ist ja schrecklich! So etwas ist mir noch nie passiert! Wie konnte das nur geschehen? … Sind Sie sicher, dass er tot ist? Können wir nicht einen Arzt holen, der …

STARR: Leider nein, Mr. Spearman.

McCRAW: (*Leise*) Für einen Arzt ist es zu spät, alter Junge.

STARR: Mr. Morgan, bitte erzählen Sie uns doch, was genau passiert ist …

MORGAN: Nun, also … John … ich meine Mr. Dent hier … wollte gerade einen Drive schießen – Sie können ja noch sehen, dass er seinen Driver in der Hand hat – als wir plötzlich einen Schuss hörten. Fast gleichzeitig brach John zusammen und fiel nach vorne. Ich dachte zuerst, er mache einen Scherz, aber … tja … als ich das Blut sah, wusste ich, dass es kein Scherz war.

STARR: Und Sie, Mr. Spearman?

SPEARMAN: Ich weiß nicht, was ich sagen soll … Sehen Sie, ich war drüben auf der anderen Seite des Zauns. Ich sah ein Kaninchen und … habe einfach geschossen … und das nächste, was ich weiß, ist, dass ich Mr. Morgan um Hilfe rufen hörte.

STARR: Waren Sie überrascht, als er Ihnen sagte, dass Sie versehentlich Mr. Dent getroffen hatten?

SPEARMAN: Aber natürlich war ich überrascht. Ich schoss doch über die Hecke in Richtung des Wäldchens.

STARR: Verstehe. (*Plötzlich*) Kannten Sie Mr. Dent zufällig?

SPEARMAN: Äh – ja. Ja, er … Er war einmal sehr nett zu mir. Vor ungefähr zwei Jahren war ich ziemlich knapp bei Kasse und Mr. Dent, nun, er ….

MORGAN: (*Freundlich*) … er hat Ihnen zweihundert Pfund geliehen.

SPEARMAN: (*Überrascht*) Ja, stimmt! Hat Ihnen das Mr. Dent erzählt?

MORGAN: (*Mit einem Lachen*) Natürlich hat er das! Wissen Sie, die zweihundert kamen nicht so einfach aus seiner Tasche. Sie kamen aus der Firma.

STARR: Darf ich daraus schließen, Mr. Morgan, dass Sie mit Mr. Dent zusammengearbeitet haben?

MORGAN: Ja, wir haben ein Werkzeugmaschinengeschäft.

STARR: Verstehe. Danke … (*Zügig*) Kommen Sie, Bob – Sie sollten besser die örtlichen Kollegen verständigen.

MCCRAW: Ja!

SPEARMAN: Sollen wir hier warten oder …

STARR: Ja, es wird nicht lange dauern.

MORGAN: Das ist alles eine unglückliche Angelegenheit …

SPEARMAN: Aber was ich nicht verstehe, Mr. Morgan, ist, (*Ausblenden beginnen*) wenn ich in Richtung dieses Wäldchens geschossen habe, wie um alles in der Welt habe ich es dann geschafft, dass …

Szene ausblenden.

Aufblenden von TREVOR DAVIES. *Er ist ein typischer, leicht erregbarer Waliser von etwa vierzig Jahren.*

TREVOR: Ich kann es kaum glauben, das so etwas hier passiert. Ganz unglaublich. Und direkt vor der Nase, wie man so schön sagt. Ich bin seit zehn Jahren der Golflehrer hier und so etwas ist noch nie vorgekommen …

STARR: (*Unterbricht* TREVOR) Mr. Davies, sagen Sie mir – hat Mr. Dent hier oft Golf gespielt?

TREVOR: Oh ja, er war ein hervorragender Golfer. Er schlug zwar seine Drives mit dem Eisen und war vielleicht ein bisschen schüchtern beim Putten, aber … (*mit einem kleinen Lachen*) … sind wir das nicht alle?

STARR: Was ist mit Mr. Morgan?

TREVOR: Sie meinen den kanadischen Gentleman? Ich …

	Nun, ich weiß nicht sehr viel über Mr. Morgan. Er hat gerade erst angefangen, Golf zu spielen, wissen Sie. Ich muss sagen, ich war überrascht, ihn mit Mr. Dent spielen zu sehen.
STARR:	Warum?
TREVOR:	Nun – ich möchte ja keine Gerüchte verbreiten – aber … (*Er zögert*) … aber es heißt, dass Mr. Morgan und Mr. Dent nicht gerade gut miteinander auskamen. Mr. Morgan, so sagt man, versuchte, die Kontrolle über die gemeinsame Firma zu erlangen. Mr. Morgan ist ein netter Mann, aber … Ah, da kommt ja Inspektor!
MCCRAW:	Guten Tag, Trevor!
TREVOR:	Guten Tag, Inspektor – was für eine schreckliche Sache!
MCCRAW:	Ja, sehr bedauerlich.
STARR:	(*Er schickt TREVOR weg*) Vielen Dank, Sir. Sie waren eine große Hilfe.
TREVOR:	Ich freue mich, dass ich Ihnen behilflich sein konnte, Mr. Starr. Guten Tag, Sir! Guten Tag, Inspektor!
MCCRAW:	Auf Wiedersehen, Trevor.
TREVOR:	(*Zu sich selbst: geht weg*) Was für eine schreckliche Angelegenheit … einfach schrecklich …
STARR:	(*Knackig*) Und?
MCCRAW:	(*Aufgeregt und eigentlich ziemlich verblüfft*) Ich habe genau das getan, was Sie mir gesagt haben, Mike! Ich bin auf das Feld gegangen und ich bin dorthin, wo …
STARR:	… wo Spearman stand und seinen Schuss abfeuerte … in Richtung des Wäldchens … Und?
MCCRAW:	Nun – ich habe ein Kaninchen gefunden, Mike!! Ein totes Kaninchen! Es wurde erschossen.
STARR:	Das ist genau das, was ich vermutet habe …
MCCRAW:	Aber … Mike, wenn Spearman das Kaninchen

STARR: getroffen hat, dann wie um alles in der Welt …

STARR: Wie, um alles in der Welt, konnte er Mr. Dent töten? Genau!!!!

Musik aufblenden.
Musik ausblenden.

SPRECHER: Später in der Sendung werden Sie von Michael Starr persönlich die Lösung des heutigen Krimirätsels erfahren.

RÄTSEL 22 – DIE LÖSUNG

SPRECHER: Wir geben jetzt zurück zu Michael Starr zur Lösung des heutigen Krimirätsels.

MCCRAW: Aber … Mike, wenn Spearman das Kaninchen getroffen hat, dann wie um alles in der Welt …

STARR: Wie, um alles in der Welt, konnte er Mr. Dent töten? Genau!!!!

MCCRAW: Mike!!! Mike, worauf zum Teufel wollen Sie hinaus?

STARR: Ich will damit sagen, dass Spearman Dent nicht getötet hat!

MCCRAW: Was! (*Angespannt*) Wer war es dann?

STARR: Dale Morgan!

MCCRAW: Morgan!

STARR: Meiner Meinung nach wurde Dent aus nächster Nähe erschossen, bevor er auf den Golfplatz kam. Morgan brachte ihn hierher und setzte ihn am ersten Abschlag ab. Er wusste, dass Spearman auf dem angrenzenden Feld Kaninchen schoss, und als Spearman einen Schuss in die richtige Richtung machte – oder was sich für ihn wie die richtige Richtung anhörte – schlug Morgan Alarm.

MCCRAW:	Aber angenommen, jemand hätte gesehen, wie Morgan Dent zum Abschlag trug?
STARR:	Das Risiko musste er eingehen. Schließlich ist der Platz unter der Woche immer ziemlich leer, nicht wahr?
MCCRAW:	Ja, aber was ist mit einem Motiv?
STARR:	Fragen Sie Trevor doch nach dem Motiv. Offenbar ist es ein weit verbreitetes Gerücht, dass Morgan versucht, die Kontrolle über die Firma zu erlangen.
MCCRAW:	Aber … Aber das ergibt doch keinen Sinn, alter Junge! Morgan und Dent waren doch gerade dabei, eine Runde Golf zu spielen. Dent war praktisch im Begriff einen Drive zu schießen – er hatte den Driver schon in der Hand!
STARR:	Ja! Ganz genau!
MCCRAW:	Was meinen Sie?
STARR:	Ich meine, mein lieber Robert, dieser Dent hat nie einen Driver benutzt, er ist immer mit dem Eisen geschossen.
MCCRAW:	Also, ich werde noch mal … Mike! Mike, warum zum Teufel hat mir das nicht aufgefallen?!
STARR:	(*Großmütig*) Oh, halb so schlimm, alter Junge! Es ist nie zu spät, etwas dazuzulernen …

Musik aufblenden.

ENDE

Folge 23
Der Tod der alten Dame

Ausstrahlung: Montag, 17.07.1944 (BBC Home Service)
Buch: FRANCIS DURBRIDGE | Regie: HARRY S. PEPPER

Rollen und DarstellerInnen:

Michael Starr . . . . HENRY OSCAR
Inspektor Robert McCraw . . . . IAN SADLER
Lucy Davenport . . . . BELLE CHRYSTAL
Tom Davenport . . . . PETER COUSINS

RÄTSEL 23 – DER FALL

Am Ende der Titelmusik wird auf INSPEKTOR MCCRAW über-blendet.

MCCRAW: So, da sind sie, Mike! Das ist alles, was wir haben! Beweisstück A! Beweisstück B! Beweisstück C! Also, alter Junge, was halten Sie davon?

STARR: (*Hochtrabend*) Nun, ich würde sagen, Beweisstück A sieht aus wie ein Dolch, Beweisstück B sieht aus wie eine Armbanduhr und Beweisstück C sieht so aus wie ein Buch.

MCCRAW: (*Verärgert*) Verdammt, Junge, das weiß ich! Aber was halten Sie davon?

STARR: (*Amüsiert*) Was soll ich denn davon halten?

MCCRAW: (*Immer noch leicht verärgert*) Ich nehme doch an, Sie haben schon von Mrs. Hodder gehört?

STARR: Mrs. Joshua Hodder?

MCCRAW: Genau!

STARR: Ja, ich habe natürlich schon von ihr gehört. Lassen Sie mich mal nachdenken! (*Nachdenklich*) Lebt in St. John's Wood. Soll eine dreiviertel Million schwer sein. Hat mal ein Buch mit dem

Titel *Die sanfte Kunst des Zuhörens* geschrieben.

MCCRAW: Ja, das ist richtig.

STARR: (*Neugierig*) Bob, warum interessieren Sie sich so sehr für Mrs. Hodder?

MCCRAW: Sie ist tot. Sie wurde ermordet, Mike.

STARR: Wann?

MCCRAW: Gestern Abend um etwa Viertel nach acht.

STARR: Erzählen Sie mir mehr, Bob.

MCCRAW: Gegen neun Uhr erhielt ich einen Anruf. Er kam von einer Miss Davenport.

STARR: Und wer genau ist Miss Davenport?

MCCRAW: Sie ist die Nichte von Mrs. Hodder. Sie und ihr Bruder Tom haben in den letzten vier Jahren bei Mrs. Hodder gelebt. Wie auch immer, um es kurz zu machen, die Nichte ging um etwa fünf Minuten vor neun ins Wohnzimmer. Sie fand Mrs. Hodder tot auf dem Boden liegend. Das Zimmer war in einem mehr oder weniger großen Durcheinander. Sie fand auch diesen Dolch hier – er lag in einer Ecke des Zimmers und war mit Blut bedeckt.

STARR: Dann wurde Mrs. Hodder also erstochen?

MCCRAW: Das kann man wohl sagen, alter Junge! Nach Angaben des Polizeiarztes war die Wunde mindestens zehn Zentimeter tief.

STARR: Hm. Hat Miss Davenport den Dolch erkannt?

MCCRAW: Sie sagt, sie hat ihn noch nie gesehen – aber ich glaube, sie lügt. Ich hatte eher den Eindruck, dass er ihrem Bruder gehört.

STARR: Was ist mit einem Motiv?

MCCRAW: Nun, ich nehme an, die einzige Person mit einem Motiv ist Miss Davenport. Sie erbt das Familienvermögen. Aber sie hat den Mord sicher nicht begangen.

STARR: Woher wissen Sie das?

MCCRAW: Der Mord wurde um Viertel nach acht begangen und um acht Uhr fünfzehn war Miss Davenport in der Leihbücherei.

STARR: Hat sie jemand dort gesehen?

MCCRAW: Ja, der Bibliothekar, und … ach, Dutzende von Leuten.

STARR: Woher wissen Sie, dass der Mord um Viertel nach acht begangen wurde?

MCCRAW: Durch die Armbanduhr! Sehen Sie doch mal, Mike! Sie ging offensichtlich im Laufe des Kampfes kaputt und blieb dabei stehen …

STARR: Ja, sie blieb dabei offensichtlich stehen – um Viertel nach acht. Hm, ein bisschen zu offensichtlich für meinen Geschmack! Lassen Sie mich einen Blick in das Buch werfen, Bob.

MCCRAW: Wir haben es auf dem Boden neben der Leiche gefunden.

STARR: (*Untersucht das Buch*) Hm – *Eine Geschichte aus zwei Städten* von Charles Dickens. Die Seiten vier und fünf sind noch nicht aufgeschnitten, die Seiten sieben und … (*Plötzlich, überrascht*) Moment mal, das sieht mir nach einer Erstausgabe aus!

MCCRAW: Ja, die alte Dame hatte eine ziemlich schöne Büchersammlung, Mike.

STARR: Hm. (*Plötzlich*) Robert, sagen Sie: Wie kommt Miss Davenport mit ihrem Bruder aus?

MCCRAW: Nicht sehr gut, fürchte ich. Wissen Sie, Miss Davenport war der alten Dame sehr zugetan, und Tom hat ihr das irgendwie – nun ja – ziemlich übelgenommen. Er ist ein merkwürdiger Vogel! Schrecklich – äh – hochmütig.

STARR: Ich würde gerne mit ihm sprechen – und mit Miss Davenport übrigens auch.

MCCRAW: Dann kommen Sie mit, alter Junge. Wir fahren

170

zum Haus.

STARR: Ach, äh – übrigens …

MCCRAW: Was, Mike?

STARR: Wie lange war Tom Davenport in Südafrika?

MCCRAW: In Südafrika? (*Überrascht*) War er denn in Südafrika?

STARR: Ja. Ja, ich glaube schon, Bob.

MCCRAW: Bob … Woher wissen Sie das denn?

STARR: Wegen dieses Dolchs …

MCCRAW: Was ist mit dem Dolch?

STARR: Nun, erstens wäre ich sehr überrascht, wenn er nicht Tom Davenport gehören würde, und zweitens bin ich mir ziemlich sicher, dass er aus Südafrika kommt.

MCCRAW: (*Fassungslos*) Aber er sagt, er habe den Dolch noch nie gesehen!

STARR: Natürlich sagt er das! (*Lachen*) Kommen Sie mit, Bob – ich habe mein Auto draußen stehen.

MCCRAW: (*Ausblenden*) Mike, es gibt Zeiten, in denen Sie mich so zur Verzweiflung bringen, dass ich mir schwöre, Sie nie wieder …

Szene ausblenden.

Aufblenden von LUCY DAVENPORT.

LUCY: Mr. Starr, Sie werden doch wohl nicht noch einmal diese furchtbare Sache durchgehen wollen …

STARR: (*Unterbricht LUCY*) Also, Miss Davenport, bitte! Ich möchte nur die Fakten überprüfen, wenn es Ihnen nichts ausmacht! Sie sagen also, dass Mrs. Hodder und Sie unmittelbar nach dem Tee ins Wohnzimmer gegangen sind?

LUCY: Ja. Mrs. Hodder begann *Eine Geschichte aus zwei Städten* zu lesen. Es war ein Buch, das merkwürdigerweise keiner von uns beiden zuvor gelesen hatte, also bot sie mir an, es laut vorzule-

	sen. Wissen Sie, Mrs. Hodder las sehr gerne vor.
TOM:	Das stimmt! Ich kenne auch keine ältere Dame, die ihre eigene Stimme so gerne selbst hörte wie sie!
LUCY:	Tom, bitte! (*Nach einem Moment*) Mrs. Hodder war eine wunderbare Vorleserin, Mr. Starr, sie hatte eine herrliche Stimme und ließ jede Figur – nun ja – beinahe lebendig erscheinen.
STARR:	Wann hat Mrs. Hodder angefangen, das Buch zu lesen?
LUCY:	Mal sehen … Es war so gegen … Ach, ich würde sagen, so gegen fünf Uhr …
STARR:	Und sie beendete die Lektüre etwa um …?
LUCY:	Ungefähr um halb acht.
STARR:	Ich nehme an, dass Sie kurz danach zur Leihbücherei gegangen sind?
LUCY:	Ja.
STARR:	Danke sehr.
TOM:	(*Mit Sarkasmus*) Jetzt bin ich wohl dran, was, Mr. Starr?
STARR:	Ja, Mr. Davenport. Jetzt sind Sie dran.
TOM:	(*Mit starkem Sarkasmus*) »Und wo waren Sie zur Zeit des Mordes, mein Freund?«
STARR:	(*Ruhig: unaufgeregt*) Ja, Mr. Davenport – wo wir gerade davon sprechen: Wo waren Sie zur Zeit des Mordes?
TOM:	Ich fürchte, ich habe ein besonders schwaches Alibi, Mr. Starr. Nachdem ich in mein Zimmer gegangen war – es liegt im zweiten Stock – war ich dort, bis … bis Lucy mir von … von dem Mord berichtete …
MCCRAW:	Haben Sie gehört, dass Ihre Schwester in die Bücherei ging?
TOM:	Ich habe gar nichts gehört, Inspektor. Ich war sehr beschäftigt. Ich schreibe gerade einen Ro-

man.

MCCRAW: Hm. Sagen Sie, waren Sie jemals in Südafrika, Mr. Davenport?

LUCY: Ja, er war dort zwei Jahre lang im konsularischen Dienst.

STARR: Danke sehr, Miss Davenport. Das ist alles, was wir wissen wollten. Komm Sie mit, Robert. Lassen Sie uns zurück zu Scotland Yard fahren. (*Ausblenden beginnen*) Schon gut, ich denke, wir finden den Weg hinaus ...

Szene ausblenden.

Aufblenden von INSPEKTOR MCCRAW.

MCCRAW: Mike, ich bin fertig! Ich bin am Ende! Ich bin ... Mann, wenn ich nicht so eine starke Konstitution hätte ...

STARR: Immer mit der Ruhe, alter Freund! Immer mit der Ruhe! (*Ruhig*) Als erstes, Bob, sehen Sie sich diesen Dolch an ...

MCCRAW: Was ist damit!

STARR: Nun – messen Sie die Klinge ab ...

MCCRAW: Was?

STARR: Sie sollen die Klinge abmessen ...

MCCRAW: (*Nach einem Moment*) Aber ... Aber sie ist nur sechs Zentimeter lang ...

STARR: Ganz genau!

MCCRAW: Dann kann das nicht der Dolch sein, mit dem Mrs. Hodder getötet wurde!

STARR: Ganz genau!

MCCRAW: (*Ernst*) Mike, wissen Sie, wer die alte Dame getötet hat?

STARR: Ja. Ja, ich weiß es, Bob.

Musik aufblenden.

Musik ausblenden.

SPRECHER: Wissen Sie, wer Mrs. Hodder ermordet hat? Später in der Sendung werden Sie von Michael Starr persönlich die Lösung des heutigen Krimirätsels erfahren.

RÄTSEL 23 – DIE LÖSUNG

SPRECHER: Wir geben jetzt zurück zu Michael Starr zur Lösung des heutigen Krimirätsels.

MCCRAW: (*Ernst*) Mike, wissen Sie, wer die alte Dame getötet hat?

STARR: Ja. Ja, ich weiß es, Bob.

MCCRAW: Dann, um Himmels willen, alter Junge, bitte ...

STARR: Gut, dann hören Sie zu! Hören Sie sehr genau zu! Es war von Anfang an klar, dass entweder Miss Davenport den Mord begangen und den Dolch platziert hatte, um den Verdacht auf ihren Bruder zu lenken, oder dass Tom den Mord begangen hatte und den Dolch platzierte, um den Verdacht auf seine Schwester zu lenken. Als Sie nun mit Miss Davenport über den Dolch sprachen ...

MCCRAW: ... gab sie uns einen ziemlich deutlichen Hinweis, dass er ihrem Bruder gehörte.

STARR: Ganz genau!

MCCRAW: Aber Miss Davenport kann den Mord nicht begangen haben – sie hat ein wasserdichtes Alibi.

STARR: Vorausgesetzt, der Mord wurde um Viertel nach acht begangen.

MCCRAW: Aber wurde die Tat denn nicht um Viertel nach acht begangen?

STARR: Nein! Nach dem Tee ging Tom nach oben in sein Zimmer und Miss Davenport und Mrs. Hodder gingen ins Wohnzimmer. *Dann* beging Miss Davenport den Mord, stellte die Uhr auf Viertel nach acht und tauschte den Dolch ihres Bruders gegen den Dolch aus, mit dem sie die alte Dame ermordet hatte. Aber Miss Davenport machte einen fatalen Fehler! Sie nahm einen Roman aus dem Bücherregal und ließ ihn neben der Leiche fallen. Später erzählte sie uns, dass Mrs. Hodder eineinhalb Stunden lang aus dem Buch gelesen hatte.

MCCRAW: Worauf wollen Sie hinaus, Mike?

STARR: Mrs. Hodder hat doch niemals anderthalb Stunden aus diesem Buch gelesen, alter Freund! Die Seiten vier und fünf sind noch nicht aufgeschnitten! Wenn man einen Roman zum ersten Mal liest, überspringt man doch normalerweise keine zwei Seiten, oder, Robert?

MCCRAW: (*Erstaunt*) Also, ich könnte mich … Mike, das war vielleicht ein schwieriger Fall, was?

STARR: Ja. Man könnte fast sagen, so schwierig wie ein nicht aufgeschnittenes Buch zu lesen, was alter Freund? (*Er kichert*)

Musik aufblenden.

ENDE

Anmerkung des Übersetzers: Für die Lösung dieser Geschichte ist es essentiell zu wissen, dass man früher bei Büchern die Seiten noch der Reihe nach mit einem eigenen Papiermesser Seite für Seite aufschneiden musste, damit man darin blättern konnte.

Francis Durbridge verwendete die gleiche Geschichte in seiner Paul-Temple-Kurzgeschichte *Paul Temple and the Eccentric Millionairess / Paul Temple und die exzentrische Millionärin* (1947), erschienen bei Pidax (2018) in dem Sammelband *Paul Temple – Die verschollenen Fälle*, Seiten 69–72.

Folge 24
- Manuskript leider verschollen -

Ausstrahlung: Montag, 24.07.1944 (BBC Home Service)
Buch: FRANCIS DURBRIDGE | Regie: HARRY S. PEPPER

<u>Rollen und DarstellerInnen:</u>

Michael Starr . . . . HENRY OSCAR
Inspektor Robert McCraw . . . . IAN SADLER

Das Manuskript zu dieser Episode ist leider verschollen.

8.0 ' MONDAY NIGHT AT EIGHT '
Hughie Green. 'Michael Starr. Investigates '—a weekly detective problem featuring Henry Oscar, written by Francis Durbridge ; ' Many Happy Returns ' ; Kenway and Young ; ' Puzzle Corner ' ; Naunton Wayne and Basil Radford on ' Things in General,' written by Henrik Ege ; ' Take the Stand '—Mr. Justice Frederick Burtwell cross-examines famous artists, by arrangement with Leonard Urry. Singing Commères, BBC Revue Orchestra and Chorus, conducted by Charles Groves. Produced by Harry S. Pepper

(Naunton Wayne records by permission of Firth Shephard)

Die Ankündigung der Folge in der *Radio Times* für den 24. Juli 1944
(Ausgabe 1086, Seite 8)

Folge 25
Gift im Club

Ausstrahlung: Montag, 31.07.1944 (BBC Home Service)
Buch: FRANCIS DURBRIDGE | Regie: HARRY S. PEPPER

Rollen und DarstellerInnen:

Michael Starr . . . . HENRY OSCAR
Inspektor Robert McCraw . . . . IAN SADLER
Dan Terence . . . . . . HARRY HUTCHINSON
Daly . . . . PRESTON LOCKWOOD
Eldridge . . . . FRED YULE
Mabel . . . . FREDA FALCONER

RÄTSEL 25 – DER FALL

Als die Eröffnungsmusik endet, Überblendung auf die Stimme von DAN TERENCE, einen Iren mittleren Alters.

TERENCE: (*Aufgeregt*) Inspektor … Mr. Starr … Es tut mir sehr leid, dass ich Ihr Snookerspiel unterbreche, aber wir haben ein kleines Problem in der Clubbar.

MCCRAW: Was ist los, Mr. Terence?

TERENCE: Nun, Sir, es ist Mr. Daly, Sir …

STARR: Was ist mit Mr. Daly?

TERENCE: Er … Er scheint vergiftet worden zu sein, Sir.

MCCRAW: (*Erstaunt*) Vergiftet?!

TERENCE: Ja, Sir.

STARR: Vergiftet? Womit?

TERENCE: Mit dem Bier, Sir.

MCCRAW: (*Leicht amüsiert*) Was ich schon immer gesagt habe! Ich beschwere mich schon seit geraumer Zeit über euer Bier hier, alter Junge! Kommen Sie mit, Mike! (*Ausblenden beginnen*) Wir soll-

177

ten uns diese kleine Angelegenheit mal ansehen, für den Fall, dass es irgendwelche ...

Szene ausblenden.

Aufblenden von zwei oder drei Stimmen in angeregter Unterhaltung, dann plötzliche Stille.

MCCRAW: (*Angespannt*) Nun, Mike?

STARR: (*Leise*) Er ist tot ...

TERENCE: Tot! Ist er wirklich tot? Aber Mann, er kann doch nicht tot sein, das ist doch unmöglich!

STARR: Ist das der Krug, aus dem er getrunken hat?

TERENCE: Ich bin ... mir nicht sicher. Ist das sein Krug, Mr. Eldridge?

ELDRIDGE: (*Ein ziemlich vornehm sprechender Mann um die sechzig*) Ja ... Ja, das ist sein Krug ...

STARR: Hm ...

ELDRIDGE: Terence, das ist ja furchtbar, ich kann es kaum glauben, warum ...

STARR: Dürfte ich Ihr Büro benutzen, Mr. Terence? Ich würde mich gerne mit dem Inspektor unterhalten.

TERENCE: Nur zu, Sir! Nur zu!

STARR: Danke sehr.

MCCRAW: Ich bin gleich bei Ihnen, Mike ... (*Ausblenden beginnen*) Ich möchte nur kurz mit Mr. Terence hier über die Umstände sprechen, die zu den ...

Szene ausblenden.

Aufblenden von INSPEKTOR MCCRAW.

MCCRAW: Mike! Mike, was zum Teufel wollen Sie damit sagen?

STARR: Ich versuche Ihnen zu sagen, mein lieber Robert, dass es sich in diesem Fall ganz eindeutig um einen Mord handelt!

MCCRAW: Was?

STARR: Daly wurde vergiftet. Er wurde mit Arsen vergiftet.

MCCRAW: Sind Sie sich da sicher, alter Junge?

STARR: Absolut! Jetzt kommen Sie schon, Bob. Erzählen Sie mir die Details. Was hat Terence Ihnen berichtet?

MCCRAW: Nun … Es scheint, dass Daly sozusagen inoffiziell mit David Eldridges Tochter verlobt war. Eldridge war von der Idee überhaupt nicht begeistert, obwohl er laut Terence ein recht freundschaftliches Verhältnis zu Daly zu haben schien, ich glaube sogar, dass er Daly als Freund sehr mochte, aber …

STARR: Aber er wollte ihn nicht als Schwiegersohn?

MCCRAW: So sieht es aus!

STARR: (*Nach einem Moment*) Was genau ist heute Abend geschehen?

MCCRAW: (*Nachdenklich*) Ich weiß es nicht. Aber ich habe das Gefühl, dass es irgendeine Art von Streit gegeben haben muss. Mabel sagt, dass …

STARR: Mabel? Wer ist Mabel?

MCCRAW: Die Frau hinter der Bar. Die, die die Drinks serviert hat.

STARR: (*Knapp*) Holen Sie sie her. Ich möchte mit ihr sprechen!

MCCRAW: Ich habe ihr schon gesagt, dass sie in dieses Büro kommen soll, sobald sie …

Die Tür öffnet sich.

MCCRAW: … Ah, da sind Sie ja! Kommen Sie herein, Mabel!

MABEL: (*Munter, hat einen Cockneyakzent, aber ziemlich sympathisch*) Ich hoffe, ich hab' Sie nicht zu lange warten lassen! (*Plötzlich*) He! Sind Sie nicht dieser Michael Starr, von dem ich schon so viel gehört hab'?

STARR: Der bin ich.

MABEL: (*Frech*) Ich muss sagen, mir gefällt, wie Sie aussehen.

STARR: Ich muss auch sagen, dass Sie mir gefallen, Mabel.

MCCRAW: (*Er räuspert sich*) Ja, nun ... äh ...

STARR: (*Ernst*) Mabel, ich möchte, dass Sie mir genau erzählen, was in dem Moment geschah, als Mr. Daly die Bar betrat.

MABEL: Nun, es war ungefähr Viertel nach acht. Ich putzte gerade ein paar Gläser und räumte ein bisschen auf, als plötzlich die Tür aufging und Mr. Daly und Mrs. Eldridge hereinkamen. Mr. Daly sah ziemlich verärgert aus, dachte ich, und ich erinnere mich deutlich daran, wie er zu Mr. Eldridge sagte ...

Ausblenden.

Überblenden auf die nächste Szene.

DALY: (*Ein selbstbeherrschter Mann, im Moment leicht verärgert*) In Ordnung, Eldridge, es gibt keinen Grund, noch mehr über diese Angelegenheit zu sagen!

ELDRIDGE: Mein lieber Carl, stellen Sie sich nicht so an! Denken Sie daran, dass Sie ein Mann von Welt sind und hören Sie auf, sich wie ein liebeskranker Schuljunge zu benehmen! (*Freundlich*) Was wollen Sie jetzt trinken?

DALY: Äh ... Oh ... ein halbes Mildes ...

ELDRIDGE: Zwei Halbe, Mabel.

MABEL: Danke.

DALY: Haben Sie ein Streichholz?

ELDRIDGE: Leider nein.

MABEL: Da drüben auf'm Kaminsims liegt 'ne Schachtel.

DALY: Oh, danke.

Eine Pause.

ELDRIDGE: Behalten Sie den Rest, Mabel.

MABEL: Danke.

ELDRIDGE: (*Erhebt seine Stimme*) Hier ist Ihr Drink … (*Nebenbei*) Auf Sie, Mabel! (*Er trinkt*)

Eine Pause.

DALY: (*Wieder an der Bar*) Wollen Sie nicht auch etwas trinken, Mabel?

MABEL: Doch. Das würd' ich gern, Mr. Daly. (*Plötzlich*) Ah, guten Abend, Mr. Terence!

TERENCE: Guten Abend! Guten Abend, meine Herren!

ELDRIDGE: Hallo, Terence! Was wollen Sie trinken?

TERENCE: Nun, ich nehme ein kleines …

DALY: (*Unterbricht* TERENCE *leise*) Sagen Sie, Eldridge – haben Sie davon schon etwas getrunken?

ELDRIDGE: Seien Sie nicht albern, alter Mann – das ist doch Ihr Krug.

DALY: Ja, aber ich glaube, Sie müssen aus Versehen etwas daraus getrunken haben, denn ich habe es noch nicht angerührt und es … (*Plötzlich*) Sagen Sie, was ist denn los?

ELDRIDGE: Es ist … Es ist mein Magen, ich … ich … Gott, ich fühle mich schrecklich!

TERENCE: Setzen Sie sich lieber hin, Mann!

ELDRIDGE: Haben Sie – haben Sie etwas Magnesiummilch, Terence?

TERENCE: Ja, im Büro habe ich welche. Ich kann sie holen, wenn Sie wollen.

DALY: Sie sehen wirklich nicht gut aus! (*Er lacht*) Auf Ihre Gesundheit!

DALY trinkt, dann keucht er plötzlich und lässt den Krug fallen.

MABEL schreit.

MABEL: Mr. Terence!!! Sehen Sie doch!!! Sehen Sie sich Mr. Daly an!!

ELDRIDGE: Was ist los mit ihm?

TERENCE: Mein Gott, er sieht aus, als wäre er vergiftet worden …

ELDRIDGE: Vergiftet!!!

TERENCE: Ja. Ist alles in Ordnung mit Ihnen, Eldridge?

ELDRIDGE: Ja! Aber kümmern Sie sich nicht um mich! Holen Sie einen Arzt!

TERENCE: (*Aufgeregt*) Rufen Sie einen Arzt, Mabel! Ich werde … Ich werde Inspektor McCraw holen. (*Überblenden starten*) Er ist im Billardzimmer, da kann er genauso gut einen Blick auf …

Szene ausblenden.

Überblendung auf die Stimme von MABEL.

MABEL: … und kurz darauf sind Sie und der Inspektor aufgetaucht.

STARR: Und Sie haben den Arzt gerufen?

MABEL: Ja, stimmt.

STARR: Ist der Doktor schon da?

MABEL: Ja, ich glaube, er ist gerade gekommen.

STARR: Vielen Dank, Mabel, Sie waren eine große Hilfe.

MABEL: Ja, also …, das freut mich, ich mag's zu gefallen!

STARR: Nun, Sie gefallen mir wirklich, Mabel. Sie haben mir sogar gesagt, wer Mr. Daly ermordet hat …

MCCRAW: Was?!?

Musik aufblenden.

Musik ausblenden.

SPRECHER: Wissen Sie, wer Carl Daly ermordet hat? Später in der Sendung werden Sie von Michael Starr persönlich die Lösung des heutigen Krimirätsels erfahren.

RÄTSEL 25 – DIE LÖSUNG

SPRECHER: Wir geben jetzt zurück an Michael Starr, der

Ihnen die Lösung des heutigen Krimirätsels verraten wird.

STARR: Nun, Sie gefallen mir wirklich, Mabel. Sie haben mir sogar gesagt, wer Mr. Daly ermordet hat …

MCCRAW: Was?!?

MABEL: Wurde … Wurde Mr. Daly tatsächlich ermordet?

STARR: Das wurde er … Und zwar von David Eldridge … Eldridge hat das Gift in Dalys Krug geschüttet, während …

MCCRAW: Während Daly die Streichholzschachtel vom Kaminsims holte!

STARR: Ganz genau! Aber wissen Sie noch, was Mabel uns erzählt hat, Bob? Sie sagte, dass Daly einen Moment unter dem Eindruck stand, dass Eldridge versehentlich aus seinem Krug getrunken hatte – aus dem Krug, der das Gift enthielt. Eldridge war plötzlich beunruhigt: Er war sich nicht mehr sicher, ob er es getan hatte oder nicht. Er wurde ängstlich, nervös, bildete sich ein, Schmerzen zu haben, und dann … (*Langsam*) … und dann, als er die echte Wirkung des Giftes sah – also, dass Daly es genommen hatte – da wusste er, dass …

MCCRAW: … dass er es nicht selbst genommen hatte!

STARR: Ganz genau!

MCCRAW: Aber, Mike, wie können Sie das beweisen?

STARR: Als Eldridge dachte, dass er sich aus Versehen vergiftet hatte, schickte er den Sekretär, Mr. Terence, etwas Magnesiummilch zu holen.

MCCRAW: Na und?

STARR Nun, damit hat er offen zugegeben, dass er wusste, dass, wenn er vergiftet wurde, er mit *Arsen* vergiftet worden war!

MCCRAW: Inwiefern?

STARR: Wissen Sie, Robert, Magnesiummilch ist nämlich

	ein starkes Gegenmittel bei Arsenvergiftungen!
MCCRAW:	Nun, ich werde nochmal … Mike, Sie sind ein Genie! Sie sind ein Zauberer! Sie sind …
MABEL:	Oh, Mr. Starr, ich find' Sie wunderbar!
STARR:	Ich finde Sie auch wunderbar, Mabel!
MABEL:	(*Höflich*) Sie wollen mich doch nur auf den Arm nehmen …
STARR:	(*Imitiert MABEL*) Aber doch nicht vor dem Inspektor, Mabel!

Musik aufblenden.

ENDE

Wer ist Mr. Sutton?

Ausstrahlung: Montag, 07.08.1944 (BBC Home Service)
Buch: FRANCIS DURBRIDGE | Regie: HARRY S. PEPPER

Rollen und DarstellerInnen:

Michael Starr . . . . HENRY OSCAR
Inspektor Robert McCraw . . . . IAN SADLER
Davidson . . . . LEWIS STRINGER
Ward . . . . ERIC CLAVERING

RÄTSEL 26 – DER FALL

Als die Titelmusik zu Ende ist, Überblendung auf INSPEKTOR MCCRAW.

MCCRAW: (*Äußerst wütend*) Mike, das ist der erstaunlichste, verwirrendste, irritierendste, ärgerlichste Fall, von dem ich je gehört habe! Mann, wenn ich nicht so eine starke Konstitution hätte, dann …

STARR: (*Unterbricht* MCCRAW) … dann wüssten Sie nicht, wovon Sie reden sollten! Aber lassen Sie Ihre Konstitution mal beiseite, Robert, lassen Sie uns die Details hören.

MCCRAW: Aber, Mann, es gibt keine Details – das macht es ja so ärgerlich!

STARR: Vergessen Sie nicht, Bob – Sie haben mir noch gar nicht erzählt … was eigentlich passiert ist!

MCCRAW: Vor etwa sechs Monaten kam ein Juwelier – ein Kerl namens Ricentio – aus Südamerika in dieses Land. Er hatte eine Halskette – eine Diamantkette im Wert von etwa einer Viertelmillion bei sich. Sechs Wochen nach Ricentios Ankunft kam hier ein anderer Mann an – ein berüchtigter Gauner namens Joe Sutton. Das FBI hat uns vor Sutton gewarnt, aber er ist uns durch die Lappen gegangen. Wissen Sie, alter Junge, Sutton hatte vor, sich diese Kette unter den Nagel zu reißen …

STARR: Und?

MCCRAW: Letzte Nacht wurde Ricentio ermordet und die Halskette ist seither verschwunden.

STARR: (*Nach einem leisen Pfiff der Überraschung*) Was ist Sutton für ein Typ?

MCCRAW: Das wissen wir nicht. Wir haben ihn nie gesehen. Er ist Amerikaner, das ist alles, was wir wissen.

STARR: Hm. Wo hat Ricentio gewohnt?

MCCRAW: In einem Wohnblock in der Park Lane. Der Hausmeister fand die Leiche heute Morgen um Viertel nach sechs. Er stürzte aus der Wohnung und stieß direkt mit einem unserer neuen Kollegen zusammen – einem jungen Zivilbeamten namens Davidson. Möchten Sie mit Davidson sprechen? Er ist im Büro nebenan.

STARR: Ja. Ja, das würde ich gern. (*Nach einem Moment*) Wie alt war Ricentio?

MCCRAW: Oh, ungefähr zweiundfünfzig oder dreiundfünfzig.

STARR: Haben Sie irgendwelche Details über Sutton? Was hat Ihnen das FBI geschickt?

MCCRAW: Sie teilten mit, dass er ein vergleichsweise junger Mann ist und dass er einem immer durchs Netz geht. Sie sagten auch, dass er sowohl seine Stimme als auch sein Aussehen verändern kann. Geboren wurde er in New York.

STARR: Hm.

Eine Tür wird geöffnet

DAVIDSON: (*Mit leichtem Cockney-Akzent*) Sie wollten mich sprechen, Sir?

MCCRAW: Ja! Kommen Sie rein, Davidson! Das ist Mr.

Michael Starr.

DAVIDSON: Oh, sehr angenehm, Sir!

STARR: Was ist heute Morgen passiert, Davidson?

DAVIDSON: Nun, ich ging die Park Street hinunter, Sir, als plötzlich einer der Hausmeister aus einem der großen Gebäude heraussprang und über den Gehweg rannte. Er war richtig aufgebracht, das kann ich Ihnen sagen. Nachdem ich ihn ein wenig beruhigt hatte, konnte ich den Kerl zur Vernunft bringen. Er sagte, es habe einen Mord gegeben. Ich ging daraufhin mit ihm zurück in das Gebäude und wir fuhren mit dem Lift in das Appartement im vierten Stock.

STARR: Und Sie fanden Ricentio?

DAVIDSON: Ja, Sir. Der Raum war in einem schrecklichen Durcheinander – und der Tresor war aus den Angeln gehoben.

STARR: Haben Sie außer dem Hausmeister noch jemanden in dem Gebäude gesehen?

DAVIDSON: Ja, Sir. Als ich gerade gehen wollte, stieß ich mit einem Mr. Ward zusammen. Das ist ein kanadischer Gentleman, der ein Appartement im fünften Stock hat. Er kehrte gerade von einer Party nach Hause zurück.

MCCRAW: Um Viertel nach sechs!

STARR: Haben Sie ihm von dem Mord erzählt?

DAVIDSON: Nein, Sir. Ich habe ihm lediglich gesagt, dass ich Polizeibeamter bin, und ihn gebeten, mir zu erzählen, wo er herkam.

STARR: Welchen Eindruck haben Sie ihm?

DAVIDSON: Keinen sehr guten, Sir. Zum einen glaube ich nicht, dass er Kanadier ist. Ich war noch nie in Amerika, Sir, aber ich würde wetten, dass Mr. Ward Amerikaner ist.

STARR: Haben Sie sich über Ward informiert?

MCCRAW: Ja, er ist Kanadier – geboren in Ontario.

DAVIDSON: Ich habe mir erlaubt, Mr. Ward zu bitten, im Yard vorbeizuschauen, Sir. Er wartet im Büro des Superintendents.

STARR: Gute Idee, Davidson! Kommen Sie mit, Bob! Ich würde gerne mit diesem jungen Mann sprechen.

DAVIDSON: Oh, er ist nicht sehr (*Ausblenden beginnen*) jung, Sir. Ich würde sagen, er ist mindestens fünf oder sechs Jahre älter als der Inspektor, obwohl es natürlich immer ziemlich schwierig ist, das ...

Szene ausblenden.

Überblenden auf die Stimme von SAM WARD. *Er ist Kanadier.*

WARD: ... Hören Sie, Sie stellen mir aber eine ganz schöne Menge an Fragen, Mr. Starr!

STARR: Ich habe ein ziemlich neugieriges Gemüt!

WARD: Aha. Versuchen Sie aber zur Abwechslung auch mal, meine Neugier zu befriedigen. Was genau ist letzte Nacht in den Castleford Mansions passiert?

MCCRAW: Sagen Sie es ihm, Davidson.

DAVIDSON: Mr. Ricentio wurde ermordet, Sir.

WARD: Ricentio? Das ist doch der Juwelier! Er wohnt direkt unter mir im vierten Stock.

STARR: Das ist richtig.

WARD: (*Erstaunt*) Ricentio? Was ist bloß passiert? Ich habe ihn doch erst gestern Morgen gesehen. Er schien recht fröhlich zu sein.

STARR: Mr. Ward, sagen Sie mir – ist das Ihr richtiger Name: Victor Edward Ward?

WARD: Natürlich ist er das!

STARR: Und Sie sind seit dem 21. Oktober 1936 in diesem Land?

WARD: Das ist richtig!

STARR: Wann waren Sie das letzte Mal in Amerika?

WARD: (*Leicht verärgert*) Ich sage Ihnen doch, ich war noch nie in Amerika! Ich bin Kanadier und in Ontario geboren.

DAVIDSON: (*Erstaunt*) Was denn? Sie behaupten, Sie waren noch nie in Amerika?

WARD: Natürlich behaupte ich, dass ich noch nie in Amerika war. Es gibt Tausende von Kanadiern, die noch nie in Amerika waren. Was ist daran so verrückt?

DAVIDSON: Aber heute früh haben Sie mir erzählt, dass Sie sechs Monate in Chicago verbracht haben!

WARD: Was!?!

DAVIDSON: Wollen Sie das etwa leugnen?

WARD: Natürlich leugne ich das! (*Erstaunt*) Sagen Sie mal, ist der Kerl verrückt?

MCCRAW: (*Verärgert*) Haben Sie ihm nun gesagt, dass Sie sechs Monate in Chicago verbracht haben, oder haben Sie das nicht getan?

WARD: Natürlich habe ich das nicht!!! Ich sage Ihnen doch, ich war noch nie in den Staaten!

STARR: Es gibt keinen Grund zur Aufregung, Mr. Ward. Lassen Sie uns das ganze Gespräch auf einer sehr freundlichen Basis halten.

MCCRAW: (*Fassungslos*) Mike, was grinsen Sie so?

STARR: Ich grinse, mein lieber Robert, denn dieser Fall ist wirklich ganz einfach. Sehen Sie, wir wissen, dass John Sutton Ricentio ermordet hat – also ist alles, was wir zu tun haben, …

MCCRAW: Alles, was wir tun müssen, ist John Sutton zu finden!!!

STARR: Ganz genau!

MCCRAW: (*Scharf*) Was soll das heißen!? – Ganz genau?

STARR: Ich meine. Mein lieber Robert, das – äh – wir ihn gefunden haben.

MCCRAW: Was!!! Sie stehen einfach so da und behaupten,

dass ...

Musik aufblenden.
Musik ausblenden.

SPRECHER: Wen verdächtigt Michael Starr? Wissen Sie es? Später in der Sendung werden Sie von Michael Starr persönlich die Lösung des heutigen Krimirätsels erfahren.

RÄTSEL 26 – DIE LÖSUNG

SPRECHER: Wir geben jetzt zurück an Michael Starr, der die Lösung des heutigen Krimirätsels verraten wird.

STARR: Ich meine. Mein lieber Robert, das – äh – wir ihn gefunden haben.

MCCRAW: Was!!! Sie stehen einfach so da und behaupten, dass ...

DAVIDSON: (*Plötzlich, angespannt*) Zurücktreten!!! Bleiben Sie zurück!!! Wenn sich jemand bewegt ..., dann Gnade Ihnen Gott!

MCCRAW: (*Erstaunt*) Aber ... Davidson ...

WARD: Nehmen Sie die Waffe runter, Sie verrückter junger Kerl, oder ich werde ...

Ein Schuss wird abgefeuert.

WARD: Au ... Au ... Mein Arm!

MCCRAW: Warum haben Sie auf ihn geschossen!

STARR: Sie Schwein, ich werde ...

DAVIDSON: (*Wild*) Nicht bewegen! Keine Bewegung, Starr, oder Sie bekommen auch 'ne Ladung ab! Haben Sie nicht verstanden? Keine Bewegung!!!

MCCRAW: (*Verwirrt*) Sind Sie ... John Sutton?

DAVIDSON: Natürlich bin ich John Sutton! (*Amüsiert*) Sie haben doch sicher nicht daran gedacht, mich bei Scotland Yard zu suchen, Inspektor, nicht wahr?

	Aber Sie haben erraten, wer ich bin, nicht wahr, Starr?
STARR:	(*Leise*) Ja. Ja, ich habe es erraten.
DAVIDSON:	Was hat Sie misstrauisch gemacht? (*Wütend, nach einer Pause*) Haben Sie nicht gehört? Was hat Sie misstrauisch gemacht?!?
STARR:	Nun, sehen Sie, mein Lieber … (*Er macht eine Bewegung*)
DAVIDSON:	(*Schnell*) Oh, nein, das werden Sie nicht tun!!! Treten Sie vom Schreibtisch weg oder ich schieße Ihnen ein Loch in den Kopf!!! (*Nach einem Moment*) Jetzt antworten Sie mir! Was hat Sie misstrauisch gemacht?!
STARR:	Nun, sehen Sie, Davidson, ich hielt es für einen ziemlich großen Zufall, dass Sie zufällig in der Park Street waren, als der Mord begangen wurde, und zweitens schienen Sie ziemlich entschlossen, den Verdacht auf Mr. Ward zu lenken, und drittens … (*Er zögert*)
DAVIDSON:	Was?
STARR:	Drittens: Obwohl Sie einen Engländer sehr gut imitiert haben, wusste ich mit Sicherheit, dass Sie Amerikaner sind. Sehen Sie, Sie haben ein paar unglückliche Ausrutscher gemacht.
DAVIDSON:	Welche?
STARR:	Sie haben den Bürgersteig als Gehweg bezeichnet! Sie haben den Aufzug als Lift bezeichnet! Und Sie haben die Wohnung von Mr. Ward als Appartement bezeichnet!
DAVIDSON:	(*Wütend*) Verdammt schlaues Kerlchen, was? Na warten Sie, ich werde …
MCCRAW:	Vorsicht, Mike!!

Ein zweiter Schuss ist zu hören, gefolgt vom Zerspringen von Glas.

| STARR: | Er hat das Fenster getroffen! |

Ein wilder Kampf beginnt.

MCCRAW: Gut so, toller Schlag! Guter Schlag! Schöner Schlag!

STARR: (*Angespannt*) Hören Sie auf, meine Schläge zu bewundern! Setzen Sie sich auf ihn! Setzen Sie sich doch auf ihn!!! Um Himmels willen, setzen Sie sich auf ihn, Bob!!

MCCRAW: (*Völlig außer Atem*) Mann, ich ... ich ... ich ... ich sitze ja schon auf ihm.

STARR: Robert, Sie sind ja ganz außer Atem!

MCCRAW: (*Keucht*) Natürlich bin ich außer Atem, Sie erwarten doch nicht ...

STARR: (*Imitiert MCCRAW*) Was denn! Außer Atem? Ein Kerl mit Ihrer Konstitution!!! Also, Bob, ich bin überrascht! Mann, ich bin wirklich überrascht!!!

Schlussmusik aufblenden.
Ausblenden.

SPRECHER: Das war die letzte Sendung der Serie *Michael Starr ermittelt.*

ENDE

Francis Durbridge

Paul Temple und der Fall Crawford

(*Paul Temple and the Crawford Case*, 1947)
übersetzt von Dr. Georg Pagitz

Francis Durbridge recycelte seine Geschichten häufig. Für eine Serie von Paul-Temple-Kurzgeschichten griff er 1946/47 auf einige Storys, die er bereits in seiner Radioserie Michael Starr Investigates *verwendet hatte, zurück. Hier ein exemplarisches Beispiel, wie er den fünften Fall dieser Reihe,* Tod im Graben, *neu auswertete. Der Text ist in dem Sammelband* Paul Temple – Die verschollenen Fälle *gemeinsam mit 17 weiteren Paul-Temple-Kurzgeschichten 2018 bei Pidax erschienen und wird hier mit freundlicher Genehmigung des Verlags abgedruckt.*

Sergeant Ross sah müde aus, als er in Bramley Lodge ankam.

»Was ist los?«, fragte Temple.

»Wir sind in einer ziemlichen Zwickmühle, Mr. Temple«, sagte Ross.

»Gestern Morgen hatte ein Landarbeiter namens Ted Morgan einen fatalen Unfall. Morgan pflügte ein Feld, als der Traktor zu nahe an den Graben kam und hineinkippte. Morgan fiel offensichtlich vom Traktor und schlug mit seinem Kopf am Vorderreifen auf.«

Paul Temple bemerkte das Wort »offensichtlich«.

Er sagte: »Hat irgendjemand den Unfall beobachtet?«

Der Sergeant sagte: »Ja, Morgans Chef, ein Farmer namens Fred Crawford, sah ihn. Crawford reparierte etwa fünfzig oder sechzig Yard entfernt einen Zaun.«

Temple sah den Sergeant an. »Sie glauben nicht, dass es ein Unfall war, nicht wahr, Ross?«, meinte er.

»Um ehrlich zu sein, Mr. Temple«, sagte Ross, »nein. Und

auch der Inspektor glaubt es nicht. Wir wissen, dass Morgan und Fred Crawford nichts füreinander übrighatten.«

»Haben Sie den Traktor bewegt?«

»Nichts wurde bewegt, außer der Leiche«, sagte der Sergeant. »Ich habe sogar den Graben absperren lassen, für den Fall, dass Sie es sich ansehen wollen.«

Temple sagte: »Wie lange würden wir brauchen, um dorthin zu kommen?«

»Etwa 45 Minuten, Sir.«

Temple nickte. »Warten Sie auf mich in der Diele«, sagte er. »Ich hole nur meinen Hut und meinen Mantel.«

Paul Temple fing an, die Abneigung des Sergeants gegenüber Fred Crawford zu teilen.

»Wie lange fuhr Morgan mit dem Traktor, bevor der Unfall geschah?«, fragte er.

»Er begann um etwa zehn Uhr vormittags, stellte ihn gegen ein Uhr ab, um einen Happen zu essen, und begann kurz nach zwei wieder. Der Unfall geschah um etwa Viertel vor vier«, antwortete Crawford.

»Machte Morgan im Laufe des Nachmittags eine Pause?«

Crawford schüttelte den Kopf.

Temple sagte ruhig: »Dann korrigieren Sie mich, wenn ich falsch liege. Der Traktor war die ganze Zeit am Laufen, ohne Pause, von kurz nach zwei Uhr nachmittags bis zu der Zeit des Unfalls um ungefähr Viertel vor vier?«

»Das ist richtig, Mr. Temple«, sagte Crawford.

»Sind Sie sich ganz sicher, Sir?«, fragte der Sergeant.

Crawford setzte einen wütenden Blick auf. »Natürlich bin ich sicher!«, rief er. »Ich konnte den Traktor von dort aus, wo ich arbeitete, sehen und hören.«

Temple ging zur Rückseite des Traktors und untersuchte die Räder. Er starrte auf den Boden und schien ganz tief in Gedanken versunken zu sein.

Crawford sagte zum Sergeant: »Ich würde den Traktor gerne starten und ihn zurück zum Bauernhof bringen.«

Temple nickte und brachte den Gang in den Leerlauf.

»Sehen wir mal, ob wir ihn aus dem Graben ziehen können«, sagte er.

Als der Traktor wieder auf ebenem Grund stand, sagte der Sergeant: »Der Motor ist eiskalt. Starten Sie ihn mal ein bisschen. Ich weiß alles über Traktoren.«

Der Bauer sah ihn an. Er hatte ein verachtendes Grinsen im Gesicht, als er zur Vorderseite des Traktors ging, die Kurbel nahm und sie mit ganzer Kraft drehte.

Der Traktor keuchte, stotterte und sprang dann endlich an.

Crawford erklomm den Sitz und drehte den Traktor so herum, dass er dem Tor gegenüberstand.

»Sie finden mich oben im Haus«, rief er.

Als Temple und Ross über die Wiese in Richtung der Hauptstraße spazierten, sagte der Sergeant: »Ich werde Ihnen sagen, was mir ziemlich seltsam vorkam, Mr. Temple. Gerade eben hat Crawford den Motor nicht auf »an« geschaltet, als er ihn zum Anspringen brachte.«

»Der Traktor war schon auf »an« geschaltet«, sagte Temple. »Vergessen Sie nicht, dass er seit dem Unfall nicht berührt wurde und dass er sich zur Zeit des Unfalls nicht selbst auf »aus« gestellt haben kann.«

Ross nickte. »Ich verstehe, was Sie meinen«, sagte er. »Der Motor gab den Geist auf, als der Traktor in den Graben fuhr.«

Als sie den Wagen erreichten, sagte Temple: »Ich würde Crawford im Auge behalten, wenn ich Sie wäre.«

»Er ist ein schlauer Fuchs, Mr. Temple. Männer wie Fred Crawford machen nicht viele Fehler«, antwortete der Sergeant.

»Ich glaube, dass Sie da etwas übersehen haben, Sergeant«, sagte Temple ruhig. »Wenn Sie einen Traktor zum ersten Mal starten, dann lassen Sie ihn für wahrscheinlich fünf oder sechs Minuten auf Benzin laufen, um den Motor warmzukriegen und dann schalten Sie auf Paraffin um. Crawfords Aussage nach war der Traktor von kurz nach zwei Uhr bis zum Unfall um Viertel vor vier am Laufen.«

»Ich weiß nicht, worauf Sie hinaus wollen«, antwortete

der Sergeant.

»Ich will ganz einfach darauf hinaus, dass der Traktor zum Unfallzeitpunkt mit Paraffin gelaufen sein muss«, sagte Temple.

»Ich muss ganz schön beschränkt sein, Mr.Temple, aber was bringt uns das?«, fragte der Sergeant.

Temple lachte.

»Aber Sie haben Crawford doch den Traktor starten gesehen«, sagte er. »Er wurde seit dem Unfall nicht gestartet und trotzdem sprang er wie eine Eins an.«

Der Sergeant schaute ernst.

»Grundgütiger!«, rief er. »Er muss zum Zeitpunkt des Unfalls auf Benzin geschaltet gewesen sein.«

»Tja, Sie können sicherlich keinen Traktor mit Paraffin starten, Sergeant«, meinte der Schriftsteller.

»Was glauben Sie, ist geschehen, Sir?«

»Ich werde Ihnen sagen, was geschehen ist«, sagte Temple. »Morgan startete mit dem Pflügen und wurde von Crawford unterbrochen. Morgan hielt den Traktor an. Es gab einen Streit, in dessen Verlauf Morgan getötet und in den Graben hinuntergebracht wurde. Plötzlich hatte Crawford den Einfall, das Ganze wie einen Unfall aussehen zu lassen. Er ging zurück zum Traktor, aber zu dieser Zeit war der Traktor natürlich wieder kalt und Crawford musste auf Benzin umschalten, um ihn nochmals zu starten. Crawford lenkte den Traktor dorthin, wo er die Leiche hingebracht hatte und fuhr ihn in den Graben.«

»Tja, er hat sicherlich ganze Arbeit geleistet. Es sah genauso wie ein Unfall aus!«, rief der Sergeant.

Paul Temple antwortete ruhig: »Ja, aber auch Männer wie Crawford machen Fehler. Er vergaß darauf, auf Paraffin zurückzuschalten.«

Francis Durbridges Radiospürnasen

von Dr. Georg Pagitz

In der Einleitung wurde schon kurz erwähnt, dass Francis Durbridge mehrere, teils sehr originelle Ermittlerfiguren für seine Hörspielkrimis erfand. Im Folgenden wollen wir uns diese kurz ansehen.

PAUL TEMPLE

Francis Durbridges bekannteste Figur diesbezüglich ist zweifellos jene des renommierten Kriminalschriftstellers Paul Temple, der 1938 in dem achtteiligen BBC-Hörspiel *Send for Paul Temple* das Licht der Welt erblickte. Im dazugehörigen Roman *Send for Paul Temple / Paul Temple und der Fall Max Lorraine* erfahren wir, dass Temple 1898 in Ontario geboren wurde und im Alter von zehn Jahren nach Großbritannien kam, wo er später das Magdalen College in Oxford besuchte. Mitte der 1920er-Jahre heuerte er bei einer Londoner Zeitung an und spezialisierte sich allmählich auf Kriminalberichterstattung. Sein erstes Theaterstück 1929 war mäßig erfolgreich, doch sein 1930 verfasster erster Kriminalroman *Death in the Theatre!* wurde zu einem Bombenerfolg. Diese Biographie wurde später etwas relativiert, denn seinen letzten Fall löste Temple in Romanform im Jahr 1988, wo er obigen Angaben zufolge eigentlich schon 90 Jahre alt gewesen wäre. Temple hingegen alterte nie und war in all seinen Abenteuern immer Anfang, Mitte vierzig. Francis Durbridge selbst widersprach der von ihm erfundenen Biographie mehrfach mit anderen Angaben in späteren Werken und Artikeln.

In seinem ersten Fall lernt Paul auch seine spätere Frau Steve kennen, eine Reporterin, die fortan mit ihm gemeinsam die mysteriösesten Fälle löst. Temple, der gerne trockene Martinis trinkt und in den frühen Abenteuern auch gerne mal

197

eine Pfeife raucht, ist ein Gentleman der alten Schule und versucht ständig seine Frau außer Gefahr zu halten, was ihm allerdings nie gelingt. Bei seinen Ermittlungen ist Paul der Polizei und auch den Ganoven immer einen Schritt voraus und er ist der Einzige, der die Lösung des Falls schon sehr früh ahnt. Seine Kontakte zur Londoner Unterwelt sind gut und er kann somit häufig auf die Hilfe kleiner, fast sympathischer Ganoven zurückgreifen. Er genießt das Vertrauen von Sir Graham Forbes von Scotland Yard, der ihn immer wieder zu Rate zieht (auch wenn er im ersten Fall sehr skeptisch gegenüber dem Kriminalschriftsteller eingestellt ist). Die Figur eines Kriminalschriftstellers mit der eines Detektivs zu verbinden war insofern von Vorteil, als dass sich ein Autor – zumindest theoretisch – seine Zeit frei einteilen kann. Andererseits beschwert sich Temple immer, dass er an einem neuen Buch arbeiten will und am Ende eines Falls schwört er meist, dass dies sein letzter war. Doch seine Faszination für Geheimnisvolles und Rätselhaftes lässt ihn nie los und so schlittert er bald in das nächste Abenteuer.

Die Hörspiele

1. *Send for Paul Temple* (acht Teile, 08.04.1938 – 27.05.1938)
   ⇨ Einstündige Version: *Send for Paul Temple* (13.10.1941)
   Der Kriminalschriftsteller Paul Temple wird zu Hilfe gerufen, als Scotland Yard im Fall des berüchtigten Diamantenfürsten, der auch vor Mord nicht zurückschreckt, nicht weiterkommt.

2. *Paul Temple and the Front Page Men* (acht Teile, 02.11.1938 – 21.12.1938)
   Der Kriminalroman *Die Schlagzeilenmänner* einer unbekannten Autorin ist ein immenser Erfolg. Wenig später geschehen Verbrechen, die anscheinend von eben diesen Schlagzeilenmännern begangen wurden.

3. *News of Paul Temple* (sechs Teile, 13.11.1939 – 18.12.1939)
   ⇨ Einstündige Version: *News of Paul Temple* (05.07.1944)
   Paul Temple macht in Schottland Urlaub. Allerdings scheint dort auch eine geheimnisvolle Spionageorganisation tätig zu sein. Der große Hintermann agiert unter dem Kürzel »Z.4«.

4. *Paul Temple Intervenes* (acht Teile, 30.10.1942 – 18.12.1942)
Der gefährliche »Marquis« hat schon drei Menschenleben auf seinem Gewissen. Niemand kennt ihn und Scotland Yard steht vor einem Rätsel. Das Innenministerium bittet Paul Temple, sich des Falls anzunehmen.

5. *Send for Paul Temple Again* (acht Teile, 13.09.1945 – 01.11.1945)
⇨ Überarbeitete Version: *Paul Temple and the Alex Affair* (1968)
Eine Schauspielerin wurde ermordet in einem Zug aufgefunden. Auf der Abteiltür stand der Name »Rex«. Wer ist der unbekannte Mörder, der nach einer Todesliste zu morden scheint? Ein Fall für Paul Temple.

6. *A Case for Paul Temple* (acht Teile, 07.02.1946 – 28.03.1946)
{Deutsche Fassungen: *Ein Fall für Paul Temple* (1951), *Paul Temple und der Fall Valentine* (2021/22)}
In London wird der Drogenhandel von einem mysteriösen Unbekannten namens »Valentine« organisiert. Wer ist der geheimnisvolle Hintermann? Scotland Yard bittet Paul Temple um Hilfe.

7. *Paul Temple and the Gregory Affair* (acht Teile, 17.10.1946 – 19.12.1946)
{Deutsche Fassungen: *Paul Temple und die Affaire Gregory* (1949/50), *Paul Temple und der Fall Gregory* (2014)}
Ein Mädchen verschwindet spurlos und wird vier Wochen später tot aus der Themse gefischt. Sie wurde erwürgt. Bei ihr fand man die Nachricht »Mit den besten Empfehlungen, Mr. Gregory«. Wer ist dieser Unbekannte? Paul Temple ermittelt und bald geschehen weitere Morde.

8. *Paul Temple and Steve* (acht Teile, 30.03.1947 – 18.05.1947)
Der gefährliche Dr. Belasco hat seine Aktivitäten vom Kontinent nach England verlegt. Der mysteriöse Unbekannte organisiert das Verbrechen und dem Königreich droht eine Kriminalitätswelle ohne Ausmaß. Sir Graham von Scotland Yard bittet Paul Temple um Hilfe.

9. *Mr and Mrs Paul Temple* (21.11.1947)
{Deutsche Fassung: *Paul Temple und der Fall McRoy* (2021/22)}
Auf dem Bahnhof in Mailand treffen die Temples den ehemaligen FBI-Mann McRoy. Dieser hat einen geheimnisvollen Koffer bei sich, den er in die Schweiz bringen soll. Die gemeinsame Zugfahrt endet in

einer Katastrophe.

10. *Paul Temple and the Sullivan Mystery* (acht Teile, 01.12.1947 – 19.01.1948)
Die Temples wollen gerade zu einer Reise nach Kairo aufbrechen, als eine junge Frau bei ihnen auftaucht, und sie bittet, eine Brille – die ein gewisser Mr. Sullivan vergessen hat – mit in die ägyptische Hauptstadt zu nehmen. Von da an sind alle dahinter her und es gibt Tote.

11. *Paul Temple and the Curzon Case* (acht Teile, 07.12.1948 – 25.01.1949)
{Deutsche Fassung: *Paul Temple und der Fall Curzon* (1951/52)}
Zwei Schüler verschwinden auf dem Heimweg. Auch von einem ihrer Freunde fehlt jede Spur. Einziger Anhaltspunkt ist ein Cricketschläger, auf dem der Name »Curzon« steht. Sir Graham Forbes von Scotland Yard bittet Temple um Mithilfe.

12. *Paul Temple and the Madison Mystery* (acht Teile, 12.10.1949 – 30.11.1949)
{Deutsche Fassung: *Paul Temple und der Fall Madison* (1956)}
Auf dem Ozeandampfer aus New York lernen die Temples Sam Portland kennen. Dieser ist auf dem Weg nach Europa, um mehr über seine Herkunft herauszufinden. In London soll ihm ein Privatdetektiv namens Madison helfen. Doch Portland erreicht die Hauptstadt nicht und den Detektiv scheint es nicht zu geben.

13. *Paul Temple and the Vandyke Affair* (acht Teile, 30.10.1950 – 18.12.1950)
{Deutsche Fassung: *Paul Temple und der Fall Vandyke* (1953)}
Mary Desmond wendet sich verzweifelt an Temple: Als sie eines Abends nach Hause kam, waren sowohl ihr Baby als auch die Babysitterin spurlos verschwunden. Alles deutet auf einen mysteriösen Hintermann namens Vandyke hin. Bald gibt es eine Leiche.

14. *Paul Temple and the Jonathan Mystery* (acht Teile, 10.05.1951 – 28.06.1951)
{Deutsche Fassung: *Paul Temple und der Fall Jonathan* (1954)}
Auf dem Rückflug aus den USA lernt Temple die Fergusons kennen, die ihren Sohn in England besuchen wollen. Doch dieser wird in seinem Studentenzimmer brutal ermordet und bis zur Unkenntlichkeit entstellt. Wichtige Spuren sind eine Ansichtskarte und ein Siegelring.

15. *Paul Temple and Steve Again* (08.04.1953)
{Deutsche Fassung: *Paul Temple und der Fall Westfield* (2021/22)}
Paul Temple ermittelt in einem unaufgeklärten Verbrechen. Zunächst stirbt ein Hehler in einem Londoner Hotel, dann führt die Spur nach Cornwall, wo ein Lokalpolitiker von einer Klippe stürzt.

16. *Paul Temple and the Gilbert Case* (acht Teile, 29.03.1954 – 17.05.1954)
{Deutsche Fassung: *Paul Temple und der Fall Gilbert* (1957)}
Brenda Sterling wurde ermordet. Diesmal steht anscheinend auch schon der Täter fest: ihr Freund Howard Gilbert. Dieser wurde bereits verurteilt und soll hingerichtet werden. Doch der Vater der Ermordeten hält ihn für unschuldig und bittet Temple, den Fall nochmals zu untersuchen.

17. *Paul Temple and the Lawrence Affair* (acht Teile, 11.04.1956 – 30.05.1956)
{Deutsche Fassung: *Paul Temple und der Fall Lawrence* (1958)}
Paul und Steve machen Urlaub an der Ostküste. Bei einer Bootsausfahrt wird von einer Klippe auf die beiden geschossen. Zwar kommen die Temples mit dem Schrecken davon, der Bootsführer hat allerdings weniger Glück und wird angeschossen. Als es ihm wieder besser geht, kommt er jedoch ums Leben. Der Tote hinterlässt Temple einen Brief mit einer Adresse: Clive Lawrence, Zermatt. Wer ist dieser Mann?

18. *Paul Temple and the Spencer Affair* (acht Teile, 13.11.1957 – 01.01.1958)
{Deutsche Fassung: *Paul Temple und der Fall Spencer* (1959)}
Wer ist Mr. Spencer? Sein Name fand sich auf einer Karte, die einer Schallplatte beigelegt war und die sich neben einer Leiche fand. Wer hat die Tochter eines Impresarios ermordet? Temple ermittelt.

19. *Paul Temple und der Fall Conrad* (acht Teile, 02.03.1959 – 20.04.1959)
{Deutsche Fassungen: *Paul Temple und der Fall Conrad* (1959/60), *Paul Temple und der Fall Conrad* (1961)}
Die Tochter eines prominenten Londoner Psychiaters verschwindet spurlos aus einem Eliteinternat in Bayern. Verschiedene mysteriöse Vorfälle bringen Paul Temple dazu, sich des Falls anzunehmen. Was hat es mit ein paar geheimnisvollen Cocktailstäbchen auf sich?

20. *Paul Temple and the Margo Mystery* (acht Teile, 01.01.1961 –
16.02.1961)
{Deutsche Fassung: *Paul Temple und der Fall Margo* (1962)}
Die Bekanntschaft eines Amerikaners, die Temple auf der Heimreise
aus den USA macht, steht am Beginn einer Verkettung geheimnisvoller Umstände, die mit Entführung und Mord enden.

21. *Paul Temple and the Geneva Mystery* (sechs Teile, 11.04.1964
– 16.05.1965)
{Deutsche Fassungen: *Paul Temple und der Fall Genf* (1966), *Paul
Temple und der Fall in Genf* (1966, nur vier Teile)}
Ein reicher Londoner Verleger soll bei einem Autounfall in der
Schweiz ums Leben gekommen sein. Mehrere Umstände deuten je-
doch darauf hin, dass der Mann noch lebt. Die Temples, die ohnehin
Urlaub in Genf machen wollten, nehmen sich des Falls an.

22. *Paul Temple and the Alex Affair* (acht Teile, 26.02.1968 –
21.03.1968)
Überarbeitete Fassung von *Send for Paul Temple Again* (1945)
{Deutsche Fassung: *Paul Temple und der Fall Alex* (1968)}
Eine Leiche in einem Zug, der an ein Abteilfenster gekritzelte Name
»Alex« und eine Karte mit dem Namen »Mrs. Trevelyan« werden mit
weiteren Morden und denselben Namen in Verbindung gebracht. Der
Fall führt Paul Temple in das Sprechzimmer eines Psychiaters, in ein
Hafenviertel und in ein Hotel in Canterbury.

ANTHONY SHERWOOD

Francis Durbridge schuf mit der sechsteiligen Radioserie *And
Anthony Sherwood Laughed* (1940/41) einen weiteren interessanten Charakter. Die Titelfigur war Held in mehreren in sich
abgeschlossenen Episoden. Mit Anthony Sherwood erschafft
Durbridge einen Gentlemangauner, der wie eine Art moderner
Robin Hood agiert und es auf die Großen der Unterwelt und
die Reichen abgesehen hat. Ehe diese ihn beseitigen können,
bringt Sherwood sie zur Strecke. Privat lebt Anthony Sherwood immer noch bei seiner Nanny Mrs. Dimble, die für ihn
kocht, sich um das Haus kümmert und ihn wahrscheinlich
auch aufwachsen sah.

Die Hörspielserie: *And Anthony Sherwood Laughed* (sechs in

sich abgeschlossene Episoden, 20.12.1940 – 31.01.1941)
{Deutsche Fassung nur von Episode 1: *Bahn frei für Anthony Sherwood* (1951)}
Anthony Sherwood ist ein Gentleman-Gauner und ein moderner Robin Hood. Er nimmt die Reichen aus, wobei diese es wieder auf ihn abgesehen haben ...

JOHNNY CORDELL

Johnny Cordell ist jetzt beim FBI, war früher aber in der New Yorker Staatsanwaltschaft tätig und sogar mal als amerikanischer Präsidentschaftskandidat im Gespräch. In dem Radiosechsteiler *The Man from Washington* (1941) [dt. Übersetzung: Band 47 *Der Mann aus Washington*] half dieser Durbridge-Held Scotland Yard bei der Eliminierung eines Rauschgiftrings. Jede Episode war in sich abgeschlossen, aber es gab eine Rahmenhandlung, die sich über alle Folgen erstreckte. Durbridge selbst beschrieb den amerikanischen FBI-Ermittler als groß, schlank und ruhig, und verglich ihn mit dem Schauspieler James Stewart. Cordell scheute keine Gefahr und verlor auch in brenzligen Situationen seinen Humor nicht. Mit allerlei gekonnten Tricks entlarvte er ein Mitglied des Drogenrings nach dem anderen.

Die Hörspielserie: *The Man from Washington* (sechs in sich abgeschlossene Episoden mit einem durchgehenden Element, 23.05.1941 – 27.06.1941)
Der amerikanische Gangster Johnny Cordell hilft Scotland Yard bei der Zerschlagung eines Rauschgiftschmugglerrings, wobei in jeder Episode ein Mitglied eliminiert wird.

AMANDA SMITH

Francis Durbridge schuf auch schon sehr früh weibliche Protagonistinnen für eine Radioserie, was damals eher ungewöhnlich und sehr fortschrittlich war. Mit Steve Temple hatte er bereits eine sehr moderne, unabhängige und für ihre Zeit emanzipierte Frau geschaffen. 1941 wiederholte er dies mit der Figur der Amanda Smith in der sechsteiligen Radioreihe *The Girl at the Hibiscus*. Darin war die Tischdame Amanda, die in einem Nachtclub arbeitete, die Titelfigur. Beschrieben

wurde sie als außergewöhnlich schön und von einem unglaub-
lichen Charme. Während in *The Girl at the Hibiscus*
(1941/42) auch nichtkriminalistische, unterhaltsame und in
sich abgeschlossene Geschichten aus dem Londoner Nachtlokal erzählt wurden, stand Amanda in der zwölfteiligen Serie
Death Comes to the Hibiscus im Mittelpunkt einer Morder-
mittlung in ihrem Nachtlokal. Dieses Abenteuer schrieb Durbridge mit entscheidenden Änderungen in der Handlung auch
zu einem gleichnamigen Theaterstück um, das anscheinend
nie aufgeführt wurde (vgl. Band 27: *Der Tod kam ins Hibiscus*).

Die Hörspielserien: *The Girl at the Hibiscus* (sechs Teile,
22.08.1941 – 26.09.1941, unter dem Pseudonym Nicholas Vane, gemeinsam mit Val Gielgud)
Death Comes to the Hibiscus (zwölf Teile, 28.11.1941 – 20.02.1942,
unter dem Pseudonym Nicholas Vane, gemeinsam mit Val Gielgud)
Die Tanzdame Amanda Smith im Nachtclub ›Hibiscus‹ stellt Nachforschungen in einem Mordfall an, der sich dort ereignet hat. Der Mord scheint
mit dem Diebstahl einer Musikkomposition zu tun zu haben.

GAIL CARLTON

In die Welt der Medien entführte das Publikum die nächste
Durbridge'sche weibliche Serienfigur: die Journalistin Gail
Carlton. In *Introducing Gail Carlton* (1942/43) erlebte die
Ehefrau des Geschäftsführers einer Zeitung allerhand (auch
nicht kriminalistische) Abenteuer. Ihrer Rollenlegende nach
unterrichtete Gail zuvor sechs Jahre an der Pariser Universität, gab ihre Lehrtätigkeit auf und ging nach Wien, wo sie für
eine transatlantische Nachrichtenagentur zu schreiben begann.
Als der Zweite Weltkrieg ausbrach, wurde sie Sonderkorres-
pondentin für mehrere amerikanische Zeitungen in Europa.
Durbridge zeichnet hier eine starke Frauenfigur. Die Episoden
sind locker, leicht und unterhaltsam. Eine davon, *Lucky Dan*,
baute er später zu einem einstündigen Paul-Temple-Abenteuer
aus (*Mr and Mrs Paul Temple / Paul Temple und der Fall
McRoy*).

Die Hörspielserie: *Introducing Gail Carlton* (sechs in sich abgeschlossene Episoden, 10.12.1943 – 21.01.1944, unter dem Pseudonym
Nicholas Vane)

Die Abenteuer einer jungen Journalistin, allerdings sind nicht alle Episoden kriminalistisch.

MICHAEL STARR

Michael Starr war der Titelheld in sechsundzwanzig Kurzkrimis der BBC. *Michael Starr Investigates* bot dem Publikum die Chance, mitzuraten, mit welcher Aussage sich der jeweilige Täter verraten hatte. Starr ist befreundet mit Scotland-Yard-Inspektor McCraw, der bei seinen Fällen oft nicht weiterkommt und deshalb Michael einschaltet. McCraw selbst gibt keine gute Figur ab und scheint für seinen Beruf völlig ungeeignet zu sein, was andererseits Michael Starr in ein gutes Licht rückt, da er die Fälle im Handumdrehen lösen kann.

Die Hörspielserie: *Michael Starr Investigates* (sechsundzwanzig in sich abgeschlossene Episoden, 14.02.1944 – 07.08.1944)
Michael Starr hilft seinem Freund von Scotland Yard immer dann, wenn dieser nicht weiterweiß. Kurzkrimis, bei denen das Publikum mitraten konnte, wer der Täter ist, weil dieser sich stets durch ein Detail im Verlauf der Handlung verriet.

ANDRÉ D'ARNELL

Der Franzose André d'Arnell war Titelheld in neun Episoden von *The Memoirs of André d'Arnell* [dt. Übersetzung: Band 42 – *Die Memoiren von André d'Arnell*]. Seine Abenteuer waren ähnlich konstruiert wie jene von Michael Starr und boten dem Publikum die Möglichkeit zum Mitraten. D'Arnell ist ein großes Plappermaul. Er redet so viel, dass ihn seine eigene Frau Lucille von Zeit zu Zeit zum Schweigen bringen muss. Er ist eingebildet und prahlt mit seinen detektivischen Fähigkeiten. Laut eigenen Angaben trägt er einen »ziemlich schönen« Schnurrbart, hat leicht graumeliertes Haar und ist stets elegant gekleidet. Der Franzose ist mit einer neunundzwanzigjährigen Engländerin verheiratet. Das einzige Rätsel, das er nach eigenen Angaben nie in seinem Leben lösen konnte, war, weshalb diese attraktive Frau ausgerechnet ihn geheiratet hat.

Die Hörspielserie: *The Memoirs of André d'Arnell* (neun in sich abgeschlossene Episoden, 09.10.1944 – 18.12.1944)
André d'Arnell, ein Franzose, berichtet aus seiner langjährigen Erfahrung

und über seine spektakulärsten Kriminalfälle.

Wie *Michael Starr Investigates* bestehend aus Kurzkrimis, bei denen man mitraten konnte.

JOHNNY WASHINGTON

Die letzte Radioserienfigur, die Francis Durbridge schuf, war 1949 die des amerikanischen Lebemanns Johnny Washington, der in acht in sich abgeschlossenen Folgen in London auf Kosten von Kriminellen lebt und in Robin-Hood-Manier den Spieß oft umdreht und Scotland Yard ratlos zu rücklässt. Nach dem Erfolg der Radioserie *Johnny Washington Esquire* tauchte die Figur 1951 nochmals als Romanheld in *Beware of Johnny Washington! / Vorsicht vor Johnny Washington* (vgl. Band 14) auf, wo er den mysteriösen »Grauen Elch« – den Anführer einer Verbrecherorganisation – zur Strecke bringen muss.

<u>Die Hörspielserie</u>: *Johnny Washington Esquire* (acht in sich abgeschlossene Episoden, 12.08.1949 – 30.09.1949)
Ein frecher junger Amerikaner dreht in London den Spieß gegen Kriminelle im Stil von Robin Hood um, aber seine Methoden werden von Scotland Yard genau beobachtet und seine Opfer wollen ihn beseitigen.

Die Durbridge-Edition
– Williams & Whiting –

Bei Williams & Whiting sind bisher einundvierzig Bände von Francis Durbridge erschienen. Sämtliche Bücher enthalten eine umfassende Einleitung und ein Nachwort mit vielen Hintergrundinformationen zu Francis Durbridge, den jeweiligen Geschichten und den Produktionsumständen der Verfilmungen bzw. Vertonungen.

Band 1   FRANCIS DURBRIDGE

Stichtag für Harry
Paul Temple und der vorausgesagte Mord
Kriminalroman

Vorwort, Nachwort und Übersetzung: Dr. Georg Pagitz

Ein junger Mann namens Peter Gibson sucht Superintendent Max Christian in Scotland Yard auf. Er berichtet, dass er in einem Café in Hampstead arbeitet und ungewollt bei der Arbeit zwei Frauen belauscht hat. Diese sagten, dass ein gewisser Harry Sherwood den Sechzehnten des kommenden Monats nicht überleben würde. Christian geht der Sache nach, muss aber feststellen, dass nichts von dem, was Gibson erzählt hatte, stimmt. Es gibt weder das Café noch einen Mann dieses Namens. Am Sechzehnten des darauffolgenden Monats wird jedoch in einem Wohnwagen eine Leiche gefunden. Der Täter hat sein Opfer erstochen. Als Superintendent Christian den Toten sieht, glaubt er seinen Augen nicht: Es handelt sich dabei um den angeblichen Peter Gibson, der in Wirklichkeit Harry Sherwood hieß ...

Durbridge schrieb diese Geschichte als Fortsetzungsroman im Jahr 1960. Sie blieb jedoch unveröffentlicht und erscheint nun erstmals posthum.

Der Autor versuchte die Story auch als Filmtreatment deutschen Produzenten anzubieten und schrieb sie später zur Episode für eine *Paul-Temple*-TV-Folge um. Dieses Szenarium ist in dem Buch als *Paul Temple und der vorausgesagte Mord* enthalten, den Abschluss bildet eine Abhandlung über Durbridge und die Temple-TV-Serie.

Band 2   FRANCIS DURBRIDGE

Schritt ins Dunkel
Drehbuch für einen deutschen Spielfilm

Vorwort, Nachwort und Übersetzung: Dr. Georg Pagitz

In Soho geht ein gefährlicher Mörder um, der Barmädchen mit einem Messer tötet. Scotland Yard steht vor einem Rätsel. Zur gleichen Zeit befindet sich der wohlhabende Immobilienmakler Mike Hilton in einer existentiellen Krise: Nach dem Tod seiner Tochter und schwierigen Phasen in seiner Ehe verlässt ihn seine Ehefrau Ruth. Nach einer Reifenpanne nahe einem berüchtigten Pub in Soho lernt er die attraktive Selby Brooks kennen und verliebt sich in sie. Als er die junge Dame wenig später auf einem Hausboot besuchen will, findet er ihre Leiche. Mike Hilton gerät unter Mordverdacht. Zur Tatzeit half er einem kleinen Jungen dabei, dessen Papierdrachen aus einem Baum zu befreien. Doch dieses Alibi ist nichts wert, denn der Junge scheint spurlos verschwunden zu sein und gar nicht zu existieren. Gleichzeitig erfährt Mike von der Polizei, dass nichts von dem, was Selby ihm erzählt hatte, stimmte. Kann er sich aus seinem Teufelskreis befreien und den wahren Täter finden?

Die Hintergrundgeschichte zu diesem verschollenen Drehbuch ist ebenso spannend wie die Kriminalgeschichte selbst. Francis Durbridge verfasste das Skript 1961 und verkaufte es 1962 an einen deutschen Filmproduzenten. Letztlich wurde daraus der Spielfilm *Piccadilly null Uhr zwölf*, der bis auf vier Namen nichts mehr mit der Originalstory zu tun hatte. Im Vor- und Nachwort werden die Hintergründe analysiert und dank erst kürzlich aufgefundener Originalkorrespondenz von Francis Durbridge auch die Umstände und Gründe der Änderungen rekonstruiert.

Band 3 FRANCIS DURBRIDGE

Paul Temple muss her!
Ein Kriminalstück

Vorwort, Nachwort und Übersetzung: Dr. Georg Pagitz

Scotland Yard steht vor einem Rätsel. Eine gefährliche Verbrecherbande verunsichert London durch Kindesentführungen, Lösegelderpressungen und andererseits durch spektakuläre Juwelenraube. Die Ganoven operieren unter dem Namen »Die Schlagzeilenmänner«. Dies ist gleichzeitig der Titel des Romans einer unbekannten Autorin, deren Identität niemand kennt. Nachdem Sir Graham und seine Ermittler nicht weiterkommen, fordern die Zeitungen nach Unterstützung und titeln: »Paul Temple muss her!« Der erfolgreiche Kriminalschriftsteller und Privatermittler schaltet sich daraufhin ein und weiß bald, dass der große Hintermann ein Superverbrecher namens Max Lorraine ist. Aber wer der Verdächtigen versteckt sich hinter diesem Namen? Wer ist der gefährliche Schlagzeilenmann Nummer 1?

Dieses im Jahr 1943 in Birmingham uraufgeführte Theaterstück wurde seither nie mehr gespielt. Der Autor zeigt darin sein ganzes Können und liefert Drehungen, Wendungen und Cliffhanger im Minutentakt. Vier Personen sterben auf der Bühne, ebenso viele Leichen gibt es aus Erzählungen. Die *Birmingham Post* schrieb damals zur Uraufführung: »Leichen fallen aus Aufzügen, Schreie hallen durch die Nacht, aus einem unverdächtig aussehenden Grammophon kommen Schüsse und Blausäure findet ihren Weg in harmlose Whiskyfläschchen. Eigentlich haben wir A oder B als Täter verdächtigt, aber dann war es plötzlich X.« Bei dem Stück handelt es sich um eine geschickte Mischung aus Paul Temples ersten beiden Hörspielabenteuern.

Band 4 FRANCIS DURBRIDGE

Schöne Grüße von Mister Brix
Kriminalroman

Vorwort und Nachwort: Dr. Georg Pagitz

Geheimnisvolle und höchst mysteriöse Umstände haben den Ex-Inspektor Richard Grant und seine Frau Margret dazu veranlasst, vorübergehend wieder in den Dienst von Scotland Yard zu treten. In einem Fischerdorf namens Shorecombe war zuvor die Leiche einer gewissen Barbara Willis, Tochter eines feinen Londoner Hauses, aus dem Meer gezogen worden. Kurz darauf bekam ihr Verlobter Robert Brown eine Diamantenbrosche zugeschickt. Darauf stand: »Schöne Grüße von Mister Brix«. Wenig später finden die Grants in ihrer Garage eine weitere Leiche. Peggy Gillow, die in dem Fall undercover ermittelte, wurde erdrosselt. Auch ihr Vater bekam eine mysteriöse Karte von Mister Brix mit der gleichen sarkastischen Botschaft. Steckt hinter diesem Pseudonym jener gefährliche Ariman, dessen Fall Grant einst bearbeitete? Und wenn ja, wer von den zahllosen Verdächtigen ist dieser Verbrecher?

Durbridge schrieb diesen Kriminalroman 1962 für den deutschen Markt. Er basiert auf dem legendären Hörspiel *Paul Temple und die Affäre Gregory* und erzählt dieses sehr werkgetreu nach, allerdings wurden die Charaktere umbenannt. Wer schon immer wissen wollte, worum es in diesem Fall geht und ihn in voller Länge erleben wollte, kann dies nun endlich tun.

Band **5**   FRANCIS DURBRIDGE
Die gelbe Windmühle
Kriminalroman
Vorwort und Nachwort: Dr. Georg Pagitz
Susan Kelford, die vierjährige Tochter des reichen Sir Cedric Kelford, dem Präsidenten der Londoner Central Bank, wird entführt. Das Mädchen war gerade in einem Londoner Park, als eine kleine gelbe Spielzeugwindmühle ihre Aufmerksamkeit erregte und sie in die Hand ihres Entführers lockte. Dieser zerrte das Kind in seinen Wagen und suchte daraufhin rasch mit seinem Komplizen das Weite. Man fordert 10.000 Pfund Lösegeld von dem Multimillionär Kelford. Inspektor Houston von Scotland Yard macht drei Tage später eine grausige Entdeckung: Sein Sohn Dennis, der in Sir Cedrics Bank arbeitet, sitzt erschossen vor dem Fernsehgerät. In den Bildschirm ist eine gelbe Windmühle eingeritzt ...

Die gelbe Windmühle erschien 1954 als Fortsetzungsroman in England. Im Jahr 1965 verfasste Francis Durbridge eine eigene Fassung für den deutschen Markt, die hier erstmals als Buch vorliegt.

Band **6**   FRANCIS DURBRIDGE
Mitten ins Herz
Der Mann, der das Quiz gewann
Paul Temple und die flüchtige Miss Helvin
Kriminalromane
Vorwort und Nachwort: Dr. Georg Pagitz
Gary Mason, der berühmteste und beliebteste Schauspieler Englands, wird auf dem Gelände eines Londoner Filmstudios erschossen. Wer ist der Täter? Und hatte er tatsächlich Mason als Ziel auserkoren oder war dieser Mord ein Versehen und er galt eigentlich der überaus attraktiven schwedischen Nachwuchsschauspielerin Karin Lund? Diese legt ein seltsames Verhalten an den Tag, vor allem als sie zwei Tage später dem Journalisten Michael Collins begegnet, der Augenzeuge der Tat wurde und sich danach um die junge Frau gekümmert hatte. Diesmal ignoriert Karin den Reporter und ist in Begleitung eines mysteriösen Fremden. Als Journalist Collins in der darauffolgenden Nacht von einem weiteren Mord berichten soll, ist er schockiert, als er in der Leiche Karin Lund wieder erkennt. Sie wurde erstochen ...

Mitten ins Herz wurde 1955 als *The Man Who Beat the Panel* in Großbritannien als Fortsetzungsroman veröffentlicht. Durbridge überarbeitete diese Fassung für den deutschen Markt im Jahr 1962, erweiterte und verbesserte sie um viele Handlungsstränge und machte aus einem Nicht-whodunit einen Whodunit. Später entwickelte er daraus auch ein Skript für die *Paul-Temple*-Fernsehserie namens *The Elusive Miss Helvin*, das aber nie Verwendung fand. In dieser Ausgabe sind neben der deutschen Romanfassung auch erstmals die Übersetzungen der britischen Fortsetzungsgeschichte und des Szenariums enthalten. Titel: *Der Mann, der das Quiz gewann* und *Paul Temple und die vorsichtige Miss Helvin*, beide übersetzt von Dr. Georg Pagitz.

Band **7**   FRANCIS DURBRIDGE
Sie wussten zu viel & Das Gesicht der Carol West
Kriminalromane
Vorwort und Nachwort: Dr. Georg Pagitz
Victor Merton, der Geschäftsführer der Absteige *High Dive* in Belhampton, zieht

beim morgendlichen Schwimmsport die Leiche eines jungen Mädchens aus dem Hotelpool. Julia Nagy, eine aus Ungarn stammende Angestellte und Mister Cooper, ein Privatgelehrter, werden Augenzeugen des Vorgangs. Ein Notizbuch der Toten führt zu einer gewissen Carol West. Außerdem findet sich darin die Telefonnummer von Scotland-Yard-Superintendent Christian Stiller, der die Tote allerdings nicht kannte. Stiller übernimmt die Ermittlungen. Immer wieder wird er in deren Verlauf von einem Anrufer mit sanfter Stimme gewarnt. Wenig später wird auf den Superintendent ein Überfall verübt, kurz darauf ein Anschlag in Scotland Yard. Alle Spuren führen erneut in die zwielichtige Absteige *High Dive ...*

Francis Durbridge hatte diesen Roman 1959 als Fortsetzungsroman für die Zeitschrift *News of the World* geschrieben. 1963 überarbeitete er diesen für den deutschen Markt unter dem Titel *Sie wussten zu viel*, führte viele neue Handlungsstränge und Figuren ein und baute die Geschichte erheblich aus. Diese Ausgabe enthält erstmals beide Fassungen, die deutsche erweiterte Version und die davon erheblich abweichende Originalfassung, die von Dr. Georg Pagitz erstmals unter dem Titel *Das Gesicht der Carol West* ins Deutsche übertragen wurde. In einem Vor- und Nachwort des Übersetzers wird auf die Hintergründe eingegangen sowie auf Durbridges meisterliche Fähigkeiten, alte Stoffe wiederzuverwerten.

Band **8**   FRANCIS DURBRIDGE
Paul Temple und der Fall Valentine
Skript für ein achtteiliges Hörspiel
Vorwort, Nachwort, Übersetzung: Dr. Georg Pagitz

London, 1946: Seit einigen Wochen wird das Westend von einer geheimnisvollen Selbstmordserie junger Frauen erschüttert. Scotland Yard ist ratlos und kann nur herausfinden, dass es wohl um Drogen und einen geheimnisvollen Hintermann namens »Valentine« geht. Für Sir Graham Forbes ist eines klar: Das ist ein Fall für Paul Temple! Der bekannte Detektiv und Schriftsteller ist zunächst jedoch gar nicht daran interessiert. Erst als eine junge Frau spurlos aus seinem Wagen verschwindet, lässt er sich doch überreden. Dann geht alles blitzschnell: Auf die Temples wird im eigenen Schlafzimmer ein Mordanschlag verübt, eine geheimnisvolle Botschaft führt Paul und Steve zu einem mysteriösen Kapitän in eine Kneipe am Fluss und schließlich findet sich eine deutliche Warnung von Valentine bei einer Leiche in einer Zahnarztpraxis. Es gibt zahllose Verdächtige und undurchsichtige Gestalten und der gefährliche Unbekannte schlägt immer wieder zu.

Dieses Buch beinhaltet das vom englischen Originalmanuskript übersetzte Temple-Abenteuer, das 2021/22 Grundlage für die neue Pidax-Hörspielproduktion Paul Temple und der Fall Valentine war. In einem Vor- und Nachwort des Übersetzers werden interessante Hintergrundinfos geliefert. Außerdem wird auf die unterschiedlichen Versionen, die im Laufe der Jahre von diesem Stoff entstanden sind, eingegangen.

Band **9**   FRANCIS DURBRIDGE
Zwei Fälle für Paul Temple: McRoy/Westfield
Zwei einteilige Hörspiele
Vorwort, Nachwort, Übersetzung: Dr. Georg Pagitz

Der Fall McRoy: Paul Temple und Steve sind in Italien und befinden sich gerade auf der Weiterreise in die Schweiz, als sie auf dem Mailänder Bahnhof zufällig den Ex-Ermittler Harry McRoy treffen. Gemeinsam tritt man die Weiterfahrt an. Im Zug erzählt Harry von einem rätselhaften Auftrag und bittet Paul, einen Koffer mit geheimnisvollem Inhalt an Sir Graham Forbes zu überbringen, wenn ihm etwas zusto-

ßen sollte. Ehe man Basel erreicht, überschlagen sich die Ereignisse und es gibt Tote.
Der Fall Westfield: Vor Jahren wurde aus dem Hause des Herzogs von Westfield Schmuck im Wert einer Dreiviertelmillion Pfund gestohlen. Es gab keine Spuren und Scotland Yard legte den Fall damals auf Eis. Paul Temple interessiert sich für die Sache, zumal es bald auch eine neue Spur zu geben scheint, als man in einem Londoner Hotel eine Leiche findet. Bei den Sachen des Toten werden ein Fahrschein für eine Fähre und ein Rezept eines gewissen Dr. Schumann gefunden. Temple geht der Sache nach ...

Dieses Buch enthält die beiden Originalmanuskripte zu den 2021/22 neu produzierten Temple-Hörspielen von Pidax und HNYWOOD. In einem umfangreichen Vorwort werden die Hintergründe beleuchtet, zudem enthält dieser Band vollständige Stab- und Besetzungslisten sämtlicher Adaptionen und einige exemplarische Beispiele, wie im Fall McRoy dramaturgische Anpassungen vorgenommen wurden.

Band **10**   FRANCIS DURBRIDGE
Paul Temple und der Fall Dr. Belasco
Skript für ein achtteiliges Hörspiel
Vorwort, Nachwort, Übersetzung: Dr. Georg Pagitz
Als Paul und Steve nach einem Tanzabend anlässlich Steves Geburtstag nach Hause kommen, werden sie schon von Sir Graham erwartet. Dieser hat Philip Kaufman von der Kopenhagener Polizei mitgebracht. Sie erklären, dass der berüchtigte Dr. Belasco seine Aktivitäten vom Kontinent nach England verlegt hat. Niemand kennt das Gesicht dieses gefährlichen Mannes, der das Verbrechen organisiert und für Schutzgelderpressungen aber auch Mord verantwortlich ist. Sir Graham und Kaufman bitten Temple um Hilfe. Bald schon soll der Kanadier Ross Morgan in England ankommen. Er ist ein Handlanger Dr. Belascos. Temple soll ihn im Auge behalten, doch dann gibt es einen unerwarteten Zwischenfall: Bei der Zugfahrt nach London kommt es zu einem Unfall und Morgan stirbt. Der Kanadier kann Temple jedoch noch einen wichtigen Hinweis geben. Bei seinen Sachen findet Temple ein Feuerzeug. Dieses ähnelt jenem, das Steve an ihrem Geburtstag irrtümlich von einem Mr. Nelson eingesteckt hat ...

Francis Durbridge verfasste *Paul Temple and Steve*, so der Originaltitel dieses in der Chronologie gesehenen achten Falls, im Jahr 1947. Dieser band enthält ein informatives Vorwort, einen Artikel über die Paul-Temple-Comic-Serie und Francis Durbridges für die Radio Times geschriebene Einleitung zu dem Fall.

Band **11**   FRANCIS DURBRIDGE
Paul Temple und die Marquis-Morde
Kriminalroman
Vorwort, Nachwort, Übersetzung: Dr. Georg Pagitz
In London sorgt ein skrupelloser Mörder, der sich »Der Marquis« nennt, für Angst und Schrecken. Ein halbes Dutzend Personen – lauter renommierte Damen und Herren – musste schon ins Gras beißen und kein Ende ist in Sicht. Scotland Yard in Form von Sir Graham Forbes ist ratlos. Doch diesmal ist es nicht der Chefkommissar, der Paul Temple um Hilfe bittet, sondern das Innenministerium. Ein anonymer Brief des Marquis an Temple sorgt schließlich dafür, dass sich der schreibende Detektiv in die Ermittlungen einschaltet. Er trifft eine Privatdetektivin, die dem großen Unbekannten auf der Spur ist. Doch auch sie wird wenig später tot aus der Themse gezogen. Alle Spuren führen zu einem Ägyptologen namens Sir Felix Reybourn. Ist er der Marquis? Und wenn nicht, wer von den zahlreichen Verdächtigen ist es dann? Temp-

le und seine Frau Steve setzen sich zahllosen Gefahren aus, ehe Paul den gefährlichen Mörder endlich überführen kann ...

Dieser Krimi ist der letzte nicht übersetzte Paul-Temple-Roman und erscheint nun erstmals in deutscher Sprache – fast 80 Jahre nach seinem Entstehen! Ein packender, typischer Temple voller Cliffhanger, Drehungen und Wendungen, verdächtiger Figuren und natürlich mit der obligatorischen Cocktailparty. Das Buch enthält eine informative Einleitung und ein umfassendes Nachwort, in dem die multimediale Auswertung des Stoffs, der auf einem Durbridge-Hörspiel von 1942 beruht, beleuchtet wird. 1952 entstand auch eine Verfilmung mit John Bentley und Christopher Lee.

Band **12**   FRANCIS DURBRIDGE
Die Anhalterin
Kriminalroman
Vorwort, Nachwort, Übersetzung: Dr. Georg Pagitz

Der Spielwarenfabrikant David Walker nimmt in seinem eleganten Wagen eine hübsche junge Anhalterin namens Judy Clayton mit. Als das Benzin ausgeht, macht sich Walker zu Fuss auf den Weg zu einer Tankstelle. Als er zurückkommt, ist die junge Frau spurlos verschwunden. Einige Tage später taucht Kriminalinspektor Denson bei Walker auf und teilt ihm mit, dass Judy nur wenige Meter von der Stelle, an der David die Panne hatte, ermordet aufgefunden wurde. Zahlreiche Indizien deuten darauf hin, dass Walker die Frau schon länger kannte, obwohl dieser das bestreitet. Im Laufe der Ermittlungen gibt es weitere Tote und neben einem Lippenstift spielen auch ein Schlüsselbund und eine Sofortbildkamera eine wichtige Rolle ...

Dieser Kriminalroman aus dem Jahr 1977 liegt erstmals in einer deutschen Übersetzung vor. Er basiert auf Francis Durbridges Originaldrehbuch zu dem 1971 gedrehten BBC-Dreiteiler *The Passenger*, der synchronisiert unter dem Titel *Die Spur mit dem Lippenstift* ausgestrahlt wurde. Im ausführlichen Vor- und Nachwort des Übersetzers wird auf die Entstehungsgeschichte eingegangen und auch erklärt, wieso 1971 in der BRD keine deutsche Verfilmung dieses Stoffs entstand. Auszüge aus Durbridge-Interviews, Hintergründe über die Miniserie und deren französische Adaption sowie ein 2015 geführtes, exklusives Interview mit dem Regisseur Michael Ferguson, der *The Passenger* inszenierte, runden diesen Band ab.

Band **13**   FRANCIS DURBRIDGE
Die Frau im Hintergrund
Kriminalroman
Vorwort, Nachwort, Übersetzung: Dr. Georg Pagitz

Torcombe, an der Küste von Cornwall. Der ehemals als Kriminalreporter in der Fleetstreet tätige Roy Burton hat sich hierher zurückgezogen, um an einem Buch zu arbeiten. Er lebt in einer einfachen Hütte an der Küste. Eines Tages nähert er sich bei einem Spaziergang einer verlassenen Zinnmine und wird niedergeschlagen. Als er wenig später erwacht, erzählt ihm eine gewisse Karen Silvers, dass er sich in der Mine befinde. Sie leitet dort ein geheimes wissenschaftliches Projekt der Regierung. Es geht um den Bau einer Atomrakete, die so stark ist, dass sie ganz London oder New York zerstören könnte. Die Wissenschaftlerin erklärt, dass die Arbeiter in der Mine allerdings nichts davon wissen oder nur so viel als nötig. In der Umgebung scheint sich der gefährliche Kriminelle Fabian Delouris zu befinden, der schon einen Mitarbeiter entführt hat. Gemeinsam mit gefährlichen deutschen Ex-Nazis will er die Rakete stehlen und damit die Weltherrschaft erlangen. Karen und ihr Vorgesetzter Leyland, bitten Roy daraufhin um seine Mithilfe bei der Bekämpfung der Organisation. Bald darauf werden auf Roy mehrere Mordversuche verübt und die Ehefrau und

Tochter eines Pubbesitzers verschwinden spurlos.

Die Frau im Hintergrund stellt unter mehreren Gesichtspunkten eine Besonderheit dar und liegt erstmals in deutscher Übersetzung vor. So ist es der einzige Kriminalroman von Francis Durbridge, der nicht nach dem Whodunit-Muster gestrickt und in dem der Täter von Anfang an bekannt ist. Eine spannende Abenteuergeschichte, in der die beiden Protagonisten gegen eine gefährliche, aus brutalen Nazis bestehende Organisation kämpfen, die die Weltherrschaft mit einer Atomrakete erzwingen will. Eine für den Autor untypische, aber spannende Geschichte mit interessanten und überraschenden Wendungen. Das Buch enthält ein Vorwort mit Hintergrundinformationen. Im Anhang werden sämtliche Bücher und Kurzgeschichten von Francis Durbridge aufgelistet und dessen Wirken als Romanautor beleuchtet. Inhaltsangaben und weitere Infos zu allen Romanen und Kurzgeschichten runden diese Ausgabe ab.

Band **14**   FRANCIS DURBRIDGE
Vorsicht vor Johnny Washington!
Kriminalroman
Vorwort, Nachwort, Übersetzung: Dr. Georg Pagitz

Johnny Washington ist ein junger amerikanischer Gentleman, der nach Kent gezogen ist, um das Leben zu genießen. Eigentlich will er nur dem süßen Nichtstun nachgehen und seine Zeit mit Fischen verbringen, doch eine Serie von Verbrechen ruft ihn auf den Plan. Eine Bande Krimineller verübt diese nämlich unter seinem Namen und lässt am Tatort Visitenkarten mit dem Aufdruck »Mit besten Grüßen von Johnny Washington« zurück. Das kann der Amerikaner nicht auf sich sitzen lassen. Die Zeitungsreporterin Verity Glyn ermutigt Johnny dazu, sich auf den Fall zu stürzen. Gemeinsam mit dem geheimnisvollen Horatio Quince, einem pensionierten Lehrer, jagt er den mysteriösen Hintermann, der die Morde und Verbrechen organisiert und der sich hinter dem Decknamen »Grauer Elch« versteckt.

Die Geschichte dieses Romans hat Francis Durbridge von seinem ersten Temple-Abenteuer entlehnt und sie überarbeitet. Neuer Protagonist ist Johnny Washington, der Held einer seiner Radioserien.

Band **15**   FRANCIS DURBRIDGE
Zwanzig Minuten von Rom
Drehbuch für einen Fernsehkriminalfilm
Vorwort, Nachwort, Übersetzung: Dr. Georg Pagitz

Zwanzig Minuten von Rom entfernt liegt der Ort Tolero. Welche Rolle spielt er in einem mysteriösen Fall, in den der Wissenschaftler Geoffrey Ryder verwickelt ist? Der Mann steht unter Mordverdacht und besteht darauf, Alan Quinton vom MI5 zu sprechen. Nur ihm will er seine ganze Geschichte erzählen. Den Mann, den er ermordet haben soll, Walter Smedley, lernte er in einem teuren Pariser Nachtclub kennen. Er half ihm dort aus der Bredouille, woraufhin Smedley ihm anbot, während seiner eigenen Abwesenheit in seiner Londoner Wohnung unterzukommen. Ryder nimmt dankend an. Das ist der Beginn einiger mysteriöser Ereignisse. Welche Rolle spielt das goldene Zigarettenetui, das Smedley unbedingt wiederhaben will? Und warum befanden sich auf einem Mikrofilm Fotos von einer Fahrkarte für den Schlafwagen nach Rom und eine Aufnahme einer Landkarte, auf der der Ort Tolero eingezeichnet ist und auf der oberhalb handschriftlich die Notiz »Zwanzig Minuten von Rom« gemacht wurde?

Dieses unverfilmte Drehbuch stammt aus dem Jahr 1954. Es handelt sich dabei um eine ganz typische Francis-Durbridge-Geschichte mit jeder Menge Verwirrungen.

Der Autor beweist hier, dass er nicht nur serielles Erzählen beherrscht, sondern auch innerhalb eines 90-Minuten-Films sein Publikum ganz schön raffiniert verwirren kann. Als übliche Zutaten gibt es einige überraschende Wendungen und die üblichen mysteriösen Gegenstände, wie ein goldenes Zigarettenetui und einen Mikrofilm, auf dem sich unerklärliche Fotografien befinden.

| Band 16 | FRANCIS DURBRIDGE |

Das zerbrochene Hufeisen
Drehbuch für einen sechsteiligen Kriminalfilm
Vorwort, Nachwort, Übersetzung: Dr. Georg Pagitz

Dr. Mark Fenton behandelt im Londoner St.-Matthews'-Krankenhaus einen Mann namens Charles Constance. Er wurde bei einem Autounfall schwer verletzt, der Lenker beging Fahrerflucht. Constance liegt noch im Koma, als plötzlich eine gewisse Miss Freeman bei Fenton auftaucht, die sich für den Gesundheitszustand des Opfers interessiert. Als Constance erwacht, behauptet er, diese Frau nicht zu kennen. Noch erstaunter ist er über das zerbrochene Hufeisen, das sich auf einem Blumengesteck befindet, das sie ihm mitgebracht hat. Als der Mann wenig später entlassen wird und nicht zur Kontrolluntersuchung erscheint, stellt Fenton einen Brief zu, den Constance bei ihm hinterlassen hat. Dabei entdeckt er in einem Appartement die Leiche von Mr. Constance. Auf dem Spiegel befindet sich ein gemaltes zerbrochenes Hufeisen.

Mit dem Drehbuch zu diesem Sechsteiler legte Francis Durbridge 1952 den Grundstein als erfolgreicher Fernsehkrimiautor. Es war die erste von insgesamt zwanzig mehrteiligen Serien für die BBC, elf davon wurden auch in Deutschland verfilmt. *Das zerbrochene Hufeisen* war nicht darunter und erlebt somit seine deutschsprachige Premiere.

| Band 17 | FRANCIS DURBRIDGE |

Operation Diplomat
Drehbuch für einen sechsteiligen Kriminalfilm
Vorwort, Nachwort, Übersetzung: Dr. Georg Pagitz

Der renommierte Arzt Dr. Mark Fenton wird von einer Unbekannten gebeten, einen Patienten zu behandeln. Fenton steigt in einen Krankenwagen ein und stellt fest, dass der Wagen leer ist. Ein weiterer Mann mit Pistole sitzt darin und erklärt, es handle sich um eine wichtige Operation. Die Reise, die Fenton in dem verdunkelten Wagen absolviert, dauert mehrere Stunden. Er wird in eine mysteriöse Villa gebracht wird. Dort ist in einem Raum ein Operationssaal aufgebaut worden und ein Deutscher namens Schröder erklärt, dass ein kranker Mann dringend operiert werden müsse. Es handelt sich dabei um den bekannten Diplomaten Sir Oliver Peters, der seit einiger Zeit spurlos verschwunden ist. Der Patient spricht im Fieber von einem »Goldenen Tal«. Assistiert wird Fenton von einer bildhübschen Krankenschwester. Nach der erfolgreichen Operation verliert er das Bewusstsein.

Operation Diplomat hat Durbridges ersten TV-Serienhelden zum Protagonisten, den Mediziner Dr. Mark Fenton, der bereits in *Das zerbrochene Hufeisen* ermittelte. Das Drehbuch entstand 1952 für einen Sechsteiler der BBC, der wie alle anderen Krimis von Francis Durbridge zum Straßenfeger avancierte.

| Band 18 | FRANCIS DURBRIDGE |

Die Teckman-Biographie
Drehbuch für einen sechsteiligen Kriminalfilm
Vorwort, Nachwort, Übersetzung: Dr. Georg Pagitz

Philip Chance, ein junger Schriftsteller erhält einen interessanten Auftrag: Er soll eine Story über Martin Teckman schreiben. Dieser junge Testpilot ist angeblich bei der Erprobung eines neuen Flugzeugmodells verunglückt. Bei seinen Nachforschungen lernt Philip die Schwester Teckmans kennen, die junge und besonders attraktive Helen. Von da an ereignen sich seltsame Dinge, die darauf schließen lassen, dass sich irgendjemand von Teckmans Nachforschungen enorm gestört fühlt. Nicht nur, dass Gangster in seine Wohnung einbrechen, wenig später wird dort auch ein Mann ermordet aufgefunden. Es handelt sich dabei um den Konstrukteur des Versuchsflugzeugs, Mr. Garvin. Wenig später kommt es zu einem weiteren Mord: Ein Informant, der wichtige Informationen beschaffen wollte, wird ebenso von dem großen Unbekannten beseitigt ...

Die Teckman-Biographie erscheint erstmals auf Deutsch und ist die Übersetzung des gleichnamigen Drehbuchs von Francis Durbridge zu dessen dritten Fernsehmehrteiler. Neben einem interessanten Vor- und Nachwort, in dem auch auf den Kinofilm eingegangen wird, enthält das Buch außerdem ein exklusives Interview mit Alvin Rakoff, der den Mehrteiler 1953/54 im Alter von nur 26 Jahren inszenierte.

Band **19**   FRANCIS DURBRIDGE
Paul Temple und der Fall Z.4
Skript für ein sechsteiliges Hörspiel
Vorwort, Nachwort, Übersetzung: Dr. Georg Pagitz
Paul Temple schreibt für die bekannte Schriftstellerin Iris Archer ein Theaterstück. Wenige Tage vor der Aufführung des Stücks tritt Iris von der Rolle zurück. Als sich Paul und Steve nach Schottland begeben, um dort Urlaub zu machen, sind beide überrascht, dort auch Iris anzutreffen. Hat ihr plötzliches Auftauchen etwas mit dem geheimnisvollen Brief zu tun, den ein aufgeregter junger Mann Paul Temple übergeben hat, mit der ausdrücklichen Anweisung, ihn John Richmond zu übergeben? Was hat der rätselhafte Dr. Steiner mit den Ereignissen zu tun? Und wer verbirgt sich hinter dem Codenamen Z.4? Auch im Urlaub ist Temple auf der Spur einer geheimnisvollen Spionageorganisation, die vor Mord nicht zurückschreckt.

News of Paul Temple, so der Originaltitel dieses Hörspiels, wurde 1939 ausgestrahlt. Das Manuskript dazu galt lange als verschollen, kann nun jedoch erstmals mit vielen Hintergrundinformationen auf Deutsch veröffentlicht werden.

Band **20**   FRANCIS DURBRIDGE
Paul Temple und der Fall Sullivan
Skript für ein achtteiliges Hörspiel
Vorwort, Nachwort, Übersetzung: Dr. Georg Pagitz
Joyce Raymond wendet sich mit einer Bitte an Paul Temple, der gerade nach Kairo reisen will. Er möchte doch einem Mann namens Richard Sullivan, der dort bei einer Ölgesellschaft arbeitet, seine Brille mitzunehmen, die er bei ihr vergessen hat. Temple will der jungen hübschen Dame diesen Gefallen gerne tun und akzeptiert. In Plymouth, wo die Temples am nächsten Tag übernachten, erfährt der Kriminalschriftsteller schließlich, dass Miss Raymond ermordet wurde. Nicht genug damit, auch im Nebenzimmer der Temples findet sich eine Leiche. Von da an bemühen sich alle Personen, die den Temples auf der Reise nach Kairo über Süditalien begegnen um die mysteriöse Brille, an der allerdings von der Polizei nichts Seltsames festgestellt werden kann ...

Dieses spannende Originalmanuskript erscheint erstmals auf Deutsch und stammt aus dem Jahr 1947. Die BBC-Aufnahmen aus den Jahren 1947/48 existieren nicht mehr, weshalb der britische Sender 2006 ein Remake produzierte. *Paul Temple und der Fall Sullivan* führt die Temple-Fangemeinde weit weg von der Themse: Durbridge beweist, dass seine Storys auch in Süditalien und Ägypten bestens funktionieren.

Band **21**　　　FRANCIS DURBRIDGE
Das Messer
Drehbuch für einen dreiteiligen Kriminalfilm
Vorwort und Nachwort: Dr. Georg Pagitz

Spezialagent Jim Ellis soll den Mord an einer Mitarbeiterin des Secret Service aus Hongkong klären, deren Leiche in einem walisischen Ort aufgefunden wurde. Alle Spuren führen in das Hotel Ivanhoe, das einer gewissen Mrs. Corby gehört. Dort hat die Ermordete zuletzt gelebt. Ellis bekommt es mit einer Vielzahl von Verdächtigen und einem Mörder zu tun, der für seine Taten einen chinesischen Dolch verwendet...

Diese Ausgabe gibt das Originaldrehbuch zu dem legendären deutschen Krimimehrteiler *Das Messer* von 1971 wieder, den Rolf von Sydow mit Hardy Krüger in der Titelrolle inszenierte. Die Edition enthält außerdem ein umfangreiches Vor- und Nachwort, in dem erstmals die Produktionsgeschichte dieses Straßenfegers erzählt wird.

Band **22**　　　FRANCIS DURBRIDGE
Tim Frazer und das Rätsel von Melynfforest
Drehbuch für einen sechsteiligen Kriminalfilm
Vorwort, Nachwort, Übersetzung: Dr. Georg Pagitz

Tim Frazer erhält einen neuen Auftrag. Dieser führt ihn in das beschauliche Melynfforest in Wales, wo die Polizei den Mord an Elaine Bradford untersucht. Charles Ross informiert seinen Mitarbeiter zunächst darüber, dass die Ermordete eigentlich Thackeray hieß und für seine Auslandsabteilung in Hongkong arbeitete. Aber was tat sie in Wales und warum wurde sie ermordet? Die Spuren führen in ein Hotel namens St. Bride. Elaine Bradford (oder besser gesagt: Miss Thackery) verbrachte dort die letzten Tage ihres Urlaubs. Im Verlauf der Ermittlungen spielen ein Brieföffner, ein walisisches Volkslied und ein verschwundener deutscher Wissenschafter namens Kurt Lander eine wesentliche Rolle. Die meisten Verdächtigen sind außerdem im Umkreis von Mrs. Chrichtons Hotel zu finden.

Dieses Buch enthält erstmals in deutscher Übersetzung das Drehbuch zum dritten Tim-Frazer-Abenteuer, das zwar in England, aber nicht in der BRD produziert wurde. Francis Durbridge überarbeitete den Stoff erheblich, änderte Figuren und Ende und machte daraus den 1971 gedrehten Krimiklassiker *Das Messer*. Dank der vorliegenden Ausgabe können Fans erstmals die Urfassung mit der deutschen Variante vergleichen. Das Buch enthält ein informatives Vor- und Nachwort sowie als Bonus das von Durbridge für das Kino geschriebene, unverfilmte Treatment *Tim Frazer und die Melvin-Affäre.*

Band **23**　　　FRANCIS DURBRIDGE
Porträt von Alison
Kriminalroman
Vorwort, Nachwort, Übersetzung: Dr. Georg Pagitz

Der Bruder des renommierten Kunstmalers Greg Forrester verunglückt bei einem Autounfall in Italien tödlich. Auch seine Beifahrerin, die bildhübsche Schauspielerin Alison Ford überlebt das Unglück nicht. Wenig später erscheint ihr Vater in Gregs

Atelier und bittet den Maler, ein Gemälde von Alison anzufertigen. Von da an überschlagen sich die Ereignisse: Das Modell Jill Stewart wird erwürgt im Kleid der verunglückten Alison in Gregs Wohnung aufgefunden. Der Maler gilt daraufhin als Hauptverdächtiger und befindet sich in einem Teufelskreis. Im Laufe des Falls spielen eine Postkarte, eine Weinflasche und ein Name eine wesentliche Rolle.

Dieser Kriminalroman aus dem Jahr 1962 basiert auf einem sechsteiligen Fernsehkrimi von Francis Durbridge aus dem Jahr 1955, der auch für das Kino verfilmt wurde. Erstmals erscheint das Buch, das zuletzt 1967 auf Deutsch aufgelegt wurde, in einer ungekürzten Neuübersetzung mit zahlreichen Hintergrundinformationen und einem Vergleich mit Fernsehspiel und Kinofilm.

Band **24**   FRANCIS DURBRIDGE
Mein Freund Charles
Kriminalroman
Vorwort, Nachwort, Übersetzung: Dr. Georg Pagitz
Der renommierte Arzt Dr. Howard Latimer erhält einen Anruf von seinem Freund Charles Kaufmann. Der Filmproduzent bittet den Mediziner, eine deutsche Schauspielerin namens Frieda Veldon vom Flughafen abzuholen. Das ist der Beginn eines Teufelskreises, in den sich Latimer immer tiefer verstrickt. Wenig später wird die Darstellerin ermordet in seiner Wohnung aufgefunden. Erschlagen wurde sie mit einem bronzenen Kerzenhalter, der sich ausgerechnet in Latimers Wagen findet. Dann stellt sich heraus: Charles Kaufmann hat nie angerufen und der einzige Zeuge, der Latimer entlasten könnte, scheint nicht zu existieren …

Dieser Kriminalroman aus dem Jahr 1963 basiert auf einem sechsteiligen Fernsehkrimi von Francis Durbridge aus dem Jahr 1956, der 1957 auch für das Kino unter dem Titel *Interpol ruft Berlin* verfilmt wurde. Erstmals erscheint das Buch, das zuletzt 1967 auf Deutsch aufgelegt wurde in einer ungekürzten Neuübersetzung mit zahlreichen Hintergrundinformationen. Wer die Kunstfertigkeit von Francis Durbridge kennenlernen oder verstehen will, dem sei die Lektüre dieses Krimis ans Herz gelegt. *Mein Freund Charles* ist der Inbegriff dessen, was den britischen Autor ausmacht: Überraschungen im Minutentakt, ständige Drehungen und Wendungen und ein Protagonist in einem Teufelskreis. Wahrscheinlich Durbridges bester Roman!

Band **25**   FRANCIS DURBRIDGE
Dreimal Tod im Radio:
Mord in der Botschaft / Mr. Lucas / Die Caspary-Affäre
Originalhörspielmanuskripte
Vorwort, Nachwort, Übersetzung: Dr. Georg Pagitz
Mord in der Botschaft: In der Botschaft von Westovia geschieht in der Bibliothek während eines Balls ein Mord. Opfer ist General Rostard, der Premierminister und Dikator des mit Falkenstein verfeindeten Landes. Einige der Ballgäste hätten einen guten Grund gehabt, den Mann zu töten. Ein Mitarbeiter des Außenministeriums glaubt die Wahrheit zu kennen …
Mr. Lucas: In England treibt ein berüchtigter Hehler sein Unwesen, dessen Gesicht niemand kennt. Die Polizei hat herausgefunden, dass ein Mittelsmann namens Sterne ihm eine wertvolle Kette überbringen sollte. Der Ganove wird geschnappt und Inspektor Crawley übernimmt dessen Part. Er weiß nur, dass er sich unter der Identität eines Mr. Lucas in einen Zug setzen und darauf warten soll, dass man ihn kontaktiert.
Die Caspary-Affäre: In einem Sanatorium in der Schweiz erzählt der Schauspieler Samuel Brent seinem Arzt die Geschichte von einer tödlichen Affäre. Darin invol-

viert sind sein Freund Sir Edward, eine Schauspielerin und ein Pianist. Wer von den zahlreichen auftretenden Personen wird wen am Ende töten? Und warum?

Dieser 25. Band der Durbridge-Edition von Williams & Whiting enthält die Hörspielmanuskripte zu drei spannenden Whodunits aus den Jahren 1937, 1945 und 1946 erstmals in deutscher Übersetzung. *Mord in der Botschaft* ist der älteste erhaltene Durbridge-Krimi überhaupt, der Autor war beim Abfassen erst 24 Jahre alt.

Das Buch enthält neben einem ausführlichen Vorwort auch eine umfangreiche Übersicht über sämtliche Hörspielkrimis von Francis Durbridge.

Band 26   FRANCIS DURBRIDGE
Ein Fall für Sexton Blake
Skript für ein sechsteiliges Hörspiel
Vorwort, Nachwort, Übersetzung: Dr. Georg Pagitz

Im abgelegenen Schloss Saint Marguerite auf einer einsamen Insel im See geht der Schrecken um: Der Mann mit der eisernen Maske, das Familiengespenst der Familie Marthioly, scheint wieder auferstanden zu sein. Ein Mitglied der Marthiolys wurde bereits getötet. Meisterdetektiv Sexton Blake wird vom Neffen des Ermordeten um Hilfe gebeten. Blake und sein Assistent Tinker machen interessante Entdeckungen wie beispielsweise einen unterirdischen Geheimgang. Bald stehen sie auch dem gefährlichen Mann mit der eisernen Maske gegenüber ...

Sexton Blake war im englischsprachigen Raum einer der populärsten Detektive. Er entstand im Fahrwasser von Sherlock Holmes und erlebte über beinahe 100 Jahre seine Abenteuer, die von den verschiedensten Autoren verfasst wurden. 1940 schrieb Francis Durbridge diese sechsteilige Radioserie mit dem beliebten Protagonisten und vereinte dort seine typischen Drehungen und Wendungen mit einem gelungenen Whodunit, der in vielen Aspekten an sein großes Vorbild Edgar Wallace erinnert. Das Buch enthält als Bonus das Manuskript zum Kurzkrimi *Der Knappe* und ein elfseitiges Interview mit Francis Durbridge.

Band 27   FRANCIS DURBRIDGE
Der Tod kommt ins Hibiscus
Kriminalstück
Vorwort, Nachwort, Übersetzung: Dr. Georg Pagitz

Der Nachtclub *Hibiscus* im Londoner West End steht unter der neuen Leitung von Hugo Bismarck und Amanda Smith. Hugo beschließt als erstes, das Lokal von den bisherigen Schwarzmarktgeschäften zu befreien. Dies führt zu Morden und jeder Menge Chaos und der Erkenntnis, dass im Hibiscus nicht alles so ist, wie es auf den ersten Blick zu sein scheint.

Dieses Theaterstück aus dem Jahren 1942/43 wurde nie aufgeführt und war neben *Paul Temple muss her!* Durbridges frühestes Bühnenwerk. Der Brite wollte Zeit seines Lebens für die Bretter, die die Welt bedeuten, schreiben, avancierte aber erst in seiner späten Schaffensphase zum erfolgreichen Dramatiker.

Der Tod kommt ins Hibiscus basiert auf einem zwölfteiligen Radiokrimi der BBC, erfuhr jedoch zahlreiche Änderungen im Plot. Durbridge verfasste das Stück unter dem Pseudonym Nicholas Vane. Als Co-Autor agierte der vielseitige Regisseur, BBC-Produzent und Schriftsteller Val Gielgud.

Band 28   FRANCIS DURBRIDGE
Paul Temple: Mord in Serie
Drehbücher und Manuskripte für die TV-Serie
Vorwort, Nachwort, Übersetzung: Dr. Georg Pagitz

Die BBC produzierte (später in Koproduktion mit Taunus-Film München) zwischen 1969 und 1971 52 Folgen der Fernsehserie *Paul Temple*, in der Francis Matthews die Titelrolle spielte. Keine der Geschichten (mit einer Ausnahme) stammte jedoch von Francis Durbridge, obwohl in der Anfangsphase geplant war, dass der Autor auch Drehbücher dazu abliefern sollte. Nachdem die von ihm vorgesehenen Pilotfolgen nicht verfilmt wurden, zog sich der Brite als Autor der Serie zurück.

Dieser Band enthält erstmals die beiden Drehbücher *Die Kelby-Affäre* und *Der Harkdale-Raub* sowie die drei Treatments *Die vorsichtige Miss Helvin, Der vorausgesagte Mord* und *Der Fall Calcary* inklusive umfassender Hintergrundinformationen.

Die Kelby-Affäre: Der Historiker Alfred Kelby verschwindet spurlos, mit ihm das Tagebuch von Lord Delamore, das offensichtlich nicht veröffentlicht werden darf. Bald findet man Kelbys Leiche. *Der Harkdale-Raub:* In einem Ort in den Midlands kommt es zu einem spektakulären Banküberfall. Wenig später wird Temple in den Fall involviert und findet in seiner Garage die Leiche eines Komplizen. *Die vorsichtige Miss Helvin:* Inspektor Vosper ermittelt im Mordfall einer jungen Frau, deren Gesicht unkenntlich gemacht wurde. Temple schaltet sich ein. *Der vorausgesagte Mord:* Ein Mann berichtet Temple, dass er einen Mordplan belauscht hat. Wenig später ist er selbst tot. *Der Fall Calcary:* Ein siebenjähriger Junge verschwindet auf einem Rummelplatz spurlos. Die Schauspielerin Calcary bittet Paul um Hilfe ...

Band **29**   FRANCIS DURBRIDGE

· Das Halstuch

Kriminalroman – ungekürzt & neu übersetzt

Vorwort, Nachwort, Übersetzung: Dr. Georg Pagitz

In Littleshaw, einem Ort in der Nähe von London, wird auf einem Ackerwagen die Leiche des Fotomodells Fay Collins gefunden. Die junge Frau wurde mit einem Halstuch erwürgt. Der ermittelnde Kriminalinspektor Harry Yates stellt fest, dass Fay in ihren Taschen ein Telegramm hatte, in dem sich ein gewisser Terry für das Halstuch bedankt. Dieser Terry hat, wie der Bruder der Ermordeten, der Musiklehrer Edward Collins, aussagt, Fay außerdem ein teures Armband geschenkt. Aber wer verbirgt sich hinter dem Namen Terry? Marian Hastings, die Braut des Gutsbesitzers Alistair Goodman, erkennt auf einem Foto in der Zeitung jenen Mann wieder, der mit Fay Collins am Tatabend verabredet war: Es handelt sich um Clifton Morris, einen erfolgreichen Zeitungsverleger.

Kein anderes Werk ist bekannter als Francis Durbridges *Das Halstuch*. Der Roman basiert auf dem Originalmanuskript zu *The Scarf* und wurde neu übersetzt und erscheint erstmals ungekürzt.

Im Vor- und Nachwort gibt es umfassende Hintergrundinformationen zu allen europäischen Verfilmungen des Drehbuchs mit besonderem Augenmerk auf die Produktionsgeschichte des legendären deutschen Mehrteilers von 1961. Kritiken, Ausschnitte aus dem Originaldrehbuch und weitere Hintergrundinfos runden diese umfassende Ausgabe ab.

Band **30**   FRANCIS DURBRIDGE

Julian

Drehbuch für einen Fernsehkrimi

Vorwort, Nachwort, Übersetzung: Dr. Georg Pagitz

Julian Kane ist ein erfolgreicher Pianist und Frauenheld, der schon für das Ende so mancher Ehe verantwortlich war. Weitere Umstände führen dazu, dass es an jenem Nachmittag im Hause des renommierten Psychiaters Sir John Mallion niemanden mehr gibt, der nicht einen Grund hätte, ihm aus Hass oder Eifersucht eines der vermeintlich sicher weggesperrten Giftfläschchen ins Getränk zu schütten. Wer wird zuschlagen? Und warum?

Julian wurde unter dem Arbeitstitel *Prelude to Murder* von Francis Durbridge als neunzigminütiges Fernsehspiel verfasst. In der BRD war seitens des WDR kurz nach dem *Halstuch*-Erfolg im Jahr 1962 eine Verfilmung geplant, die immer wieder verschoben und letztlich nie realisiert wurde. Die Story basiert auf dem Hörspiel *The Caspary Affair* von 1946, wurde aber ausgebaut und verändert (inklusive Täterwechsel), in Italien als Hörspiel produziert und schließlich von Durbridge zum Theaterstück – mit vielen Entwicklungsstadien und Veränderungen – umgearbeitet. Im umfangreichen Vorwort wird darauf eingegangen.

Band **31**   FRANCIS DURBRIDGE

Ein Mann namens Harry Brent
Kriminalroman – ungekürzt & neu übersetzt

Vorwort, Nachwort, Übersetzung: Dr. Georg Pagitz

Tom Fielding betreibt in der Nähe von London eine Firma, die elektronische Geräte herstellt. Alles läuft bestens, aber er hat mit seiner Sekretärin Pech: Diese will ihn wegen einer bevorstehenden Heirat bald verlassen. Fielding sucht eine neue Sekretärin und glaubt diese in der hübschen Barbara Smith gefunden zu haben. Doch während des Vorstellungsgesprächs zieht die junge Frau eine Waffe und erschießt Fielding. Sie wird verhaftet und kann sich in ihrer Zelle vergiften. Bevor sie stirbt, verlangt sie nach einem gewissen Harry Brent. Dieser Mann ist ausgerechnet der Verlobte von Fieldings alter Sekretärin Carol Vyner und taucht fortan bei den Ermittlungen von Inspektor Alan Milton, dem Exfreund von Carol, immer wieder als Hauptverdächtiger auf. So findet er heraus, dass Barbara Smith Blumen am Grab von Brents Eltern niedergelegt hat und dass sich Harry Brent und Tom Fielding schon sehr viel länger kannten, als dieser zugibt ...

Dieser Kriminalroman erscheint neu übersetzt und ungekürzt. Durbridge-Fans werden überrascht sein, denn abgesehen von Umbenennungen der Orte und Figuren ist auch das Ende anders als im legendären deutschen TV-Krimidreiteiler *Ein Mann namens Harry Brent* von 1968. Der WDR bat Durbridge damals darum. Darauf und auf die Produktionsumstände der englischen, deutschen, italienischen, französischen und polnischen Verfilmung des Stoffs wird in einem umfangreichen, hundertseitigen Nachwort eingegangen. Besonderes Highlight: Unveröffentlichte Exklusivinterviews mit den Darstellern von damals (Brigitte Grothum, Peter Ehrlich und Wolfgang Preiss).

Band **32**   FRANCIS DURBRIDGE

Wie ein Blitz
Kriminalroman – ungekürzt & neu übersetzt

Vorwort, Nachwort, Übersetzung: Dr. Georg Pagitz

Der reiche Geoffrey Stewart wird in einem abgelegenen Haus ermordet. Die Täter sind sein Angestellter Mark Paxton und seine Ehefrau Diana Stewart, die mit Mark ein Verhältnis hat. Als man die Leiche beseitigen will, ist diese verschwunden. Dafür meldet sich der Ermordete mehrmals bei seiner Ehefrau per Telefon und treibt diese fast in den Wahnsinn. Ganz nebenbei geschehen weitere Morde. Inspektor Clay ist mit den Ermittlungen beauftragt und hat nicht nur das Mörderpärchen Diana und Mark unter Beobachtung, sondern verdächtigt auch das Ehepaar Thelma und Walter Bowen sowie den Tankstellenbesitzer Ned Tallboy ...

Wie ein Blitz basiert auf dem 16. mehrteiligen Krimi, den Durbridge für die

BBC schrieb. 1966 in England ausgestrahlt, folgten bald weitere europäische Adaptionen, darunter die 1970 gezeigte deutsche Version mit Ingmar Zeisberg, Peter Eschberg, Albert Lieven, Paul Hubschmid und Horst Bollmann. Für die BRD schrieb Durbridge sein Drehbuch etwas um und ergänzte es um zahlreiche Szenen. Darauf, auf die weiteren Verfilmungen und auf viele andere spannenden Fakten wird im umfangreichen Nachwort auf über 100 Seiten eingegangen. Besonderes Highlight sind zwei exklusive, bisher nie veröffentlichte Interviews mit Regisseur Rolf von Sydow und Darstellerin Eva Pflug.

Band 33   FRANCIS DURBRIDGE
Ein Reisepass voller Gefahr
Manuskript für ein sechsteiliges Hörspiel
Vorwort, Nachwort, Übersetzung: Dr. Georg Pagitz

Der Journalist Roger Knight verschwindet in Afrika spurlos. Zuvor lässt er dem Britischen Geheimdienst noch eine Nachricht auf dem Armband seiner Uhr zukommen. Seine Schwester Linda West, eine bekannte Schauspielerin, erhält eines Tages den Anruf von Major Hadley, der sie bittet, für den Geheimdienst Ihren Bruder zu suchen. Linda wurde in London bereits Opfer eines Mordanschlags, den sie nur knapp überlebte. Zudem landete eine junge Frau, die ihr ähnlichsah, tot in der Themse. Wer will ihr Böses? Und warum? Hat es etwas mit der Nachricht zu tun, die Linda vor Wochen als letztes Lebenszeichen von Roger erhielt? Die Schauspielerin nimmt den Auftrag des Geheimdiensts an und sucht gemeinsam mit dem Journalisten Tim Valentine, einem Berufskollegen ihres Bruders, in Casablanca nach einer ersten heißen Spur.

Dieses sechsteilige Hörspiel von Francis Durbridge stammt aus dem Jahr 1945 und wurde nie auf Deutsch vertont. Es enthält alle typischen Zutaten eines typischen Krimis des britischen Autors. Zudem ähneln die Titelfiguren stark den bekannten Krimihelden Paul und Steve Temple. Der Autor schrieb die Story in den 1960ern zu einem Filmtreatment für eine geplanten Tim-Frazer-Kinofilm in Deutschland um, der nie realisiert wurde. Dazu und zu den Hintergründen des Hörspiels gibt es umfassende Infos im Begleittext. Außerdem enthält das Buch einen Artikel über die für Durbridge so spezifischen mysteriösen Gegenstände in seinen Kriminalgeschichten.

Band 34   FRANCIS DURBRIDGE
Die Kette
Kriminalroman – ungekürzt & neu übersetzt
Vorwort, Nachwort, Übersetzung: Dr. Georg Pagitz

Der Vater von Scotland-Yard-Inspektor Harry Dawson stirbt auf dem Golfplatz. Scheinbar war es ein Unfall, denn Tom wurde von einem Golfball so unglücklich getroffen, dass er seinen Verletzungen erlag. Harry glaubt nicht an die Geschichte und recherchiert auf eigene Faust. Als Peter Newton, der den tödlichen Golfball abschlug, ermordet aufgefunden wird, ist klar, dass auch Tom Dawsons Tod kein Unfall war. Im weiteren Verlauf der Ermittlungen spielen ein Hundehalsband, eine gestohlene Perlenkette, ein Mann im Rollstuhl und ein geheimnisvoller Hintermann, dessen Gesicht niemand kennt, eine entscheidende Rolle …

Francis Durbridges Roman beruht auf seinem 1966 für die BBC geschriebenen Mehrteiler, der erfolgreich in verschiedenen Ländern verfilmt wurde. In der BRD war seit 1966 eine Adaption in Gespräch, die aber aus verschiedenen Gründen nie zustande kam. Durbridge überarbeitete das Originaldrehbuch, gab ihm den neuen Titel *The Circle* und änderte sämtliche Personennamen. Daraus wurde schließlich 1977 der

TV-Zweiteiler *Die Kette* mit Harald Leipnitz und Uschi Glas. Auf die Produktionsgeschichte wird im umfangreichen Nachwort auf über 130 Seiten eingegangen.

Band 35   FRANCIS DURBRIDGE
Zakary
Szenarium für einen Kinothriller
Vorwort, Nachwort, Übersetzung: Dr. Georg Pagitz

Großbritannien, Sommer 1914: Der Oxford-Absolvent Oliver Sheldon wird von seinem Onkel einem Mann vom Secret Service vorgestellt. Dieser möchte, dass Sheldon nach Japan geht und unter dem Vorwand, ein Buch zu schreiben, vor Ort Informationen sammelt. Sein Deckname lautet Zakary. Oliver erhält den Auftrag, Daten über ein geheimes U-Boot zu beschaffen. Bald bricht der Erste Weltkrieg aus und im Laufe der Jahre ändert sich auch die Einstellung der Japaner gegenüber Großbritannien, aber auch jene Olivers zu seinem Vaterland. Er arbeitet zwar noch als Spion, befindet sich jedoch immer mehr in einem großen Gewissenskonflikt …

Francis Durbridge schrieb dieses Szenarium für den renommierten italienischen Filmproduzenten Dino de Laurentiis. Was anfangs wie eine typische Durbridge-Kriminalgeschichte beginnt und über Strecken sogar die so typischen Wendungen enthält, wird allmählich zu einem Film über Spionage und Krieg, geht hin bis zu den Ereignissen in Pearl Harbour und zieht sich schließlich in der Handlung über 30 Jahre hinweg. Die wohl ungewöhnlichste Geschichte von Francis Durbridge zu einem Kinofilm, der nie realisiert wurde, aber mit Sicherheit ein internationaler Blockbuster geworden wäre.

Band 36   FRANCIS DURBRIDGE
Paul Temple und der Curzon-Fall
Kriminalroman – ungekürzt & neu übersetzt
Vorwort, Nachwort, Übersetzung: Dr. Georg Pagitz

Paul Temple hört auf der Party seines Verlegers von Sir Graham Forbes und Inspektor Charlie Vosper vom mysteriösen Verschwinden zweier Schuljungen in Dulworth Bay in Yorkshire. Von Roger und Michael Baxter fehlt jede Spur. Vospers Ermittlungen ergaben, dass auf dem Cricketschläger von Roger neben Unterschriften einiger Spieler ein Name zu finden ist, der nicht zugeordnet werden kann: Curzon. Niemand kennt diese Person. Als in Gegenwart von Temple in London eine Frau erschossen wird, die ihm wichtige Hinweise geben wollte, nimmt der Kriminalschriftsteller die Ermittlungen auf und fährt in das Fischerdorf, in dem alle Stricke zusammenlaufen …

Dieser Kriminalroman basiert auf dem Hörspiel *Paul Temple and the Curzon Case* von 1949, das 1951 auch mit René Deltgen in der Hauptrolle unter dem Titel *Paul Temple und der Fall Curzon* vertont wurde. Das Buch erschien 1971 im Fahrwasser der von der BBC ausgestrahlten zweiundfünfzigteiligen TV-Serie *Paul Temple* und wurde handlungsmäßig in die 1970er-Jahre verlegt, was zu einigen Änderungen führte. Neben einer Auflistung sämtlicher Hörspieladaptionen mit Hintergrundinfos enthält dieser Band auch einen Artikel über die typischen Paul-Temple-Zutaten.

Band 37   FRANCIS DURBRIDGE
Mr. Hartington starb morgen
Manuskript für ein achtteiliges Hörspiel
Vorwort, Nachwort, Übersetzung: Dr. Georg Pagitz

Der Filmproduzent Oliver Hartington, der »Zar« von Hollywood, ist hinter den Rechten eines Romans her, den ein gewisser Peter London geschrieben hat. Doch

222

wer ist Peter London? Eine wochenlange in den Medien hochgespielte Suchaktion verläuft im Nichts. Dann wird Hartington plötzlich bei einer Siesta in seinem Stammlokal ermordet – und auf einmal scheint es drei verschiedene Peter Londons zu geben. Es stellt sich nicht nur die Frage, wer von ihnen der echte Peter London ist, sondern auch, wer von allen Beteiligten ein Motiv hatte, den erfolgreichen Filmproduzenten zu töten. Verdächtig sind unter anderem ein junger Schriftsteller, die Gewinnerin eines Schönheitswettbewerbs, eine Sekretärin, ein Drehbuchautor, ein Filmregisseur und eine Schauspielerin. Inspektor O'Hara von der Polizei Los Angeles ermittelt und bekommt es bald mit weiteren Leichen zu tun ...

Francis Durbridge schrieb dieses achtteilige Kriminalhörspiel, dessen Manuskript erstmals auf Deutsch übersetzt wurde, 1942 unter dem Pseudonym Lewis Middleton Harvey für die BBC. Er taucht dabei in die Welt von Hollywood ein und schildert in diesem Umfeld eine rätselhafte Mordgeschichte. Durbridge wäre nicht Durbridge, wenn in diesem Whodunit alles so wäre, wie es den Anschein hat.

| Band 38 | FRANCIS DURBRIDGE |
Paul Temple und das Genfer Rätsel
Kriminalroman – ungekürzt & neu übersetzt
Vorwort, Nachwort, Übersetzung: Dr. Georg Pagitz

Der Londoner Verleger Charles Milbourne soll bei einem Autounfall in der Schweiz ums Leben gekommen sein. Mehrere Indizien deuten jedoch darauf hin, dass der Mann noch lebt. Davon ist vor allem seine Ehefrau Margret überzeugt, während Maurice Lonsdale, der Schwager des Toten, daran zweifelt. Paul und Steve Temple nehmen sich des Falls nach anfänglichem Zögern an ...

Dieser spannende Roman, früher gekürzt unter dem Titel *Zu jung zum Sterben* erhältlich, erscheint in einer ungekürzten Neuübersetzung mit Hintergründen zum zugrundeliegenden Hörspiel *Paul Temple und der Fall Genf* aus dem Jahr 1966 und einer ausführlichen Darstellung des Paul-Temple-Universums im Nachwort.

| Band 39 | FRANCIS DURBRIDGE |
Die Nylonmorde
Kriminalroman – ungekürzt & neu übersetzt
Vorwort, Nachwort, Übersetzung: Dr. Georg Pagitz

Andrea Lake war eine junge, vielversprechende Schauspielerin. Doch die talentierte junge Frau wird eines Tages tot aus der Themse gezogen. Sie wurde mit einem Nylonstrumpf erwürgt. Dr. Leslie Sanders, ihre Schwester, will der Sache auf den Grund gehen und betreibt deshalb Nachforschungen auf eigene Faust. Sie begibt sich dabei auf gefährliches Terrain. Was weiß der Regisseur Peter Hamilton? Welche Rolle spielt die Schauspielerin Sylvia Graham? Und wer ist der anonyme Anrufer, der sich bei ihr meldet?

Diesen spannenden Kriminalroman verfasste Durbridge 1952/53 als zwölfteiligen Fortsetzungsroman für den *Sunday Dispatch*. Das Buch enthält auch eine Auflistung und Einteilung aller Durbridge-Romane und -Kurzgeschichten.

| Band 40 | FRANCIS DURBRIDGE |
Paul Temple und die Schlagzeilenmänner
Kriminalroman – ungekürzt & neu übersetzt
Vorwort, Nachwort, Übersetzung: Dr. Georg Pagitz

Der Kriminalroman Die Schlagzeilenmänner ist ein großer Publikumserfolg und wird von den Lesern nur so verschlungen. Ein besonderer Grund ist, dass niemand die unbekannte Autorin des Stoffs kennt, eine gewisse Andrea Fortune. Als wenig später einige Verbrechen geschehen, finden sich am Tatort immer Visitenkarten mit dem Aufdruck Die Schlagzeilenmänner. Die mysteriösen Raubüberfälle stehen mit einer Serie von Entführungen und Morden in Verbindung. In welchem Zusammenhang stehen die Taten mit dem Roman? Und wieso kann sich keines der Entführungsopfer an die Vorgänge vor der Tat erinnern? Welche Rolle spielt der Klavierstimmer Goldie, der gerade in Paul Temples Wohnung auftaucht, als Scotland-Yard-Inspektor Hunter vor der Wohnung des Detektivs und Schriftstellers eine Leiche in der Telefonzelle findet? Fragen über Fragen für Paul Temple ...

Dieser Kriminalroman war fast vierzig Jahre lang vergriffen und erscheint nun erstmals ungekürzt in einer Neuübersetzung. Das Buch enthält viele Hintergrundinformationen zu dem Stoff, dem ein verschollenes Hörspiel zugrunde liegt und auf dem auch ein Theaterstück beruht.

Band 41   FRANCIS DURBRIDGE
Michael Starr ermittelt
Radiomanuskripte für 25 Mitratekrimis
Vorwort, Nachwort, Übersetzung: Dr. Georg Pagitz
Michael Starr ist ein gutaussehender, junger Londoner Privatdetektiv, der jeden Fall durch genaues Zuhören und geschicktes Kombinieren lösen kann – und dies zur Freude von Scotland-Yard-Inspektor Robert »Bob« McCraw, der in vielen Fällen nicht weiterkommt und auf die Hilfe seines Freundes angewiesen ist. Für Starr ist es ein Leichtes, die Morde, Erpressungen, Brandstiftungen und Diebstähle aufzuklären, denn er hört genau zu und kann schon nach kurzer Zeit sagen, wer von den Verdächtigen die Tat begangen hat ...

Michael Starr Investigates war 1944 eine beliebte wöchentliche Radioserie der BBC, in der das aufmerksame Publikum mitraten konnte, wer der Täter war. Wer wie der Titelheld Michael Starr genau aufpasste, konnte mitkombinieren, wo der Fehler lag. Dieser Band enthält 25 der 26 kurzen Krimirätsel, die Francis Durbridge für die BBC schrieb, erstmals in deutscher Sprache (ein Manuskript ist leider verschollen). Die amüsanten Geschichten bieten der aufmerksamen Leserschaft die Gelegenheit, mitzuraten. Dieser Band enthält ein informatives Vorwort und im Anhang einen Artikel über die Radioermittler von Francis Durbridge, der abseits von Paul Temple noch zahlreiche weitere interessante (und leider bis dato unbekanntere) Detektivfiguren schuf.

+ +
DEMNÄCHST
+ +

Band 42   FRANCIS DURBRIDGE
Die Memoiren von André d'Arnell
Radiomanuskripte für neun Mitratekrimis
Vorwort, Nachwort, Übersetzung: Dr. Georg Pagitz
André d'Arnell ist – wie er von sich selbst sagt – der erfolgreichste Privatdetektiv Europas. Er ist ein kleiner, leicht graumelierter, dunkelhaariger Franzose mit einem aparten Schnurrbart, trägt gern ausgefallene, bunte Kleidung und ist dreiundvierzig

Jahre alt. Er ist ein Mann, dem kein Detail eines Kriminalfalls entgeht – und genau darin liegt seine Stärke: Weil er genau hinhört und aus Aussagen und Indizien die richtigen Schlüsse zieht, kann er jeden Täter überführen. Egal ob es sich um Mord, Diebstahl, Brandstiftung oder Erpressung handelt: Unterstützt von seiner Frau Lucille klärt André d'Arnell jeden Fall …

Dieses Buch enthält die Originalmanuskripte zu der Ratekrimireihe *Die Memoiren von André d'Arnell* erstmals auf Deutsch. In den neun in sich abgeschlossenen Episoden wird dem Publikum die Möglichkeit gegeben, herauszufinden, wie der Täter sich verriet. Mit dem etwas von sich eingenommenen Detektiv André d'Arnell hat Durbridge eine originelle Ermittlerfigur geschaffen, die mit Intelligenz und Humor ihre Fälle löst. Diese Ausgabe enthält außerdem die Texte zu drei Radiokurzkrimis, die Durbridge in den 1930ern schrieb: *Der Knappe, Das Ass* und *Paul Jones*.

Band **43**   FRANCIS DURBRIDGE
Tim Frazer I: Der Fall Denston
Kriminalroman – ungekürzt & neu übersetzt
Vorwort, Nachwort, Übersetzung: Dr. Georg Pagitz
Tim Frazers Kompagnon Harry Denston verschwindet spurlos. Tim begibt sich nach Henton, nachdem er von Harry ein Telegramm erhalten hat, ihn dort zu treffen. Doch Harry erscheint in dem idyllischen Fischerdorf an der Ostküste nicht. Stattdessen stirbt in Frazers Hotel ein russischer Matrose namens Anstrov, der im Todeskampf ständig nach jemanden namens Anya schreit. Außerdem wird Tims Brieftasche gestohlen. Zurück in London erfährt er, dass er für eine Abteilung der Regierung Harry Denston finden soll. Frazer, dem Denston auch eine Menge Geld schuldet, nimmt den Auftrag an. Bei seinen Nachforschungen wird ihm sein Freund und Kompagnon immer fremder. Was weiß dessen Verlobte Helen Baker? Was hat es mit einer Reihe von Schiffsmodellen der North Star auf sich? Und weshalb bietet ein zwielichtiger Autohändler eine horrende, völlig überzogene Summe für Harrys Wagen?

Dieser Kriminalroman war fast vierzig Jahre lang vergriffen und erscheint nun erstmals ungekürzt in einer Neuübersetzung. Das Buch enthält auch alle Hintergrundinfos zur englischen Originalverfilmung sowie zu der deutschen Adaption mit Max Eckard aus dem Jahr 1962 und zur italienischen Fassung aus den 1970ern.

Band **44**   FRANCIS DURBRIDGE
Tim Frazer II: Die Salinger-Affäre
Kriminalroman – ungekürzt & neu übersetzt
Vorwort, Nachwort, Übersetzung: Dr. Georg Pagitz
Tim Frazer wird von Charles Ross beauftragt, nach Amsterdam zu fahren, um dort den mysteriösen Tod eines gewissen Leo Salinger zu untersuchen. Salinger war ein Mitarbeiter in Ross' Abteilung und soll beim Überqueren einer Straße von einer gewissen Barbara Day überfahren worden sein. Schnell macht Frazer deren Bekanntschaft und lernt gemeinsam mit ihr den Amerikaner Cordwell kennen. Als sie zurück in London sind und Frazer Barbara Day besuchen will, findet er den ermordeten Cordwell in ihrer Wohnung. Neben ihm steht ein Metronom. Frazer lernt schließlich auch Barbaras Freundin Vivien kennen, die allerdings irgendwie in das Verbrechen verstrickt ist. Frazer erfährt, dass der eigentliche Hintermann Ericson heißt. Einen Schlüssel zur Lösung stellen das Metronom und ein geheimnisvoller Tulpenzwiebel-

katalog dar.

Dieser Kriminalroman war fast vierzig Jahre lang vergriffen und erscheint nun erstmals ungekürzt in einer Neuübersetzung. Das Buch enthält auch alle Hintergrundinfos zur englischen Originalverfilmung sowie zu der deutschen Adaption mit Max Eckard aus dem Jahr 1963 und zur französischen Fassung aus den 1970ern.

Band 45   FRANCIS DURBRIDGE
Tim Frazer III: Das Melynfforest-Rätsel
Kriminalroman – ungekürzt & neu übersetzt
Vorwort, Nachwort, Übersetzung: Dr. Georg Pagitz

Tim Frazer bekommt einen neuen Auftrag: Er ermittelt im Mord an einer Agentin des britischen Geheimdienstes, die in Hongkong arbeitete. Eigentlich sollte er sie treffen und vom Flughafen abholen, aber wie sich herausstellt, ist die Dame, die sich ihm als Miss Thackery vorstellt, nicht die richtige Agentin. Auch das Tonband, das sie ihm übergibt und das wichtige Informationen enthalten sollte, enthält nur ein walisisches Volkslied. Die Spur führt Frazer nach Wales. In Mellynfforest steigt Frazer in einem Hotel ab, in dem er Oberst Lockwood, einem pensionierten Soldaten kennen lernt. Hat er etwas mit dem Fall zu tun? Eine weitere Spur führt in das Büro des Immobilienmaklers Roger Thornton. Weiß er mehr, als er zugibt? Und welche Rolle spielt die junge Reporterin Rita Colman? Die Ermittlungen führen schließlich auch in die Unterwelt von Cardiff.

Dieser Kriminalroman war fast vierzig Jahre lang vergriffen und erscheint nun erstmals ungekürzt in einer Neuübersetzung. Das Buch enthält auch alle Hintergrundinfos zur englischen Originalverfilmung sowie zu der deutschen Adaption *Das Messer*, die Durbridge wesentlich überarbeitet hat, indem er die Figuren umbenannte, neue Handlungselemente einführte und den Täter änderte.

Band 46   FRANCIS DURBRIDGE
Paul Temple und die Gregory-Affäre
Originalmanuskript für ein zehnteiliges Hörspiel
Vorwort, Nachwort, Übersetzung: Dr. Georg Pagitz

Eine junge Frau verschwindet und wird vier Wochen später tot aus dem Wasser gezogen. Sie wurde erwürgt. Bei ihr findet sich eine Nachricht, auf der »Mit den besten Empfehlungen von Mr. Gregory« steht. Dieser Mr. Gregory hält Scotland Yard in Atem, denn hinter diesem Pseudonym versteckt sich ein gefährlicher Verbrecher. Paul Temple und seine Frau Steve ermitteln gemeinsam mit Sir Graham Forbes und Chefinspektor Vosper. Eine Spur führt in ein Dorf an der Küste, eine weitere in einen Londoner Nachtclub namens *Madrid*. Weitere Morde geschehen, es gibt unzählige Verdächtige und der gefährliche Anführer einer kriminellen Organisation treibt sein perfides Spiel mit allen Mitteln. Ein kniffliger Fall für Paul und Steve ...

Paul Temple und die Affaire Gregory war 1949/50 das erste Hörspiel der beliebten Serie mit René Deltgen. Da es nicht überlebt, war es Fans bisher nicht möglich, die komplette Handlung zu verfolgen. Dies ändert sich mit diesem Band, in dem der legendäre Fall in einer Neuübersetzung des Originalhörspielmanuskripts erstmals komplett nachzulesen ist. Der Krimi ist so etwas wie die Quintessenz aller Temple-Hörspiele, da hier auch erstmals alle bekannten Figuren gemeinsam auftauchen: Paul, Steve, Sir Graham, Charlie und Vosper. In einem umfangreichen Vor- und Nachwort wird auf die Geschichte des Hörspiels und seine zwölf Versionen eingegangen.

Band **47**   FRANCIS DURBRIDGE
Der Mann aus Washington
Originalmanuskript für ein sechsteiliges Hörspiel
Vorwort, Nachwort, Übersetzung: Dr. Georg Pagitz

Ganz England wird von einer großen kriminellen Organisation tyrannisiert, die mit ihrem Rauschgifthandel und -schmuggel die Bevölkerung in Angst und Schrecken versetzt. Scotland Yard kommt nicht weiter, denn obwohl man die Hintermänner kennt, gelingt es nicht, sie zu überführen. Der Innenminister persönlich fordert daher Johnny Cordell an: Dem FBI-Mann aus Washington ist vor wenigen Jahren das gelungen, was Sir Ian Grant und seinen Kriminalbeamten in London bisher versagt blieb. Cordell, der acht Jahre in Cambridge studiert hat, arbeitete für die Staatsanwaltschaft in New York und war 1939 sogar als Präsidentschaftskandidat im Gespräch. Nun ist er für sechs Wochen nach England gekommen, um mit seinen unorthodoxen Methoden alle sechs Mitglieder der Rauschgiftorganisation zu überführen.

Das Manuskript zu diesem sechsteiligen Hörspielkrimi von Francis Durbridge aus dem Jahr 1941 erscheint erstmals auf Deutsch. Der Autor beschrieb den Protagonisten als jungen Amerikaner à la James Stewart. In der Geschichte geht es nicht um den großen Hintermann, sondern darum, wie es dem Mann aus Washington mit seinen ungewöhnlichen Methoden gelingt, die Mitglieder der Verbrecherbande zu überführen – darin besteht der besondere Reiz dieser charmanten und doch recht spannenden Geschichten.

+ + + WEITERE TITEL IN VORBEREITUNG + + +

Informationen zu allen englischen und deutschen Durbridge-
Büchern von Williams & Whiting:

www.williamsandwhiting.com

Die offizielle Seite über Francis Durbridge,
betrieben von seinen Söhnen, ist erreichbar unter

www.francisdurbridgepresents.com